Trans+

Trans+

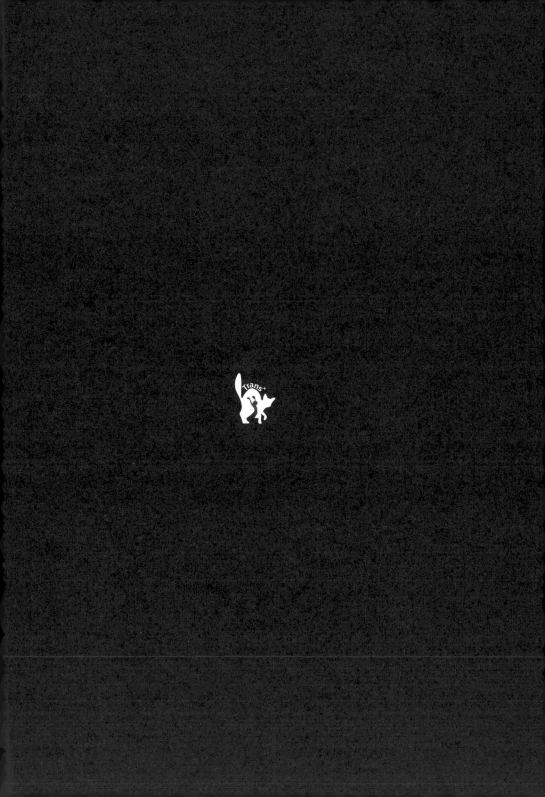

Trans+

Trans+

Strange & Mesmerizing

SM
37

靈光：美漫大師艾倫・摩爾第一本小說集（下冊）

我們所能瞭解的雷霆俠

ILLUMINATIONS

作者：艾倫・摩爾（Alan Moore）
譯者：黃彥霖、林柏宏
責任編輯：林立文
封面設計：馮議徹
電腦排版：張靜怡
法律顧問：董安丹律師、顧慕堯律師
出版：小異出版
台北市 105022 南京東路四段 25 號 11 樓
TEL：(02) 87123898　FAX：(02) 87123897
www.locuspublishing.com
發行：大塊文化出版股份有限公司
台北市 105022 南京東路四段 25 號 11 樓
讀者服務專線：0800-006689
TEL：(02) 87123898　FAX：(02) 87123897
郵撥帳號：18955675　戶名：大塊文化出版股份有限公司

總經銷：大和書報圖書股份有限公司
地址：新北市新莊區五工五路 2 號
TEL：(02) 89902588　FAX：(02) 22901658
初版一刷：2023 年 8 月
定價：新台幣 899 元（上下冊不分售）

靈光

美漫大師艾倫‧摩爾
第一本小說集
（下冊）

我們所能瞭解
的雷霆俠

ILLUMINATIONS
ALAN MOORE

●艾倫‧摩爾—著　●黃彥霖、林柏宏—譯

獻給凱文・歐尼爾[1]

1 Kevin O'Neill（1953-2022），美國繪師，曾與本書作者合作漫畫 *The League of Extraordinary Gentlemen*。

目錄

1 二〇一五年，八月

透過卡爾廚房店面窗戶向外看，這個星期二傍晚已血流遍地，正在做最後的垂死掙扎。餐廳內的燈光彷彿除痘用的光療，黃色美耐板裝潢因為用了三十年下來顯得倦怠無光。無限多重地球晚餐俱樂部的成員好不容易將自己擠進同一個家庭卡座，許多世界終於重新回到常軌。

想當然耳，這四人都是漫畫編劇——傑瑞．賓寇、丹．溫斯、布蘭登．恰夫、米爾頓．細指——畢竟編劇比繪師或上色師更在乎漫畫中故事連續性[2]的細節，程度天差地別。受人

2 連續性（continuity）是指單一世界觀中前後劇情脈絡或細節的連貫性，是討論美國漫畫時的重要觀念之一。相較於日本漫畫作品大多發生在各自獨立世界觀中，美國同一出版社旗下的漫畫通常會共處同一個宇宙或者位於平行宇宙。由於各宇宙觀的出版歷史可能長達數十年、衍生出許多不同的平行宇宙，或者經歷重啟及各種後續更動，因此連續性便是定義故事脈絡以及判斷故事是否合理的指標之一。

景仰出版商的「惡魔」女婿山姆·布萊茲就常以不屑的態度表示：繪師或上色師只要負責畫你叫他們畫的東西就好，根本不用去管臺詞。他們不必知道一九四〇年代的月亮女王可以將自己化成月光，也不必知道能夠控制能量的青少年「古銅閃電」其實是雷霆俠在另一條時間線裡的兒子。在晚餐俱樂部的成員看來，繪師或上色師不需要知道這些，也從未真的在乎過。

「他們好像根本不懂連續性的重要，居然說『誰會在乎海洋先生的爸媽到底是亞特蘭提斯人還是雷姆利亞人？』然後我就想說，『哈囉你認真的嗎？誰在乎？小時候的你呀，那個小孩子在乎啊。那個小孩崇拜海洋先生崇拜得要死，拚命學習關於他的一切，最後下場卻是二十年後被你這樣的王八蛋闖進來、把故事設定全部改掉』。我們這些漫畫迷費盡力氣去瞭解背景故事，他們的設定卻說改就改，基本上就是讓我們以前的努力白費力氣而已啊。」

原本在假裝埋頭大吃的丹·溫斯和米爾頓·細指此時雙雙抬起眼睛，隔著桌子中央的調味料偷偷互瞄一眼。俱樂部每週集會，創辦人是外號「歡樂」的傑瑞·賓寇，大家都知道他對海洋先生的著迷程度早就走火入魔。前陣子賓寇的短篇連載《海底深淵》只發行三期就被取消，於是他毅然辭掉《美國人》的高薪職位，重新回《偉漫》寫甲蟲男孩的故事，每天吞一大堆實在不應該吃的藥。

溫斯稍早去看了牙醫，此時嘴巴還沒從麻醉狀態中恢復知覺，他冒著危險橫瞥一眼坐在自己旁邊的布蘭登．恰夫。雖然四人當中年紀最大的是賓寇，不過以淡然性格出了名的恰夫除了是無限多重地球晚餐俱樂部的資深成員，更是《美國人》的總編。坐在一旁的恰夫沒有反駁傑瑞．賓寇的抗議，只是盯著泛黃桌面靜靜微笑，臉上表情代表他覺得「事情才不是你講的那樣，但這種事實在無聊到我連糾正都懶」。溫斯覺得賓寇在抱怨的應該是《美國人》前年夏天發行的跨界交叉[3]故事《喧囂未止》，當時恰夫把海洋先生的水母朋友福福以及跟班海洋小子都寫成抹消者植入的假記憶，身兼重啟故事編劇及編輯的恰夫一直很以那次的企畫自豪。此時店外的天色已成深邃的藍色漸層，其中一、兩個亮點突破了光害的遮蔽，或許是真正的星星。

米爾頓．細指患過貝爾氏麻痺症，臉上因此留下了永久的歪斜笑容，讓他所說的每句話都帶著多餘的諷刺。他的新作品《超人協會》遭阿爾佛．凱克闖出的大禍牽連而延期，他最近便為此苦惱不已。而細指冒險打斷歡樂傑瑞那令人萎靡的長篇大論、插話說道：「我聽說

3　跨界交叉（crossover）指的是集結不同世界觀或角色而推出的故事，通常為長度有限的特殊故事，集結的範圍不限於同家出版社甚至同類型的媒體。

夏曼·葛來德創造海洋先生的靈感，是他以前在波士頓曾經去過一間相同名字的海鮮餐廳。當然啦，葛來德自己的說法是——」米爾頓發出笑聲，齁齁齁齁，像是從鼻竇附近發出四次鼻哼——「他的童年夢想是在溺水時被穿著奇怪西裝的男人魚拯救。我說齁，這種春夢也太詭異了吧？你應該懂我意思吧？齁齁齁齁。」

傑瑞把下巴縮進脖子裡，皺起越來越高的額頭。

「米爾頓，這件事我們之前就聊過了。你很清楚我在一九六二年訪問過葛來德，訪問稿還刊在我創辦的重要刊物《正義遊俠》裡。當年我才十五歲，去到他家，還見過他太太蓋兒，整場訪問正式得不得了。那時候我問他電光俠、金鷹俠、海洋先生和其他角色的創造靈感來自哪裡，而他給出那個聞名後世的傳奇答覆：他夢到的。他說那些故事都是從另一個世界傳來的夢境，來自某個平行世界或柏拉圖理想鄉之類的地方，他故事中的情節都是那個地方實際發生的真人真事。好，那或許只是作家對小粉絲編的故事，就像我們會對小孩說『聖誕老公公是真的』一樣。但我覺得他當時真的回答得非常誠懇。至於他是不是同性戀這一點……如果你在充滿衝動的青春期見過蓋兒·葛來德，就不會那樣想了。她非常……令人難忘，如果你懂我的意思。」

在場還真的沒人見過她，不過都在心中默默認為賓寇是在暗示這位已逝人妻的胸器傲人。想到那畫面，細指忍不住冷笑一聲，用叉子撈了另一口腳底抹油肉醬三明治（也就是在一般的邋遢喬肉醬三明治上面再放一塊四分之一磅的融化奶油）送進嘴裡。丹．溫斯試圖重新開啟話題，開始喃喃說著某個叫「愛美俠」的角色，但也可能是在講愛滋病：總而言之，沒有人聽得懂丹到底在說什麼，也不懂他為什麼突然口齒不清了。不過他們全都還是點頭微笑，希望他會自己慢慢放棄。

細指瞄了一眼坐在賓寇對面的布蘭登．恰夫，後者體型如熊，正凝神注視著報春花色的桌面。細指心想，不知道這位受粉絲喜愛的編劇此刻心裡在想什麼。恰夫噘著嘴，脣邊帶著一絲諷刺的笑意，米爾頓猜他大概正在想夏曼．葛來德後來的下場。夏曼的本業是低俗科幻小說作家，偶爾斜槓漫畫編劇，創造出《美國人》旗下許多最知名、最受歡迎的角色，後來卻在一九六五年試圖和其他編劇一起建立工會。想當然耳，出版社立刻將葛來德和其他老傢伙開除，並以新人取而代之。新的編劇全是滿腔熱血的年輕漫畫迷，對於能夠實現童年夢想而感激涕零，但似乎不曉得（或者不在乎），正是自己使得以往推崇的創作者失了業。離開的那群編劇，例如詹姆斯．伏萊佛、愛德華．漢尼根和夏曼．葛來德，他們在五〇年代曾經意氣風發，這時都已頭髮斑白，被趕出《美國人》後，只能量產拼湊特定類型的平裝色情書刊來維持生計。接手他們位子的就是傑瑞．賓寇、勞夫．羅斯、大衛．莫斯寇維茨和布蘭登．恰夫這些人，年齡全在十幾、二十幾歲之間，是蜂之王和超人聯盟的狂熱粉絲。這樣一想，米爾頓便得出結論，恰夫的確有很多微笑的理由。

餐廳的正面櫥窗圈住了外頭的景色，有如畫框，透過玻璃可以看見此刻對面服飾倉庫上方的天空已成了某人的試畫作品。這位畫家顯然奉行極簡主義，毫不畏懼地使用了大片的黑，再加上一、兩抹完美布局的留白，成功表達了那些被遮擋住的形體，電線桿、電線、水塔，交錯的線條在這條小巷腐朽的裂口中組成各種濃淡疏密。

餐廳內部黃色燈光燦晃晃，傑瑞．賓寇充滿耐心地把臉上的金邊眼鏡朝著幾乎看不見的金色眉毛推了推。

「阿丹，如果我說錯，麻煩你告訴我：你現在是在講艾絲梅嗎？艾絲梅．馬汀尼茲？」

丹．溫斯豎起雙手大拇指，用力點著頭。他感到如釋重負，因為現在終於有人可以繼續接手說話，減輕他必須用模糊口齒繼續說話的壓力。為了慶祝自己暫時得救，這位擁有兩座山姆獎的得主（獲獎原因是他在《偉漫》為《復仇聯幫》編劇期間備受爭議的貢獻）把超過三層的摩天大樓漢堡塞進自己基本上沒有感覺的嘴巴裡，讓賓寇一個人去解釋他剛才對艾絲梅．馬汀尼茲說了哪些難以理解的讚頌。

鑑於丹的激動言語起因於賓寇對蓋兒．葛來德的熱情，傑瑞幾乎可以確定他剛才應該是在講述艾絲梅．馬汀尼茲相當可觀的身體本錢。在五、六〇年代，整個漫畫界頂多只有兩、三位女性繪師，身為西班牙裔絕世美女的馬汀尼茲必須和整屋子的男人待在一起，在不見天日的房間裡拚命工作，同時忍受其他人的毛手毛腳。幸運的是，傑瑞找到一個方式，不必提到這些事情也能讓對話繼續下去。

「講到艾絲梅——阿丹，就像你手勢比劃的那樣，她是這個嬌貴脆弱的性別中最美麗動人的個體。在我看來，艾絲梅是海洋先生有史以來最好的草圖師。別告訴約翰．卡佩里尼我這樣說，但是大家應該都知道，當年海洋先生還只是《世界最棒冒險》裡的附錄短篇[4]，艾絲梅每次只用短短六頁的篇幅就說出那麼厲害的故事，這我們不可能否認吧？就像〈福福之死〉？對不對？或是海洋先生和海洋小子一起對抗另一個海洋先生那集，那個海洋先生來自十三度空間，身高七十英尺，皮膚還是紫色的，你們應該都記得吧？大家可能沒意識到，那些短篇裡的角色到現在都還存在主線世界觀裡，像是雙髻鯊客、雷姆利亞大陸的皮拉女士這些人物，或者海族領域之類的地方，全部都是艾絲梅的手筆，也都是她的設計。我以前沒遇

4　附錄短篇（backup feature）指的是附加在每一期主要故事後的短篇故事，內容可能包括主要角色的小短篇，或者次要角色自己的冒險。出版社會利用附錄故事來測試或培養角色的人氣。

過她，不過索歐．史蒂曼說有傳聞她是女同志。」

米爾頓．細指不屑地搖了搖負擔過重的叉子。「索歐．史蒂曼覺得每個拒絕他的女人都是同性戀。結了婚還有兩個小孩的那個，是叫琳達嗎？同性戀。所有的女性上色師？都是同性戀。他有一次甚至說米米．卓客是女同志，那就好像在說食人魚吃素一樣。齁齁齁齁。」

所有人都竊竊笑了，除了布蘭登。他依然維持著謙遜的微笑，繼續研究著黃水仙顏色的美耐板。米米——米莉安．卓客是《美國人》的副總裁，雖然具有多種嚴重的心理問題和性行為偏差，不過她的異性戀傾向倒是不容質疑。丹．溫斯若有所思地嚼著一片特別堅韌的番茄（很可能來自那棟摩天大樓頂層的布里歐麵包公寓），意味深長地側眼看向身旁的布蘭登．恰夫，後者正弓身拱背盯著面前那盤根本沒動過的辣雞翅。

溫斯覺得恰夫看起來好似在懷念過往，臉上那古怪的笑容也似乎變得色色的。無庸置疑，這位「備受尊敬的藍光俠和超人聯盟創作者」（語出一九九八年八月發行的二四七期《收藏家賦格》）正在追憶七〇年代紐約漫畫界著名的群交狂歡派對；恰夫、賓寇和那些由粉絲轉正的編劇同事一定都參加過。丹以新的決心繼續啃著不願屈服的番茄切片，回憶起這些年來聽過的駭人傳聞，想像那些聚會為這個產業提供了怎樣的潤滑作用。他一邊想，一邊進入某種混合了恐怖夢魘與情慾勃發的輕微恍惚狀態。這種狀態對於受頒多次山姆獎的他來說並不陌生。

他使勁咬著番茄，腦海中浮現那些聚會場面，必定有如眾多渾身荷爾蒙的小屁孩組成的情色版波希畫作：當時剛從橫幅漫畫社跳槽到《美國人》的編輯新星彼得·瑪斯卓希歐，他在丹·溫斯心中的形象是隻留著小鬍子的巨大地懶，赤身裸軀，有著粗大毛孔的肉體無邊無際，多毛、閃閃發亮，沒有形體、沒有四肢、沒有孔竅。深知自身優勢的米米·卓客在所有的傳聞中都以月亮女王的造型登場，白金色假髮、新月頭帶、銀色及膝長靴、渾身纏繞月鞭，並以她那低沉得嚇人的嗓音喊著盡興時的狂喜。即便是年事已高的索歐·史蒂曼，整個人彷彿皮膚滿是皺褶的無殼烏龜，都隨著當年迪斯可勁曲的刺耳節奏，以貪婪的舌頭不斷進出櫃檯接待員的氣管。一本創刊號《刺激漫畫集》沒被收進塑膠保護套裡，封面因此濺到精液，災難性地毀了。

溫斯一陣冷顫。他在那個時代的十年之後才入行，彼時愛滋已是一回事，那樣的狂歡聚會從此淪為難以想像的過往童話。一想到前輩曾經享受過更開放的性生活，他便頓時感到不安與忌妒。他羨慕經歷過那段亙古年代的員工和接案者，他們似乎都能輕鬆自信地面對女性。例如布蘭登·恰夫。直到不久前，他都還是《美國人》社內熱門的陪睡對象，只要誰在他身上熱情地彈個兩下，就可能從應徵者晉升為《萬能小兵團》的校稿員。

好吧，這塊半圓形的番茄切片看來短時間內是不會投降了。溫斯從可怕的情色遐想中清醒過來，注意到坐在隔壁卡座的那名年輕女子和小男——他在心裡籠統地假設他們應該是在舉辦披薩生日派對。其中一名小男孩正一臉死白、不敢置信地盯著他看。丹已經習慣這種情況，但還是完全不懂為什麼自己會讓那個年紀的孩子有那種反應。回到他們這桌的話題，在金盞花色木皮板的另一端，米爾頓·細指正與傑瑞·賓寇進行一場生死辯論，雙方都採取了同樣幽微的被動攻擊策略。賓寇正滔滔不絕地為米米·卓客辯護。

「米莉安——我認為她比較希望別人這樣叫她——她在接受那個什麼突破性療法以前幾乎是完全不同的人。當時的她即便處於弱勢地位，還是能為梅岑博格離開後的《美國人》激發出全新活力。你不能因為她的某些行為比較衝動，就忽視她幫公司帶來多少新作品和新人才。我不是女性主義者，但我的意思是，如果今天做出那些行為的人是男性，根本沒有人會說半句話。」

「傑瑞，如果一名男性副總裁把女子籃球隊的每個隊員都帶到他自己辦公室，然後壓在辦公桌上啪啪啪，我想應該會有人說話。至於所謂的新作品和新人才，你真正想說的其實是米米——在我看來她就是這樣稱呼自己——取消了《世界最棒冒險》，讓海洋先生有自己的主要故事，然後拉拔你和約翰·卡佩里尼去編劇和作畫。阿丹之前在《偉漫》和卡佩里尼做了《復仇少年幫》，當時卡佩里尼就是這樣說的。阿丹，這你自己講，他是不是……靠北！阿丹你在幹麼？」

看著細指臉上的歪斜笑容，丹．溫斯覺得細指突如其來拉高音量應該是想營造反諷的效果，也許是在諷刺他這人有些無趣，缺乏任何出乎意料。溫斯試圖擺出自嘲的鬼臉做為回應。但是當他那麼做，卻注意到隔壁桌的小男孩不只是盯著他看，而是根本哭了起來。接著他便看見番茄醬撒了出來，滴滿黃色桌面以及他的日神阿胡拉T恤、餐具和雙手，醬汁的量多到不可思議。這時他才發現，原來過去五分鐘他用力啃咬的東西不是未成熟的番茄，而是自己沒有知覺的下唇。溫斯要到事後才會從醫生那裡得知，原來自己的血壓高得反常，不過這時他的血液已在血壓的推擠下噴得到處都是。在震驚之中，他開始發出某種像是哀嚎的聲音。

傑瑞．賓寇目瞪口呆，血色從五官上流失，彷彿失去十分之一紅點的螢幕。賓寇不懂發生了什麼事，他從來沒看過這麼多血，這畫面比《羅威拿：血腥天地》特集裡惡名昭彰的跨頁場面還要噁心。當初為了那個畫面，《偉漫》還在零售書店的逼迫下撤回那集作品。所以剛才到底發生了什麼事情？丹．溫斯中槍了嗎？還是被下毒？毒是不是下在他的漢堡裡，接下來他是不是會像電影裡的受害者那樣，開始不斷吐血，一直吐到觀眾懂到不能再懂才會停？傑瑞瞠目結舌地看著身旁的細指，對方臉上依然掛著那副諷刺的神色，似乎覺得這血淋淋的奇景是個有趣的玩笑。

年輕同事的冷酷無情令賓寇反感，於是他轉向布蘭登．恰夫求助。假如恰夫可以移動一下，讓溫斯從卡座裡出去，他們或許可以到廁所裡把血跡清理乾淨？但這位傑出總編只是繼續對著桌面沉思，眼睛眨也不眨，或許是在回想當年出版商只要在作品中畫到現在這種場面，漫畫審議局[5]就能把作品從書報攤下架。又或者，恰夫可能還在沉思自己在《喧囂未止》中的殘暴行為對海洋先生這個品牌造成多大的損害。又或者……

就在此時，所有人突然明白布蘭登．恰夫發生了什麼事。

坦白說，這突如其來的理解對當下的情況毫無助益，反而在許多面向上讓整個場面變得更加糟糕。丹．溫斯依然如萬聖節灑水器般不斷噴血，他意識到自己被死去的《超人聯盟》編劇卡住，無法離開座位，頓時恐慌發作，讓問題更加複雜。同一時間，隔壁桌那些受到精神創傷的孩子和可能是他們媽媽的女子開始尖叫，引來四肢粗壯且堅定自信的女服務生喬喬，以及隨後而至的卡爾（故事說來話長，總之這個卡爾的確是卡爾廚房的店長，但不是店名裡的那個卡爾）。這時傑瑞．賓寇暈了過去，孩子持續吼叫哀號，帶他們來過生日的那名女子先是激動憤慨地打了電話報警，接著想了一下之後又叫了救護車。極度渴望離開卡座的丹・溫斯試圖把布蘭登・恰夫呆滯不動的龐大身軀推向鋪有白黃磁磚的餐廳走道，而同一時間，名字和店名無關的那個卡爾店長則站在另一邊拚命把恰夫往回推；出於某種說不清楚的理由，他覺得如果屍體如果倒在地上的話就太超過了。在雙方推擠之下，恰夫的眼鏡掉進了面前的辣雞翅，此時服務生喬喬覺得米爾頓・細指實在冷漠得太過刻薄，於是伸手搧了他一巴掌。從店外向內看，這可怖的一刻被收容進餐廳正面幾近完美正方形的窗框裡，而藍色燈光和狀聲詞般的警笛則從框線右側逐漸侵入。

總而言之，這就是沃斯里・波拉克成為《美國人》漫畫總編的過程。

5　漫畫審議局（Comics Code Authority）是漫畫雜誌出版商協會（Association of Comics Magazine Publishers）於一九五四年成立的自律組織，以此做為政府監管的替代方案。雖然不是所有出版社和作品都願意接受審議局監管，但這個組織在近半世紀間，對美國漫畫內容審查造成深遠影響。審議局的影響力在二十一世紀初開始式微，直到二〇一一年所有出版社都放棄接受審議局審核為止。

2 一九五九年，八月

一九五九年，在艾森豪任期的最後時光，整個社會就像一輛又大又乾淨的房車停在路邊，引擎不斷轉動，卻不能算是有所目標。那個十年雖然發生不少大事，卻不知怎地給人一種模糊不清的感覺，沒有人對任何事有任何把握。例如五歲的沃斯里，他沒辦法判斷自己到底喜不喜歡星期六，無法決定那到底是整個星期裡最糟糕、還是最棒的一天。

星期六之所以可能是最糟的一天，是因為當午餐過後，沃斯里的爸爸便會來家裡帶他出門，度過一小段父子時間。沃斯里還算喜歡他爸，兩人偶爾也能處得不錯，但是身為永遠焦慮不已的孩子，他開始對父母見面時的對話感到恐懼。那些對話沉重、簡短，絕對經過精心設計，總是聽得他胃袋翻騰。前門會先突然發出兩聲短促的警戒鈴聲，然後是，嗨是我，以及，我看得出來是你，兩人嗓音中都有種赤裸裸的殘酷質地。沃斯里穿外套時，老媽會極不情願地邀請父親進門，接著兩人便展開一陣沃斯里無法理解的混戰。這是香水味嗎？我不知道，你說呢？這是威士忌的酒味嗎？然後不可避免地提到錢，就只有這些嗎？然後就是，琴恩妳也拜託一下，不然應該要有多少，就跟妳說了我最近沒加班。

當交流終於以激烈尖刻的停戰告終，他和老爸便會從家裡離開。他們偶爾去公園，也曾去看過一次球賽，不過最常去的還是電影院，這樣兩人就不必苦思該向對方聊什麼。而當他們真的在聊天時，說也就是那幾個話題，例如運動。例如，有沒有人去找過你媽。嗯，她的同事史蒂文斯太太來過，對，但沒有男生，嗯，我不知道，大概吧。接著便是一段灼燒難耐的沉默。

而星期六之所以可能是最棒的一天，是因為無論他們當天是去機臺遊樂場或者些許破舊的電影院，這趟小旅程的尾聲總會來到距離他媽媽家兩、三條街外，梭特夫婦開的那間便宜雜貨店。對沃斯里來說，這間店宛如充滿奇蹟的神聖之地。那個地方有股特別的魔力，可能是因為店裡的氣味——油墨、糖果、木質地板和金屬亮光劑——或是那種令人激動、難以言喻的氣氛——午後的陽光穿過灰濛濛的店面玻璃窗，打亮空中飄落的大量粉塵。當年的他沒有想到要區別這些現象有何差別，因為對他來說，那全都屬於同一間店，全都是它給他的感覺。那是一座開在街邊的廉價天堂。

雷．波拉克會穿著沙黃色的褲子和夾克，整個人看起來就像發皺舊照片裡的人物。每次進到店裡，他都會露出某種只在梭特先生店中才會出現的態度，從容輕鬆地走向櫃檯，彷彿他是無憂無慮的牧場農工，彷彿他必須要在梭特先生的面前塑造出隨和老牛仔的形象，彷彿他的生活晴朗沒有一絲烏雲。出於某些不知名的原因，沃斯里從來沒在店裡看過梭特太太。沃斯里的父親四十多歲，在生產線工作，他總會買一瓶可口可樂給兒子，一包新的駱駝牌香菸給自己。他會把已經打開、插了一根紙吸管的曲線玻璃瓶遞給沃斯里，同時給沃斯里幾枚硬幣，硬幣的數量取決於那星期賺得如何，可能是二十五分，也可能是一塊錢。如果店裡沒有太多客人，爸爸和梭特先生便會走到櫃檯的最遠端，一起抽菸、聊天說笑。沃斯里的爸爸稱呼梭特先生為「泰德」，而梭特先生則叫他爸「老喬」；店裡客人太多，梭特先生對每個人都叫這名字，省麻煩。他們吐出的藍棕色煙圈飄浮在空中，散發著苦澀的氣味，依照駱駝牌香菸包裝的羊皮紙色來看，沃斯里覺得那應該就是埃及的味道。沃斯里會拿著可樂和錢（在這個繁榮富足的例子裡是七十五分錢）走向櫃檯相反方向的最遠端，來到店門旁邊。陽光從櫥窗透入，纖長的金色光束在原子筆、手電筒電池和成排的裁縫針上碎成亮粉。

那瓶可樂是沃斯里的梭特小店經驗中不可分割的一部分——水果咖啡般的口味，刺激著鼻子後方令人想打噴嚏的碳酸氣泡，那廣為人知、帶著速度感的白色優雅字體，以及性感玻璃瓶臀側一抹似有若無的綠。那瓶可樂讓他的身體、情感和心靈都得到滿足，是他幼時美國生活經驗中不可或缺的要素。不過，話雖如此，真正讓他小平頭上的毛囊都興奮地站立起來的，其實是那七十五分錢。

在他身旁聳立的雜誌架有如不可思議新大陸的懸崖峭壁，亮光紙印刷的雜誌刊物以及封面上美麗的字體，在傾瀉陽光中燃起彩色玻璃般的光芒，宛如宗教景象。在架上最頂端的是一整排令人緊張且難以理解的成人祕境，那些雜誌有著《杏桃》、《下流人》和《香辣戰時故事》之類的名字，封面以彩色照片或插圖組成，主角永遠都是穿著泳裝或內衣的女性。她們擺動著身軀，或者微笑拿著海灘球，或者正在凌虐某個滿是汗珠的俘虜大兵。從令人疑惑的情色山巔向下，來到展示架中游，這裡散落多種期刊，例如《週六夜警報》、《令人苦惱的機械學》、《離心的美國人》和某一期的《狂人》；《狂人》的封面畫著他們有精神障礙的雜誌吉祥物，威伯．T．佛洛伊德，外型打扮得像披頭族[6]。這些雜誌不如上層那麼讓人震驚，不過同樣費解。接著，來到完美契合兒童視線高度的最底層山腳，這裡有整整三排架子完全奉獻給當月出版的最新漫畫，激動人心，令人振奮不已。

如果這時店門上的黃銅彎頭剛好卡住，導致店門大開，而又剛好一陣風吹來、掀動這些

6 披頭族（beatnik）指的是垮掉的一代中比較膚淺的那種形象。

色彩鮮豔飽和的封面，那麼這些漫畫看起來就會像一群被固定在自然歷史展覽中的奇特巨型蝴蝶。架上的漫畫依照出版社不同垂直陳列，雖然幾乎可以肯定只是偶然，不過在沃斯里看來，這座書架顯然已經照他的喜好順序排列，彷彿一道漸層流暢的光譜，從他不感興趣的作品過渡到那些他難以理解的渴望：梭特先生（或者梭特太太）把布林吉出版社和硬糖果漫畫出版的一系列搞笑連環圖冊都擺放在左手邊靠近店門那側。前者出版的都是近視高中生布林吉和朋友的冒險故事，像是《布林吉的盲目約會》、《布林吉的失敗旅程》，以及拿巫毒和狼人當笑點的《布林吉與鬧鬼瘋人院》；至於硬糖果的作品，在五歲的沃斯里看來，他們就只是擺出一堆適合給小小孩看的東西，例如《小胖子奧莉維亞》、《對條紋上癮的小女孩》、《笑聲戰士沮喪格朗特》和《貪婪小大亨奧布莉》，另外還放了似乎是硬糖果獨有的嬰兒類型漫畫，例如《幽靈小鬼卡杜》和《堅強小殭屍》。

右邊一點的位置放了許多雜項漫畫。雖然沃斯里很想要認真看待，但他就是不太喜歡這些小型出版社出版的作品：因為裡面畫的都是日常的真實事物，例如牛仔、戰爭和怪物。這些出版社中包括了橫幅漫畫社，他們用的印刷機本來是在印早餐穀片盒，因此成果慘不忍睹，彷彿是用馬鈴薯刻成印章蓋在沒洗乾淨的舊抹布上。橫幅出版了一大堆無趣的作品，包括《戰士戀愛中》、《星際老兵》和《原子彈松鼠》，目標讀者是比較不挑剔的年輕人。擺在橫幅下方的是一系列乍看連版權頁都沒有的作品，不過仔細一看就會發現，那些漫畫都來自一間在一九四〇年代名為準點漫畫的出版社，這間出版社後來改名為哥利亞，之後又會在一、兩年內改稱為《偉漫》。而在一九五九年的現在，這一區陳列的都是西部漫畫，例如《墓碑小子》、《德林杰小子》、《寇帝小子》和《仙人掌小子》（考慮到這些角色都還是小孩子，他們對人開槍的次數可說是高得嚇人）；以及哥利亞出版的神祕風格漫畫：《奇異之旅》、《驚奇故事集》、《不尋常傳說》，這類故事裡充滿了奇怪物質組成的巨大怪獸，例如煤炭怪或者羊毛怪或者瓦斯怪，全都有著「轟轟鏘」或者「會走路的人形蘑菇克羅格」之類的名字。哥利亞的漫畫看起來很有趣，但因為繪師用了很多黑色，所以沃斯里總覺得這些漫畫的目標讀者應該不是自己，而是年紀比他大一些的男孩。這些男孩可能九歲、十歲，歷經生活磨練，不會覺得克羅格可怕或悲慘，也不會一連幾個星期夢到那隻長著鰓、渾身黏糊膠質的醜陋怪物。

店面另一端，沃斯里的爸爸和梭特先生還在混亂的埃及煙霧中閒聊，梭特先生說，然後那個小孩就問，阿姨，如果我把一分錢投進機器，然後按這個鈕的話，也會中獎嗎？然後沃斯里的爸爸說，對，對，這真的有夠好笑，我要記起來，去工廠的時候講給其他作業員聽。

店外有輛卡車回火發出炸裂聲，同條街一段距離外，某部電晶體收音機正模模糊糊地播放著沃斯里喜歡的歌曲，（如果沃斯里理解正確）歌詞述說某個老人踩下離合器後，車子底盤便因為魔法而整塊掉下來。雖然沒明說，但沃斯里對自己的刻意拖延感到一陣滿足。他緩慢地朝右挪動腳步，故意讓視線避開架上最大的寶藏庫，直到他站到它們的正前方，幾乎能透過襯衫和牛仔褲感覺到那些如玩具盒子般閃閃發亮的鮮豔色彩。

《美國人》的漫畫看起來恰到好處，長得就像漫畫書應該要有的樣子，似乎暗示著其他出版社的作品總是差了一截，沒有達到應有的標準。《美國人》的確出了一大堆沃斯里沒興趣的作品——例如《神祕征服者》、《邋遢大軍》、《少年亨尼》，還有那部嚴肅枯燥的《佩里·梅森》，裡頭的律師角色畫得亂七八糟，整個人看起來像是烤壞的蛋糕，眼神充滿憤怒和指責。不過這些都無所謂，因為他們也出版了其他輕薄的奇蹟之作。這些奇蹟現在就展示在男孩沃斯里的面前，占據他逐漸擴大的瞳孔和凝視的目光。

《蜂之王》、《世界最棒冒險》、《開拓漫畫集》[7]、《雷霆俠》……

沃斯里的班上或許有兩、三個小孩認識布林吉，雷霆俠卻是每個同學都聽過的人物，連他媽媽都知道那是誰。雷霆俠有自己的電視節目，但是電視上的他和書裡的他不太一樣，很多事情做不到，就只是個普通演員假扮的角色，不是真的雷霆俠。

而今，真正的雷霆俠就在沃斯里眼前，偉大冒險生活中的不同階段在他面前一次攤開。

看著那些冒險離自己只有幾英寸的距離，沃斯里五歲的臉上淨是不可思議的神色。這裡有活躍在專屬英雄漫畫中的雷霆俠，穿著紫金色服裝的他似乎因為照射到死對頭菲力克斯・火石的隨機射線，肩膀上的腦袋變成一顆壯觀華麗的孟加拉虎頭。這裡也有小時候的雷霆俠，還只是個十二來歲的金髮小子，《雷霆小子》封面上的他被同樣年輕的大角星青少年罪犯「反物質小子」逼至絕路，同一時間在《開拓漫畫集》的封面上，年輕的雷霆俠則受到陪審團審判，陪審團的成員是由來自五十世紀的夥伴「未來之友」所組成。這裡也有《世界最棒冒險》裡的雷霆俠，他和蜂之王及其年輕夥伴巴茲一起對抗雙方的敵人：反派「丑角」和陰魂不散的菲力克斯・火石。可樂瓶裡吸管的顏色彷彿理髮店的旋轉燈，沃斯里一邊吸上更多可樂一邊想著，火石根本不相信自己的犯罪行為會成功：號稱是天才的他多次在六頁短篇中越獄，卻連換掉灰色囚犯服都懶，彷彿他早已放棄，知道那麼做也沒有任何意義。

雷霆俠有時會被出版社稱為「暴風英雄」，他同時也活躍在其他故事裡：比方說《刺激漫畫集》（他笑著和希臘神祇阿特拉斯比腕力）、《雷霆俠好友泰迪》（他前往標題所說的「拜克斯特的末日之星」拯救年輕的新聞攝影記者），以及《雷霆俠女友佩姬》（紅髮女

7 此處原文為 exploit。

孩一如以往陷入險境，封面上的雷霆俠正一臉驚駭地看著她最新的造型：她整個下半身變成了一條巨大的蟒蛇，人稱「巨蟒佩姬」）。這位佩姬是名電臺記者，生性鬼祟多疑，沃斯里實在不懂她到底有什麼資格被稱為雷霆俠的「女朋友」。他們唯一的互動是她每隔一、兩期故事就會跌落窗外，而雷霆俠會出手相救，如此而已，但你永遠不會看到雷霆俠帶她去看電影，或跳舞，或把手伸進她裙子底下，就像上個月獨立紀念日那天沃斯里看到偶爾出現的保羅叔叔對他媽媽所做的那樣。

遠在商店另一端的埃及風光裡，他爸和梭特先生都壓低聲音，粗著氣說話，彷彿他們見多識廣、什麼都懂。梭特先生說，他看起來一副閒閒沒事做的樣子，他會在電視上輸掉的，而我們最後會得到一個波士頓出身的牙膏廣告模特兒。這時沃斯里的爸爸說，照情況看真的是這樣，我感覺我們家琴恩也會投給他，然後梭特先生說，嗯，不講這個了，老喬，你那邊還好嗎，然後爸爸說，挺糟糕的，然後梭特先生說，啊，她會想通的啦，然後爸爸說，不會，她才不會。他們兩人現在被空中飄浮的黃色紗布團團圍住，在煙霧中逐漸變成兩具木乃伊。

棕色泡沫一下子湧入沃斯里嘴中。他看向架上剩下的《美國人》漫畫，也就是沒有雷霆俠出場的那些。這些漫畫包括《蜂之王》（他還會和另一個叫火箭遊俠的角色一起出現在《獵兇任務》裡，故事非常普通）、一本不怎麼吸引人的《月亮女王》（她被人用自己的銀鞭綁在一根奇形怪狀的外星圖騰柱上），以及一本叫《漫畫召集令》的漫畫。最後這本的封面上畫了一個卷軸，卷軸上用小寫字母寫著書名，下方則畫著電光俠——白色裝束配上紅色靴子，還有翅膀，是沃斯里以前沒看過的角色。沃斯里手中的錢又燙又黏，他把可樂喝至見底，發出粗魯的聲音，愉悅地享受不知該買哪幾本漫畫的掙扎。

這些漫畫看起來全都那麼誘人，封面彷彿一扇扇發著光的窗戶，通往每一個令人滿足的輝煌世界。它們的封面都採亮光紙印刷，畫作和色彩的品質都比內頁高上許多，彷彿一顆顆令人夢寐以求的珠寶，有著美麗漸層的藍綠色天空與披風般動態的標題字體，堪薩斯赭褐色的塵土飛揚。他喜歡封面上那些神祕難懂的附加標示。左上角的小圓圖示裡寫著「美國人」和「雷霆俠」，而右上角比較大的鋸齒邊緣郵票狀標記，則表示這本漫畫已通過漫畫審議局核准；充滿榮光的審議局標章帶著速度線，彷彿正朝讀者飛馳而來，也像是鑿刻在陰沉深紫色積雲上的白金字樣。這些封面全都光澤油亮，反射著一種抽象色彩。

他最後挑了《雷霆俠》、《蜂之王》、《刺激》、《開拓》、《獵兇》、《雷霆小子》，並打算在《漫畫召集令》和電光俠身上賭一把。他喜歡角色身上那種紅白配色，就像日本國旗和可口可樂的瓶蓋。他拿著挑好的漫畫、空可樂瓶和咬扁的吸管，嚴肅莊重地將它們護送到梭特先生所在的櫃檯，收銀機旁放著一盒二手漫畫，五分錢一本，書況不太皺，也還沒翻爛，他把剩下的硬幣都花在這裡。他選了一本破舊的《驚恐成人夢》，內容略感邪惡，有著令人迷惑的標題，是哥利亞為兒童出版的奇幻選集之一。封面上的主角生物「無可名狀的嗚嗚」看起來像由橘色松果組成的怪物，令沃斯里認為這本漫畫應該還在自己可以掌控的範圍內。他踮起腳尖，把漫畫、喝完的汽水和七十五分錢交給梭特先生，而梭特先生一邊對著沃斯里喊「大客戶小帥哥」一邊在收銀機上輸入帳目。這個下午彷彿運作順暢的發電機，不斷發出低沉的嗡嗚。

沃斯里的爸爸和梭特先生這時將埃及熄滅在巨大的玻璃菸灰缸裡。櫃檯上的菸灰缸是約翰走路的贈品，那位來自維多利亞晚期的紈綺子弟現在正醉醺醺地大步穿過菸灰形成的火山霧。如果仔細去想，這位在走路的約翰某種程度上也算是漫畫英雄，名氣和受歡迎的程度都和雷霆俠不相上下。

這時沃斯里的爸爸說，好了，我們該走啦，然後梭特先生說，生活放鬆一點，老喬，下次見。接著沃斯里和爸爸便穿過幾個街區，往他媽媽家的方向走去，不再多聊什麼。身為兒子的他其實已經知道了，雷·波拉克從來不曾，也永遠不會擁有那種繽紛、英勇的生活，他的生活裡沒有那麼多微笑，既不會拯救世界，也不會對著讀者眨眼睛。沃斯里的爸爸沒那種下巴、沒那種氣質，沒有位在荒漠深處空心山洞裡的豪宅，沒有任何讀者會想看他。這不是老爸的錯，但沃斯里還是忍不住覺得，要是老雷可以再努力一點，也許他的爸媽就不會分開，也許他們一家人就能再次回歸正常。他們並肩往家裡走去，兩人都不期待抵達終點。此刻在太空中的某處，有個像火箭之類的東西正繞著地球快速移動。火箭的名字叫史普尼克，外型像長了刺的保齡球，上面還載著一隻俄羅斯小狗[8]。那隻俄羅斯小狗現在可能正在高樓大廈、雲層、飛鳥和飛機之上俯視著沃斯里和他爸爸，然後心想：美國人實在太慘了，我不能丟炸彈炸他們。

沃斯里的媽媽在門口等他們，問他們玩得高興嗎，不過你知道她的意思其實是指：她不高興。而且這是他爸的錯。媽媽沒有邀請爸爸進門，而是讓沃斯里向他道別之後進屋脫外套，然後她自己和沃斯里的爸爸在街邊壓低了音量對罵。沃斯里聽到老媽問老爸是不是把小孩帶去酒吧，然後聽到老爸問老媽為什麼講話一定要這麼機掰，不過這時沃斯里的注意力都放在《蜂之王》第兩百期，封面上那個叫謎團人的男子殺進了蜂之王和巴茲的祕密基地，正

8 蘇俄的史普尼克計畫（Sputnik）曾經發射了多次人造衛星，沃斯里這裡對火箭的描述混合了一號的外型以及二號中乘載的小狗，但這兩枚衛星在本章的時間點時其實都早已廢棄，此刻真正在太空中執行任務的是五八年五月發射的史普尼克三號。

向兩人發起挑戰。謎團人似乎知道他們的真實身分，而且對他們的一切瞭若指掌。猜猜我是誰啊蜂之王否則我就把你的真名公諸於世。我不想讓他發現你其實只是個差勁的酒鬼。林肯在上啊這個謎團人到底是誰怎麼會知道我們那麼多事。妳也拜託一下琴恩妳怎麼不想想自己什麼德行誰是保羅誰是鮑伯妳他媽還有膽子管我。嗡嗡二人組該如何隱藏自己的身分呢敬請期待下一期謎團人的難解之謎。你天殺的死酒鬼廢物怎麼不趕快去死啊你就去死。漫畫審議局認證通過。然後是沉重的甩門聲。

她回到屋裡，對剛才的事隻字未提，在這個星期六剩下的時間裡也沒再提起沃斯里的爸爸。這其實令沃斯里鬆一口氣，這種反應絕對比以往好很多，以前的她可能會問，他這次又說了我什麼，或者，他講話有沒有口齒不清他身上有沒有酒味。當八月遲來的夜晚降臨威斯康辛，沃斯里便和媽媽一起坐在沙發上，邊吃史雲生牌的冷凍餐盒邊看《荒野大鏢客》，任電藍色的光芒在他們臉上塗抹。晚餐過後，他們吃了檸檬果凍和一罐橘子罐頭，標籤上寫著罐頭來自日本。沃斯里喜歡《荒野大鏢客》，如果裡面有更多帥氣服裝、機器人、面罩和超能力的話就更好了。說起來，他喜歡法警迪龍這個角色，迪龍每集都會花上大半篇幅深思如何以正派態度待人行事。沃斯里也對奇蒂小姐產生了一股濃烈的愛慕之情，他覺得那是愛情，但其實他也不曉得這種感情代表什麼意思。如果有天他和奇蒂小姐碰了面，除了被她收養之外，他實在不曉得兩人之間還能發生什麼。

最後，看完電視後的那段時間讓沃斯里終於決定，星期六是他在整個星期中最喜歡的一天。媽媽要他上樓睡覺，並說他只要乖乖地不吵鬧，就可以開著檯燈看一會兒漫畫。這時的沃斯里能把鎮日的煩鬧，把那些大人和其他人都擋在臥室外面，獨自擁有整個世界。

他將那七本漫畫——如果算上《驚恐成人夢》的話就是七本半——在舒適的褐紅色床單上一字排開、封面朝上，彷彿巨大的占卜牌，並且按照想看的程度依序排列，這樣他就能從最沒興趣的那本一路看向最感興趣的那本。不用多說，第一本就是《驚恐成人夢》，奇特古怪的封面上有著一吋長的撕裂口，瘦弱細長的標題字體神色緊張，整體配色低迷得令人不安，背景是石板灰配上肅穆藍，搭配的紅與橘沒有傳達出棒棒糖般的歡快感，反而像是火焰的光芒。不過令他意外的是，書裡的四篇漫畫（外加一頁他並不討厭的短篇文章）其實都是很好的故事，完全不像皺巴巴封面囂張顯示的那般虛無飄渺。以無可名狀的嗚嗚出現的那一篇為例：故事主角是一名總是說謊的男子，他會講些自己和總統是親戚還有其他亂七八糟的謊言，搞得自己不受任何人歡迎。有一天，無可名狀的嗚嗚想要入侵地球，他抓到說謊男，要求他說出地球有哪些防禦武器。於是說謊男說我們有滅絕射線、衛星爆炸導彈、骷髏毒氣瓦斯和原子匕首，嗚嗚聽了便說，這樣的話他就不打擾了，然後地球上的大家就繼續認為說謊男是個滿嘴屁話的混蛋，完全不曉得他拯救了世界免受嗚嗚入侵。沃斯里說不出為什麼，但是他覺得這篇漫畫比菲力克斯·火石再次逃獄的故事更加成熟、而且寫實。

感興趣排行倒數第二名的漫畫是《漫畫召集令》。雖然電光俠的紅白造型有著救護車一般的樸素魅力，不過書中的他實在有些令人失望。故事講述一名機械工被困在粒子迴旋加速器，因為接觸到以光速對撞的粒子，使得他自己的速度也變得像那些粒子一樣快。故事本身還算令人信服，但是作畫死板無趣。快速移動時的電光俠看起來非常僵硬，彷彿根本半身癱瘓，連到門外信箱拿早報都有困難，更別提要在半分鐘內繞地球十九圈。接下來一本是《獵兇任務》。在主要故事中，蜂之王的宿敵丑角先是對所有人下了一種特別的毒藥，中毒者只要發笑就會死亡，接著丑角便開始對眾人大說笑話。書末短篇則畫了火箭遊俠和地震槍的故事。

下一本是《刺激漫畫集》，再來是《蜂之王》。這一期《蜂之王》揭露，原來謎團人的真實身分是深得蜂之王和巴茲信任的管理員卡爾路瑟，他因為喝下某種科學藥劑而扭曲了心智。沃斯里下一本看了《雷霆小子》，再下一本則是《雷霆俠》。以往他都將《雷霆俠》留到最後，不過這次最後一本的寶座讓給了《開拓漫畫集》，因為這一期裡不僅有雷霆小子，還有他來自未來世界的好友，未來之友。就沃斯里所知，這群人在之前期數裡只出場過一次，大約在幾個月前，現在再次登場顯然是因為讀者迴響不錯。沃斯里得出結論：不管來自哪個年代，由一群超能力青少年所組成的祕密結社絕對會是很棒的故事構想。

沃斯里決定循序漸進。先讀了讀者來信專欄「開拓問與答」。某個自以為聰明的小鬼（馬文．克拉克三世，愛荷華人）寫信問道，為什麼雷霆小子不直接回到過去阻止外星大戰，這樣雷霆國度就不會毀滅了。沃斯里覺得這個小孩實在很笨，不過編輯卻在回覆裡說馬文的想法很好，也許可以刊登在《不可能的故事》裡。這些「不可能發生」的故事不能算是真正發生過的事件，因為雷霆俠在這些故事裡都做出某些不可能的出格舉動，例如結婚、生小孩或者死掉。總之，沃斯里還是覺得馬文．克拉克三世這個人和他講的解決方法都很蠢。

沃斯里接著讀了書末的短篇故事。《開拓漫畫集》的附錄短篇主角通常會是紅狐俠，這個角色根本是蜂之王的翻版。他的跟班男孩名叫小狐狸，他的祕密基地叫做狐狸巢穴，他開的車叫飛狐車，並有著只及蜂之王百萬分之一的帥氣外表。這一期短篇的內容不但沒有突破這個慣性，甚至還介紹新角色登場：一位名叫卡爾靈頓的男僕。

最後，沃斯里的一天終於來到最高潮，他讀了雷霆小子在主要故事中的冒險，精采程度超乎所有預期。沃斯里很快就發現，封面上的審判場面只是為了測驗雷霆小子是否有資格成為未來之友的一員，某處的對話框裡甚至寫著未來之友要對剛進入青春期的雷霆小子判處一百年太空勞役，不過還好只是虛驚一場，這令沃斯里大大鬆了一口氣。未來之友是個類似超級幫派或童軍小隊的團體，初次登場時擁有四名成員，全是來自西元四九五九年超級兒童特殊學校的學生——塵埃少女、膨脹少年、時鐘小子和音速女孩。而在這一期登場之前，四名創團成員顯然又挑選了悖論男孩成為第五名成員。現在，有了雷霆小子這位令人意外的新成員，未來之友成為六人團隊，全都和氣友善地生活在有著半圓穹頂住宅和噴射鞋的未來世界。

沃斯里實在太喜歡未來之友了，其中一個原因是這些成員都來自未來，所以他們雖然現在不存在，但也許總有一天會成為現實。沃斯里開始構思一項計畫，打算寫信給膨脹少年或時鐘小子，請他們回到一九五九年的九月，到媽媽家裡來接他。他要把這封信放在時間膠囊裡，標註「三千年內請勿開啟」，然後坐下來等著時鐘小子的飛行沙漏憑空出現、接他離開。要是能加入未來之友，那就像是加入全太陽系最棒的大家庭，而這些成員會成為他的哥哥姊姊。他們會一起住在綠松石色的穹頂之下，他的名字會叫思索男孩，因為他常常想很多。

讀完《開拓漫畫集》，他下床走向房間角落的五斗櫃，把新買的七本半漫畫放在五斗櫃旁邊緩慢累積的漫畫書堆上。他現在有將近二十本了。他鑽回毯子裡，盡責地關掉床頭的檯燈，舒舒服服沉入寂靜和黑暗中。經過一段感覺很長的時間之後，他聽見樓下媽媽的說話聲，聽起來像在講電話。接著過一陣子，他又聽到她的聲音，但無法確定她是在哭，還是被電視上某人說的話逗笑。

又過了不確定多久，沃斯里突然發現自己做出一件非常愚蠢的事，已然深陷麻煩之中。他不記得細節，不過照情況看起來，身上還穿著睡衣的他顯然用了某種方法在三更半夜溜出家裡，來到兩、三個街區外的梭特先生店裡。他正在找《世界最棒冒險》，非常希望自己當初買的是這本，而不是《漫畫召集令》。梭特先生的店開著，但沒亮燈，店裡除了梭特太太之外沒有其他人，她站在櫃檯後一語不發地盯著沃斯里。他意識到，自己之所以從來沒在白天時看過她，一定是因為她負責值大夜班，而且這個梭特太太其實就是媽媽認識的那個史蒂文斯太太。換言之，那個史蒂文斯太太是個重婚者。沃斯里找不到《世界最棒冒險》，架子上沒有這本。他只找得到站在詭異月光中同時是梭特太太也是史蒂文斯太太的女人，以及一本叫做《失蹤的雷霆俠》的漫畫。封面上的雷霆俠喝醉了，一手拿著約翰走路的酒瓶，沃斯里不太確定，也有可能是那位在走路的約翰本人出現在封面上，攙扶著雷霆俠，幫助他站直。佩姬．帕克斯站在封面右側的階梯上，面露怒色地指著雷霆俠。佩姬．帕克斯一絲不掛，坦露著胸脯和雞雞（沃斯里認為每個人都有雞雞）。雷霆俠說「這樣就互不相欠了」，而佩姬的對話框則寫著「你現在做什麼都太晚了」，聽起來沒什麼邏輯，不過他懂她的意思。沃斯里看著封面，發現自己這輩子根本都被寵壞。突然之間，他也意識到陰暗櫃檯後方的那個身影既不是梭特太太，也不是史蒂文斯太太，而那種感覺非常糟糕。非常、非常糟糕。

於是，就當沃斯里在睡夢中發出嗚咽之時，在他頭頂上方，越過臥室天花板、屋瓦和電視天線，在靠近月亮的位置，那隻俄羅斯太空狗正坐在天空中思索著自己的判決。牠俯視著美國，像狗有時會擺出的姿勢那樣將頭偏向一邊，焦糖色的眼睛充滿懊悔，不過腦中到底在想什麼應該是不會有人知道，畢竟牠思考時用的都是俄語和狗狗語。

3 二〇一五年，六月

那是炎熱夏季裡最炎熱的夜晚。燃素學說曾經認為熱是一種流體物質，早已不為人所信，此時卻在紐約以頗具說服力的姿態重新復甦。熱空氣在人行道上堆積了六英寸那麼高，因此當阿爾佛．凱克拖著沉重的木箱大致往河的方向前進，感覺就像在看不見的溫熱洗碗水中跋涉。

這天晚上糟糕透頂。彩色燈光模糊一片，街道上也滿是嘈雜噪音，快樂農場的工廠傳來爆炸聲，後車燈如霰彈四處閃動，面目模糊的女孩們滿頭霓虹髮色。阿爾佛滿身大汗，沿街拖著箱子，拉繩在他肩上磨出一道疼痛的溝。他訝異地發現自己竟然正努力眨著眼睛忍住淚。不過話說回來，他確實遭遇了不公平的對待，被迫做出極不愉快的決定，被迫拋棄他的所愛。

瑟莉絲下了最後通牒，要他處理掉那些藏書。「垃圾不丟，那就我走。」對女人來說，她們沒興趣的東西都叫垃圾，阿爾佛沒說錯吧？他試圖向她解釋——何止解釋，根本是苦苦哀求。他說自己收藏這些東西不是出於漫畫宅的堅持，也不是因為懷舊或者不願長大這類女性主義者幻想出來的懶惰刻板印象；他現在是《美國人》的員工，在拜倫．詹姆斯作畫、米爾頓．細指編劇的新作品《超人協會》中負責上墨線，而這些收藏品現在都是他的參考資料。但是瑟莉絲只說：「鼻要咧！」那是她從白天的電視節目裡學的，她覺得這樣說話很可愛。「我說真的，阿爾佛，看你要留垃圾還是留我。」於是他就落至現在的境地。

現在到底幾點了？應該是凌晨三點或三點十五吧？所以街上還是滿滿的混蛋。這些人不單只是夜行性的混蛋，還非常有可能也是精神錯亂的瘋子。其中一個踩著滑板經過他，一邊吃著巨大的潛艇堡一邊在街道中央航行。阿爾佛使力拽著箱子，磨磨撞撞走了幾百英尺，路上經過許多二十四小時超市和超級商店，而每份報紙的頭條都是關於外星人或貓王之類的假消息，彷彿他進入了某種資訊的盲點。一名看起來像第二代或第三代的女街友正對著快要失去意識的店員喊著「瓶裝水裡有愛滋病」，地上人孔蓋冒煙悶燒，彷彿地下水道裡有休眠火山群。敲敲磨磨撞撞。

他剛認識瑟莉絲時，她還不會動不動就發出最後通牒。那時的她害羞內向，因為體重而缺乏自信，阿爾佛覺得這也許就是自己那麼輕易就能追到她的原因。在那之前，阿爾佛有著一連串被拒絕的漫長歷史。他從沒說過她漂亮，也沒說過她的身材令自己雞動不已之類的話。到最後，她可能也覺得他是抱持著做善事的態度和她上床，事實上他也的確如此。不過後來她就變了，他覺得都是因為她讀了那些書和雜誌上的文章。她開始批評他的言行舉止。在過去幾個星期裡，她對他漫畫收藏品的碎念程度已經突破天際，然後現在又搞這一齣。媽的，他一點也不想在熱到令人沒力的六月夜晚處理這種狗屁事，尤其是他得在下個週末前完成第一期《超人協會》最後十二頁（事實上不只十二頁）的墨線工作。

一百萬盞燈的光芒溢漏四濺，讓夜晚亮得像是白天時光的鬼魂。這是一場永恆的電器黃昏，充滿屁味、尖叫和熱狗。擁擠的龐大建築群讓這座烤箱城市變得更加炙熱，對比這些巨大到令人沮喪的建築物，阿爾佛就彷彿一隻拖著蘋果籽的微小螞蟻。雷根糖似的色彩炸裂，汽車喇叭一陣乍響，他明明沒有透過鏡頭，竟然也看得到眩光的光暈。拖箱子穿越十字路口著實令人焦慮，因為號誌燈只給了那麼丁點時間。走到半途，阿爾佛發現自己被迫彎下腰，以黃銅把手搬起硬木木箱，彷彿環球影業版本的鐘樓怪人那樣飛奔起來。

還是回到瑟莉絲，還有她最近開始立下的一條條規矩吧。好，嚴格來說那是她的公寓。如果真的要算那麼清楚，嚴格來說公寓的確是她的。而且，對，當初他搬進去時也說過這些圖像小說只是暫時放在公寓儲藏室，最多一、兩個月，他需要一點時間想清楚該怎麼處理。

可是，拜託欸，這世界上又不是每件事都會照著我們希望的速度完成，或者完全按照我們想要的方式進行。瑟莉絲永遠不會懂得這一點，對此，阿爾佛已經苦澀地接受這個事實。瑟莉絲和他所認識的大多數女人一樣，一輩子只看過《布林吉》，所以不既了解阿爾佛對這些書的喜愛，也不懂他為什麼堅決要進入這一行。她不懂，就是不懂。當然，她在保險公司的工作是兩人目前的主要收入來源，不過等一、兩個月之後《超人協會》出版，等《漫畫沉思者》和《收藏家賦格》都給出好的書評，到時候情況就不是這樣，到時她就會知道他一直都是對的。不過，以瑟莉絲的個性，他當然也知道這種情況永遠都不會發生。她永遠不會改變，至少不是現在。

他全部的藏書欸。她好像從沒真正了解過他，也從來不懂這些書對他的意義，否則她永遠不會說出「看你要留垃圾還是留我」這種話。話說回來，其實他也很訝異自己真的採取了行動。收到最後通牒後，他先是拖延了兩、三天，而在這段期間裡，她對那些要求的立場毫無軟化，最後情況惡劣到他幾乎無法忍受和她共處一室。於是他放棄了，帶著箱子和繩子踏上這場不堪設想的旅行。他深愛自己的藏書，現在這整個處境對他來說何止折磨，根本是希臘悲劇。

他整個人都反常。他知道自己會很難過，但是天啊，實際反應竟令人如此難以招架，他無法思考、淚流滿面，諸如此類各種情緒。他覺得現在的自己彷彿走在夢裡，就這樣走著，但不記得曾經決定要往河走去，不確定這方向是否真的朝向河邊，也不曉得抵達之後該怎麼辦。也許他應該舉行某種儀式？成群的蛋黃色計程車在一旁艱難移動，脾氣暴躁、摩肩擦踵，大燈因為不斷走走停停而眉頭緊皺。

這天晚上等他回家，他將不再拉著嘎吱作響的重負，他要先整理漱洗一番，然後立刻投入工作，完成首期《超人協會》的第十二頁。在這頁最下方的大橫格裡，繪師拜倫．詹姆斯用鉛筆畫了美國超人協會第一次全員集合的畫面，全是超人聯盟在一九四〇年代成立時的原始成員。《美國人》漫畫在一九六〇年代重新開始出版這系列故事時，大家都對「協會」這個詞有些感冒，於是就把名字改成了「聯盟」[9]。那一格畫面裡有著初代電光俠、永世者、靈樞醫生和初代金鷹俠這些老牌角色，加上身材比較瘦、沒那麼多超能力或道具的雷霆俠和蜂之王，還有一個風格比較可愛的月亮女王負責會議紀錄。米爾頓．細指和拜倫．詹姆斯在這本作品裡加入了一種冷硬派的黑色風格，例如阿爾佛之後會畫到初代藍光俠和一九四〇年代雷霆俠抽菸的畫面，這種近乎褻瀆的場面會讓粉絲勃然大怒。

9 「協會」的原文 union 也有工會的意思。

附近某處，也許在一條街外，傳來垃圾車抬起子車時氣喘吁吁的聲音，還有放下子車時四處反彈的巨響。前方有幾間酒行和樂觀得過分的精品家具店，商店外牆的購買窗口賣著電子菸或報紙，幾個孩子穿過馬路，一名警察正在巡邏。阿爾佛發出用力時的咕噥聲，壓低了頭，繼續艱鉅的勞動，堅定不移地朝向基本為假設性的河流前進。

他感覺自己必須超脫出這個身體和此時的處境之外，於是把心思都集中到《超人協會》將會帶來的美好事物上，試圖藉此去到比較快樂的地方。他們的編輯是沃斯里·波拉克，大好人一個，從不干涉，總是放手讓每個人能好好做出一本好書。他是傳奇人物布蘭登·恰夫手下最為人所知的編輯，也是酒吧聚會時的好同伴。例如去年在聖地牙哥，阿爾佛有機會和波拉克、丹·溫斯還有迪克·達克立聊天，後者負責管理《青樓》雜誌為這個世界帶來的所有情色漫畫。他們聊得非常愉快，波拉克說了一段關於大衛·莫斯寇維茨的故事，說他有次不小心撞見這位《美國人》的發行人和管理高層居然——聽好了——整個人坐在嬰兒推車裡！當時莫斯寇維茨抬頭看向波拉克，一臉沒事地說：「挑今天晚上搬東西不會太熱嗎？」──不覺得很誇張嗎？出版社的發行人欸，居然還──

「我說，挑今天晚上搬東西不會太熱嗎？」

說話的是那個警察。一股刺寒的虛無出現在阿爾佛胃袋裡，令他想立刻從此地消失。他希望整件事只是夢，或者騙局，或是一篇《不可能的故事》。

「噢！噢，你在跟我說話。抱歉，剛才在想別的事。對，對對，今天晚上很熱，可不是嗎？有東西要拿去垃圾場就遇到這種天氣，像你剛才說的，熱得要死，對吧。」噢靠。靠杯，閉嘴。閉上你的嘴。

「裡面裝什麼？」

說實話最簡單。他的餘光瞄到「ＳＯＮＹ」這個字不斷重複閃過。

「呃，那個，你聽了一定會覺得我是笨蛋。不過，都是我女朋友啦，她說如果我不把漫畫畫丟掉的話就要跟我分手。」

警察以額頭表達某種同情。

「漫畫噢？嗯，我懂。我小時候很迷《偉漫》的漫畫，就是甲蟲男孩、野蠻獸、日神阿胡拉那些，但後來很多都被我媽逼著在我們家後院燒掉了，我覺得從那之後我就有點恨她。你遇到難關了啊，老哥。」

這情況比阿爾佛預期的好太多了，幾乎完全相反。警察小時候也喜歡看漫畫，他理解阿爾佛今天晚上的遭遇，這一切彷彿奇蹟。

「呃，我其實算是漫畫業界的人。應該算吧？我是畫師，確切來說負責畫墨線。我沒畫過日神阿胡拉或野蠻獸，不過我現在畫的作品裡有蜂之王和雷霆俠，不知道你有沒有聽過？」

阿爾佛有些不老實。他很清楚，大家都聽過蜂之王和雷霆俠。警察彷彿八歲小孩般笑了起來。

「騙人！蜂之王耶，你說真的嗎？」警察開始唱起歌來，男中音意外甜美。「蜂之王！蜂之王！惡人注意，蜂之王來了！英雄中的王子，蜜蜂中的國王，再加上夥伴巴茲，壞蛋都要聞風——噢，天啊！」

空氣中極其細微的氣流顯然改變了吹拂的方向，而如先前所說，這是炎熱夏季裡最炎熱的一個夜晚。於是，警察突然一陣乾嘔，兩人對話的內容便立刻從《蜂之王與巴茲》電視主題曲的現場演唱會，陡然變成「天啊——先生請你立刻從人行道上下來，並且把手——噁喔——把手放在背後」之類的話語。再後來，就發生了那一大堆事情。

這起事件對《美國人》來說本該是場危機，不過，由於某種難以置信的好運，《偉漫》的《怪物小隊》的上色師陶德．普米安也在同一週遭到逮捕，原因是他誘拐數名未成年男孩，將他們帶回自己公寓去看所謂的「羅威拿的草稿」，但其實指的是他的老二。在一般狀況下，這兩間公司會滿心歡喜地利用這個把柄來抨擊對手，不過在這次事件裡，雙方都心照不宣地裝作這個六月什麼事都沒發生，這樣對大家都好。伯納警官獲得了嘉獎和小幅加薪，增加的薪水至少能讓他買下一套等待許久終於上市的《蜂之王與巴茲》全五季DVD套裝組。

4 一九五二年，一月

診療室裡的凱薩

（本文為朱利耶斯·梅岑博格某次精神分析療程之逐字稿，原錄音時間為一九五二年一月二日，後在梅岑博格家族的允諾下，重新刊載於二〇一三年十月出版的第三三九期《漫畫沉思者》。）

（……）

朱：嗯，對，我懂你的意思。不會，我覺得確實可以這麼說。我的……我認識的……就說是跟我有私交的人好了，他們大部分都是和我工作無關的非業界人士。我在這方面分得很開，如果你懂我意思的話。我在業界沒有朋友，這倒是很清楚，我自己也知道。我知道大家對我有所傳聞，但我認為你說的這些，其中很大一部分來自於人們自己的怨恨。因為他們跟不上我處理雷霆俠故事時的思緒，做不到我接掌之後的每一項決策。那部作品已經活了十三年，現在推出電視劇之後還能再活十三年。你覺得準點漫畫那個叫山姆・布萊茲的小子有這種本事嗎？最好是有啦。還是科學出版那個王八蛋吉姆・洛斯？抱歉，他們現在改名叫感官出版了。難道他——

（……）

朱：誰？吉姆・洛斯嗎？現在到處都看得到ＳＰ出版社[10]的書就是他的傑作。科學出版是以前他們以前的名字，那時候掌權的還是老詹姆斯[11]・洛斯，老傢伙還沒遇上那件倒楣事。就是尿尿那件事。你應該知道我在說什麼吧？願老傢伙安息。你知道嗎，老傢伙人其實還不錯，還算可以，但我覺得他家那個小吉姆一直以來就是個遊手好閒的浪蕩子。現在他當上發行人，把《愛迪生的一生》這類有價值、有發展性的書都刪了，剩下的全是給披頭族和精神病患看的東西。有沒有一點男子氣概啊那些書？光聽他們取的名字就好了，《謀殺的石棺》、《死亡墳場》，還有《狂人》……

10　科學出版（Scientific Publications）和感官出版（Sensational Publications）的縮寫都為ＳＰ。

11　詹姆斯（James）和吉姆（Jim）其實是同一個名字，後者為暱稱。

（……）

朱：《狂人》，取這種名字就是他們所謂的幽默，說穿了裡頭就是一堆沒營養的東西。我告訴你，這群人就是在嘲笑而已——我最氣的就是這種行為——他們在嘲笑大家都知道、都喜歡的東西，嘲笑大眾重視的東西，像是電視節目和電影，也笑在報紙上的連載漫畫，例如你們出版的《小不點》和《巡警弗洛伊》。他們還笑漫畫書本身。我的媽呀，他們有夠喜歡嘲笑漫畫書[12]。

（……）

朱：對！對，我的意思就是這樣：他們自己就是漫畫書，卻還反過來嘲笑漫畫書？而且笑的還是平凡、正派的兒童漫畫，那些漫畫的讀者都是青春健康的小男孩，而不是少年犯。你知道布林吉嗎？就是那個一直遇到亂七八糟事情的近視高中生。呵，《狂人》裡就畫了一個「不然吉——全美國最沒有特色的青少年」，原本的小孩形象到了他們筆下連張臉都沒有，好像他什麼都不是，你懂我的意思嗎？吉姆·洛斯和他那票毒蟲作家創造了一個無趣的平庸小鬼，然後又畫了一群他們覺得同樣平庸的小孩子，讓這些角色混在一起，畫他們親親嘴、抽大麻捲菸之類的故事，這就是他們覺得有趣的作品？後來《狂人》又做了另外一件有趣的事——他媽的超有趣——他們終於找上雷霆俠，畫了一個什麼「後庭俠」。

（……）

朱：當然啊，我他媽的當然認為這是人身攻擊啊。這在攻擊我，也在攻擊《美國人》漫畫。那些王八蛋其實就是……好、好，比方說在真的《雷霆俠》故事裡有個地方叫雷霆國度，被外星人炸毀了。你應該知道我在說什麼吧？《狂人》做了什麼呢？他們畫了個歪七扭八的東西叫後庭國度，說它遇到一個飄浮在太空中裡的停車標誌，然後就爆炸了，完全沒有任何邏輯。然後有個年幼的後庭寶寶來到地球上，被兩個鄉下人收養，好像是佃農的吧，而這兩個人就住在德拉瓦州。說到德拉瓦州，你聽好，賽門．舒曼和戴夫．凱斯勒就是德拉瓦人，這兩個年輕人……這麼說吧，是發想出雷霆俠粗略雛形的人，他們取了雷霆俠的名字，並畫了幾張紫色連身衣的草稿，就是一些基本構想，你懂嗎？而在後庭俠的故事裡面，《狂人》畫了幾個油嘴滑舌的城市人，說他們從這兩個鄉下小子手裡簽下後庭俠的擁有權，好讓後庭俠去幫城市人賺錢。我沒騙你，我敢發誓，那三個城市來的傢伙裡其中一個就是在畫我，就是脾氣很差、長得像人猿、講起話來就口水狂噴的那個。剩下兩個人，一個長得像索歐．史蒂曼，他是我們《美國人》漫畫裡所有科幻故事的編輯，另一個長得像海克托．貝

12　漫畫書是指整本都是漫畫的作品，和報章雜誌刊登或連載的連環漫畫是漫畫的不同形式。

斯，就是做《邋遢大軍》那些戰爭故事的可憐老傢伙。這樣你懂了嗎？你懂吉姆・洛斯和SP那些王八蛋在幹麼了嗎？他們在做的就是翻舊帳，把舒曼和凱斯勒以前說要提告的那些事情重新翻出來。這就是他們所謂的幽默，這就是他們娛樂的方式。所以，對，我他媽的當然會認為這是人身攻擊。

（……）

朱：像我剛才說的，出於嫉妒。這就是怨恨。我希望他們全都下地獄，永世不得超生。他們做不到我做的事，做不到我在《美國人》裡達到的成就。你說說看，現在有哪個出版社還在出版這些穿著長版內衣的漫畫人物，而且還能靠它們賺錢？十年前我們還能看到許多變裝英雄，地位穩固如山，難以撼動——國家守護者、魚人俠、黏土人皮特和奇妙先生——這些當年響噹噹的名字現在都在哪裡？如今提到蒙面超級英雄，大家就只會看蜂之王或我任內出版的雷霆俠系列。對，沒錯，還有索歐・史蒂曼負責的《月亮女王》。不過說到這點，因為我是總編，所以看得所有系列的銷售數字，這件事我們說說就好，不要傳出去——我負責的《雷霆俠》或者《刺激》，銷量是《月亮女王》的四倍。所有人都不懂我怎麼辦到的，沒有人知道。

（……）

朱：我的祕訣就是：我可以像小孩一樣思考，我知道他們在想什麼。我的做法是，不必進辦公室裡的時候就去學校操場、汽水機這類地方晃晃，要是遇到某群健康活潑的小孩子——你應該懂我意思——出來玩耍、打打鬧鬧幹麼的，我可能就會主動找他們聊天，並在無意中透露我是《雷霆俠》的出版社老闆，你真應該看看他們眼神整個亮起來的樣子。我會問他們希望看到怎樣的故事，他們可能會說雷霆小子應該有條狗，因為他們家裡也有養狗，於是我把這件事告訴編劇，然後雷霆狗贊多就誕生了。或者他們也可能會說——我要聲明這些都是長相端正、性格正常、心理健康的孩子——他們可能會說，想看到雷霆俠和長得跟他一樣但是個性完全不同的角色打鬥。我就是這樣想到雷霆狂魔、雷霆俠的時之瓶這些故事。我覺得自己心裡大概也住著一個小男孩，我是這麼想的。

（……）

朱：嗯，對。畢竟這是我的工作，這就是我整天在做的事。不然應該聊其他事情嗎？

（……）

朱：雷霆俠？你覺得我全部都在聊雷霆俠？不是這樣，我覺得不能這麼說，我有提到很多其他事情啊。你真的覺得我不管講什麼，最後都會回到雷霆俠身上嗎？

（……）

朱：喔。你這樣說的話，我想……應該是吧。嗯，這是很有趣的觀點，也許我真的就是這樣。

朱：等一下……你說我嗎？我會不會覺得自己就是雷霆俠？不會啊，當然不會。雷霆俠是給小孩子看的故事，而我是大人了，我幹麼要覺得自己像……

（……）

朱：對。對耶，我剛剛的確這樣講，說自己心裡也有個小男孩。但是……我不知道，你出了難題給我，這我得想一下。雷霆俠，我會不會覺得自己就是……

（……）

朱：嗯，我知道，我正在想。我覺得……我一直很喜歡雷霆俠的一點是，他從某個被摧毀的他方來到美國，這樣說起來他其實是移民人士。你找到一個我認同他的部分了，我以前從沒想過這件事。

（……）

朱：我的家族嗎？我們來自烏克蘭，來美國五十多年了。五十五年，很難相信對吧？我當年只是個三、四歲的小孩子，很多事情都不記得，全是聽來的。我們來自猶太小鎮[13]，就是某座小村莊，聽說是相當受敬重的家族。我祖父是拉比，大家遇到問題都會來找他，真的是每個人喔。不過這也沒什麼特別的就是了，等時間一到，我們跟所有人一樣都得跑路。

（……）

朱：那是因為該死的哥薩克人，俄羅斯白軍。我自己不記得，不過就我聽到的，那些混帳到處強暴、殺人，把整座村莊都燒了，所以我們才不得不……嘿，我突然想到——那座猶太鎮，那裡就是我的雷霆國度。那是我來美國之前住的地方，而且也被摧毀了……天啊！哥薩克人等於是那些超級罪犯，他們就是炸毀雷霆國度的太空海盜。我以前都沒發現這件事。編輯這些書這麼多年，從來沒想過。誰想得到呢？不得了，這還真有點道理。

（……）

朱：不，我覺得這真的滿重要的。我正在想有沒有東西是……應該就是雷霆俠的時之瓶了吧。你沒聽過嗎？那是雷霆俠藏在荒漠祕密總部雷霆山裡的某個東西。它的外型像一只巨大玻璃瓶，但是裡頭裝著雷霆國度被毀滅之前的某一日，雷霆俠蒐集了那天的所有光線和聲

13　原文用的字為 shtetl，意第緒語，意思是位在東歐的猶太人小鎮。shtetl 是猶太人流浪歷史中重要的社區象徵，這類社區起源最早可追溯到十三世紀，並於十九世紀中期逐漸衰敗，最後被大屠殺完全消滅。

音，放進那只瓶子裡。那一天會在瓶子裡不斷重複，每次重複，所有細節都一模一樣，不會改變。而雷霆俠……抱歉，我有點激動了，這很不像我。而雷霆俠的族人，包括嬰兒時期的雷霆俠自己，全都還活在時之瓶裡。所有人都還活在那之中，你懂那種感覺嗎？我覺得……這些東西就是他所有的回憶了，不能放棄。這點和我有點像，我的確會這樣。當我想到那座猶太鎮，想到的都是自己所能記得的瑣碎小事，還有我對祖父的記憶，就是那一、兩件事，彷彿在看小小的相片，例如農民在田裡，收穫時節忙得汗流浹背，我很常想到這類事情。你要知道，因為那個地方已經消失了，所以記憶對我來說非常珍貴。我感覺……我猜自己覺得只要把回憶保存好，那就有東西留存下來，不算全部毀滅。所以，對，就是這個了，我的時之瓶，就像雷霆俠的一樣。

（……）

朱：其他東西？我……我也不知道，還在想。我對這種觀點還很陌生，現在正試圖搞清楚其中的關聯。我們的確可以用這個角度去看，我的生活和雷霆俠的故事的確有一些共通點。這是必然的，因為……你要知道，組成雷霆俠的所有元素、孩子們所認識的關於他的事情，都是我的點子！我的意思是，決定《雷霆俠》故事會採用哪些構想的人是我，從這個角度來說，這些也算是我的構想。過程是這樣的：編劇有時會來找我討論，假設今天來的是亞帝．里博維茲，他會說：「梅岑博格先生，我想到一個點子，我們可以讓雷霆俠回到過去對抗恐龍。」然後我會說：「這點子不好，我想到一個比較好的。讓雷霆俠在荒漠的空心山裡打造一座基地如何？你去幫我寫這個故事。」然後隔個一、兩天可能換成海因茲．梅斯納過來——「我想到一個點子，雷霆國度爆炸的時候，一些石塊變成叫做雷霆石的東西，這種石頭會對雷霆俠有害。」然後我會說：「這點子不好，我想到一個比較好的，不如讓雷霆俠回到過去對抗恐龍如何？你去幫我寫這個故事。」這樣你懂嗎？挑選故事的人是我，這就是為什麼我和雷霆俠會有共通點。我又想到另一個了。雷霆俠可以召喚暴風雨對吧？這其實跟我一樣，大家都知道我脾氣不好，要是有人惹我生氣，可要小心了！我們有個編劇特別怕我，我不會說是誰，但是聽說他椅子上隨時掛著一條乾淨的褲子，等著我打電話給他。因為每當電話響的時候，每一次喔，他都會拉一小坨屎在內褲上。哈哈，你相信有這種事嗎？這就是用權力召喚來的暴風雨，就是這樣。（大笑）

（……）

朱：不，不對，我告訴你，講白了這就是做這行辛苦的地方，大家都懂，入行時就知道自己要面對哪些難題、可能發生哪些狀況。我還能說什麼呢？做這行很辛苦。你必須讓自己變強才有可能成功。這些編劇覺得我很壞，他們應該去看看十年前我剛進《美國人》時那些掌權的人是什麼樣子。他們那些人啊，就算是我，遇到其中幾個人也要差點拉在褲子上。這些傢伙都沒在開玩笑的，全都會砰砰，懂我的意思嗎？現在這年代他們已經沒那麼高調了，但是在以前呢？噢拜託，當然。我見過海米．懷斯[14]一次，也見過快腿戴蒙[15]……他是個聰明人，非常有趣。他家廁所裡掛了一幅大照片，是上頭有隻獨眼的金字塔，就是一元鈔票上面那個，財政部的徽章[16]。奇怪的傢伙。進他家廁所尿尿，渾身不自在，好像那個長得像金字塔的東西盯著你看，也許就在看你的小弟弟。（音訊無法辨識）有點離題了，我們怎麼會聊到這裡？

（……）

朱：噢對，相似性，還有我覺得像不像之類的。嗯，讓我想想……有個東西——我其實不太確定是不是，但就是剛才講話時想到的——我前面講到雷霆狂魔，說他是站在雷霆俠對立面的怪物。有的時候我覺得……假如某件事很順利，讓我很高興，比方說有什麼，呃，比方說和某個朋友的友誼好了，或是這類的東西，我會突然沒來由地開始抓狂，像是故意要把事情搞砸一樣，我也不知道為什麼要這麼做，你聽得懂我在說什麼嗎？這種事常常發生，假如我現在被菲力克斯．火石的射線槍擊中，那我馬上就會變成梅岑博格狂魔。「越見美景、越想搞砸」，就是那個意思。然後還有另一件事……

（……）

朱：不是，這和雷霆狂魔無關，是另一件事。我剛才不是說到自己怎麼會有雷霆石這個點子嗎？這些雷霆石到底是什麼呢？就像我剛才說的，它們是大石頭。在最初的設定裡，它們是雷霆國度爆炸後產生的碎片，後來又被超級海盜的核子射線之類的東西擊中。而到了現在，大家才發現那種由未知物質發出的核子射線造成了什麼後果，它讓那些碎片——那些碎片就像發光的紅色水晶，像是巨大的紅寶石，比你的頭還大——變成某種放射性物質，但只會影響來自雷霆國度的居民，比如雷霆俠、雷霆小子、雷霆狗，只要來自雷霆國度就會中毒、變得衰弱，最終被殺死，懂吧？雷霆石會發出一種粉紅色的光芒，受到影響的對象會慢慢粉紅化，等到變成超級鮮豔的粉紅色，他們就死了。當初這些碎片像流星雨一樣墜落到地球，全都燒得高溫火紅，然後每個月都會有某個不安好心的壞傢伙——通常是菲力克斯·火石——挖出其中一顆閃閃發亮的水晶碎片，用它來傷害雷霆俠。這樣一路挖下來，出土的碎

14 Hymie Weiss，二十世紀初的波蘭裔美國黑幫老大。
15 Legs Diamond，二十世紀初的愛爾蘭裔美國黑幫分子。
16 鈔票上的金字塔其實是美國國徽，此處為梅岑博格口誤。

片已經多到可以重新建造出雷霆國度了，十倍大都不只。

（……）

朱：嗯，接下來就要講到這和我的關聯性了。這東西和我的關聯，就像我剛才所說時之瓶跟記憶的關係一樣。那些石頭就像我的某些記憶。我現在五十六了吧，我做過非常多事情，非常多，其中某些記憶，例如時之瓶裡的那些，對我來說非常珍貴。而其他的……其他的就應該只屬於我，你懂我的意思嗎？如果我的某個敵人——相信我，我有一大堆敵人。假設其中有個菲力克斯．火石那樣的人物挖出了這些有毒的回憶，就可能會對我造成嚴重的傷害，無論在各個層面都是，工作上、私人生活上……甚至有可能殺死我。這些不好的記憶，這些我不想被挖出來的東西，就是我的雷霆石，這樣你懂嗎？它們就像我的祕密弱點，就像雷霆俠那樣。

（……）

朱：什麼？

（……）

朱：呃，那就只是顏色而已。

（……）

朱：你說為什……？我不知道。那是印刷上最顯眼的顏色，就只是這樣而已。我不知道，它們也可以是任何顏色，可以是藍的，可以是綠的。我不懂為什麼……

（……）

朱：那沒有任何意思啊。為什麼他媽的每件事都一定要有意涵？我現在穿咖啡色褲子，這代表什麼意思？你繫藍色領帶，所以呢？我應該要問那有什麼意思嗎？我才不信這種說法。怎麼，難道每件事都要有意義嗎？所以那邊上面那個時鐘，它代表——

（……）

朱：我哪有！他媽的我怎樣叫有戒心！你知道嗎？蠢話連篇。關掉它。

（……）

朱：就是那個意思。這什麼訪談根本在胡扯，你最好現在就關掉，否則——（音訊無法辨識）

（訪談結束）

5 二〇一五年，八月

卡爾廚房事件後的那六、七個星期，肯定是布蘭登·恰夫一生中最多事的一段日子——如果他還活著的話。首先是死亡事件本身，然後是含糊到令人驚訝的驗屍過程，彷彿驗屍官完全不經思索，想到什麼就寫什麼。接著恰夫的公寓發生火災，然後就到了他葬禮上那場混亂的狗血劇。葬禮上跑來一個完全沒人認識的傢伙，自稱是布蘭登兒子，丹·溫斯則似乎陷入難以費解的哀痛，以至於不小心咬破了上次在餐廳事件後縫合的嘴脣傷口，於是到處是血、小孩狂叫、傑瑞·賓寇昏倒的場面再次重演。若是在平常時候，這絕對會和布蘭登·恰夫的驗屍現場一樣令人害怕，不過一如我們現在所知，稍後在九月底舉行的二〇一五年年度薩特漫畫展上，當讚揚恰夫及其貢獻的緬懷儀式進行到一半，還發生了另一件事。

總而言之呢，在星期二晚間餐廳事件發生後的那個星期六，嘴仍縫合完整的丹·溫斯以及還在飄然陶醉的沃斯里·波拉克一同前往布蘭登家中，試圖幫忙整理些遺物。溫斯和恰夫家只隔一、兩條街，已故的總編輯曾把公寓鑰匙交給他，以備緊急情況之需。當然，真正的緊急情況在四天前就不幸地結束了，亡羊已經暈死在辣雞翅裡，所以丹和沃斯里都知道自己這趟不過算是補補破牢。不過無論如何，正如他們抵達時所見，還是得有人來確定房屋是否安好、取走信箱裡累積的信件，諸如此類雜務。這是他們本該幫忙的平凡瑣事，畢竟往生的不僅是曾經的好友，也是名氣和資歷都更豐富的同業競爭者，而且還是自己所在單位的直屬上司。除此這些原因外，這兩人也都預期恰夫所擁有的漫畫收藏應該會令他們這些漫畫研究者大感興趣。（當然，他們只是想要看一看而已。）就算他收藏的漫畫很普通，應該也會有些令人感動的個人物品，能讓你睹物思人。例如他在七〇年代常戴的墜子，或者許久以前《偉漫》發行的強戰掠奪者軍團胸章，上頭印著野蠻獸、神奇五超人和甲蟲男孩等角色的小圖片。恰夫有一大堆這類東西，各式各樣。

布蘭登在眾目睽睽之下過世之後某天，所有人都震驚、沉默地坐在《美國人》的辦公室裡，而他們兩人就是在這種氣氛中同意要來走這一趟。大家都覺得這麼做是好事，就連公司的其中一名高層大衛·莫斯寇維茨都說會在星期六這天稍晚的時候過來一趟，以表敬意。（當然也為了瞧瞧想像中恰夫可能收藏的那些漫畫。）丹和沃斯里沿著八月初的酷熱街道走向沒了主人的公寓，一路上都沒交談。丹沒說話是因為下唇的縫線令講話變得困難，而沃斯里則是正在消化自己當上總編輯這件事。雖然參雜了些微悲慘氣氛，不過這項進展對他來說仍像一場美夢。他自然會為恰夫的死感到極為震驚，這是再當然不過的反應。布蘭登不僅是他的同事，也是不斷提出各種要求的上司，幾乎像個喜歡欺負人的繼兄，沃斯里當然會想念他，這點無庸置疑。可是話說回來——總編輯欸！但是，是布蘭登欸！可是，媽的，總編輯欸——他內心的糾葛大約如此。

丹·溫斯的性格則更加焦慮不安。坦白說，經過那天晚上在卡爾廚房的怪異演出之後，丹開始質疑起以前生活中許多重要的信仰支柱。例如：漫畫的連續性。若是擺在更龐大的人命生死之前，連續性還有那麼重要嗎？那他和他的朋友、他這些同行呢？他們到底變成了什麼樣的怪物？這個行業究竟對他們做了什麼？事情怎麼會變成這樣？丹·溫斯這個人又該如何擺脫這種狀態？而在這些問題背後，有件事在他心中始終縈繞不去：布蘭登·恰夫在地球上的最後片刻全都在聽傑瑞·賓寇對海洋先生的愛慕獨白。布蘭登討厭海洋先生，就這點而言，他也討厭傑瑞·賓寇。丹在心裡默想：千萬別讓我在那種場面下死掉。拜託，怎樣都好，就是不要那樣。

他的腦中千思萬緒，但幾乎沒有任何一件事與布蘭登的遺孤漫畫書有關。

他們沿著寬廣的大道走入混亂的午後，彷彿一道思慮不周的矛盾悖論；兩隻烏龜放眼望去，完全看不見阿基里斯。兩人之間無話可說的沉默震耳欲聾。之所以有這種狀況，一部分是因為在這兩名男子間只有勉強算得上交情的淺薄交集，而這些交集又全奠基在漫畫之上，本來就無法用來處理猝死這類真實生活會發生的事件。在漫畫中，死亡的發生都是有條件的。在將近八十年的時間裡，雷霆俠有過許多悲慘的下場，《美國人》漫畫曾為此出版兩套《偉大的死法》系列，全都大獲成功。

丹和沃斯里的另一個問題是權力的傾斜。在認識的這幾年歲月裡，他們的關係彷彿塑膠薄膜封套，權力不安地在兩人之間變動。青少年的他們在紐約州奧巴尼市初次認識，場合是詹周．傑克森舉辦的「蜂會1」（不過後來大家才知道蜂會1的「1」其實是多餘的，因為從此以後再也沒有第二屆）。他們在那之後的數年裡書信往來，偶爾見面，連袂參加的漫畫展數量多到其他漫畫迷會稱呼他們布林吉和酒瓶哥，也就是漫畫中著名的高中好友雙人組。當時戴著厚重矯正鏡片的丹當然是布林吉，而沃斯里之所以是酒瓶哥，是因為當年的他剛好開始參加戒酒互助會，而要戒酒的首要條件必須得先是個酒鬼。

不久之後，波拉克受到繼父資助，出版了至今仍令人津津樂道的平版印刷小誌[17]《漫畫

17 小誌（fanzine）是對愛好者雜誌的統稱，主題會隨領域而不同，不一定局限於漫畫。漫畫迷小誌與同人誌的差別在於，前者包含所有關於該主題的內容與形式，後者則大多指涉根據現行作品再創作的作品。

世界》，丹受邀在其中撰寫評論專欄「溫斯亂說話」。那是他第一次看到自己的文章被印刷出來，諷刺幽默的風格令《偉漫》和《美國人》漫畫裡年輕一輩的自由工作者注意到他，進而讓他接到幾份編劇工作，幫《美國人》銷量差勁的懸疑系列《驚怖之塔》和《恐懼密室》寫了幾回劇本。就這樣，兩人間的地位平衡第一次發生動搖，丹成了專業人士，而沃斯里還是個粉絲，不過在未來的日子裡，翻轉仍會繼續發生。首先，沃斯里放棄了《漫畫世界》，轉而成為原創作品的兼職經銷商，從缺錢的業界人士手中買下連他們自己都不瞭解其價值的漫畫創作原畫。沃斯里經手的繪師名單很快就變得龐大無比，他握有的人脈也頗具傳奇色彩，廣受追捧的程度之高，以至於《美國人》任命沃斯里為《開拓》和《刺激》的助理編輯時沒人有半點訝異。大約同時間，丹捲入了和海克托·貝斯的那場荒唐爭吵，並從《美國人》跳槽至《偉漫》撰寫沒人閱讀的戰爭故事，例如《憤怒艦長與悶悶不樂的老水手》或是平淡無奇的《冷漠的中士》，都是些連作者自己都不想看的作品。後來，隨著時間推進以及傑瑞·賓寇和《偉漫》之間的許多問題，溫斯發現自己成了《復仇聯幫》的編劇，並在一夜之間成了粉絲最愛的作者（不過現在已經不是了）。而現在，布蘭登·恰夫死在一間普普通通的餐廳裡，沃斯里·波拉克成了《美國人》的新任總編。隨著他們無精打采地朝恰夫的家緩慢走去，兩人都對彼此有非常多事情需要思考。

當兩人都開始擔心自己的內心獨白即將超過思考的臨界值，開始轉化為可聽見的聲音時，丹．溫斯決定冒險開啟話題：「否以，發福共惹。」而沃斯里轉頭沉默而震驚地看了他好一會兒，才回答：「嗄？」於是溫斯拉高嗓門，但依然口齒不清、近乎大喊地說：「否佛，發福共惹。哎啊，否痾發啊，我佛『樸共』？換槍痾發？」波拉克覺得此時最好的回應是表情沉重地點頭表示「嗯，可不是嗎」，然後希望這不要離對方在講的東西太遠。

溫斯其實是在說，先前公布死因時，驗屍官表示恰夫的死純粹是因為「他不動了」。當時這句話令眾多眉毛驚訝地抬了起來，若把那些眉毛的力道聚集在一起，大概能協力把一道眉毛頂到月亮上去。隨後，大衛．莫斯寇維茨猶豫地針對這點提出自己的疑惑，而那位銀髮蒼蒼、頗具父親威嚴但其實比莫斯寇維茨還年輕三歲左右的醫生聽了便露出微笑，將一隻手放在出版商衣架般的肩上，說道：

「孩子，我這樣說吧，你家裡有沒有哪個東西是放了許久，但你從來沒多去看它兩眼的呢？比方說某個家電或者寵物？」

莫斯寇維茨只能夠點點頭，驚嘆這名耀眼而和藹的凡人判官竟能建立起如此直接的連結。為什麼這樣說呢？因為他的確曾有過對方所說的那種東西。驗屍官繼續說下去：

「好，照我猜，那隻寵物或家電時不時就會發生某種故障，像是突然冒煙，或者吃了你的錄影帶，或者老是把花園裡的死鳥叼進來之類，就是某種會讓你覺得『這傢伙有點不太對勁』的事。你懂我在說什麼嗎？」

莫斯寇維茨完全被迷住了。他從來沒遇過這樣說話的紐約驗屍官。

「每當遇到這種情況，你自然就會想把那樣東西帶去維修——或者找獸醫治療，把故障的地方修好，對吧？現在你聽好了，我們或許可以這樣修理個一、兩次，但是孩子，總有那麼一天，無論你做什麼，你都知道那個東西再也沒辦法烤馬芬或者追在貨運卡車後面跑，它就是不會動了。你可能不曉得它為什麼會停下來，但過了一陣子你會意識到，就算知道原因也沒辦法讓它再次運轉，所以看起來也只能把它丟掉，反正你很快就能找到替代品，很可能是上網買之類。我想說的是，這種情況有時候也會發生在人身上。我們對你的朋友做了完整的檢查，依我們看來，沒有其他解釋，他就是不動了。」

聽起來頗有說服力，不過也還是有人會不禁覺得布蘭登·恰夫所得到的宣判理由距離標準的死亡證明還有一段差距。

雖然看起來幾乎沒有前進，不過丹和沃斯里這時終究不情願地抵達了恰夫在還會動時居住的地方。那是一棟樸素的雙層建築，恰夫的公寓位於上層，底下則是一間最近閉門大吉的潛水裝備商店，名為「史庫巴杜潛水」。透過一樓的灰濛窗戶，可以看到裸露的內裝牆面上還貼著塑膠壁紙，描繪著高解析度的海底美景，保羅．克利[18]的魚群包圍住馬克斯．恩斯特[19]風格有著各種雜亂凹洞的珊瑚，背景映襯著孔雀一般完美的藍綠色調。丹突然覺得，住在離史庫巴杜這麼近的地方，或許助長了恰夫對海洋先生的蔑視，不過他立刻意識到自己其實沒什麼興趣去追根究柢。牆上的深海景象生動逼真，美麗動人的水母和泡泡糖色般粉嫩的章魚羞怯地嬉鬧著，他定定看著那個景象，然後嘆了口氣，伸手進外套口袋摸索鑰匙。

他以前從未被允許進入這棟屋子。當年他還沒和海克托．貝斯鬧翻，還在幫《美國人》編劇時，丹早上偶爾從自己的住處走來這裡，搭布蘭登的便車去上班。當時樓下開的是海軍二手用品店，又是和海有關，丹若無其事地這麼想。那時的他只能看到屋子的內裝，但從沒被邀請進屋。現在，他懷抱著既興奮又隱約不安的闖入感，扭開僵硬的門鎖，發現面對街邊的大門內是一道狹窄的樓梯，向上攀往布蘭登的公寓。丹好不容易找到門內的電燈開關，不過階梯依然昏暗，有種捕蠅紙般的暈黃氛圍。他從朦朧透著微光的門邊轉頭看向一旁等待的同事，說道：「份非佛？」波拉克對這句話想了一會兒，然後問：「你說什麼？」

18　Paul Klee（1879-1940），瑞士裔德國籍的超現實主義畫家。
19　Max Ernst（1891-1976），德國藝術家，達達主義運動和超現實主義運動的重要人物。

溫斯在前，波拉克殿後，兩人在黃昏暮色般的燈光中費力登上嘎吱作響的木梯。爬至半途，突然看見一本名為《顏射少女圖鑑》的色情雜誌，內頁朝下，半癱在第七階的階梯上，封面如雙翼大張，像是墜地的鳥，萎靡地拍著翅膀，瀕臨死亡。雜誌標題採用手寫字體，看起來彷彿兒童餐菜單。標題下方是一名可能已屆四、五十歲的半裸啦啦隊員，正垂下視線，試圖看穿貼在她人中上的啞黑色長方色塊。丹無動於衷地看著地上的手淫火苗，本來想對沃斯里說點什麼有禮貌的話，但一想到句子裡有太多發不出來的音，便決定作罷，繼續往樓上走去。

兩人走至樓梯頂端，發現根本打不開恰夫公寓的門，於是陷入短暫的僵局。溫斯的第一個念頭是門鎖住了，於是改試了亡友留給他的其他備用鑰匙，接著才發現那道門只是被另一端某個顯然傾倒的東西擋住。兩名漫畫界的專業人士在狹窄的樓梯上艱難地使力，用上全身的重量，好不容易才令那個看不見的物體開始移動，發出摩擦的娑聲。

先進去的人是沃斯里．波拉克。

在最初暈頭轉向的片刻裡，沃斯里覺得進入恰夫的玄關就彷彿經歷自己想像中的死亡，或者喝下死藤水。人類賴以理解現實的所有常識法則和視覺觀點全都如稻草般被撞飛，而在荒涼粗陋如末日般的片刻間顯露出的陌生原則如此令人畏懼，足以建立起一整個外星世界。

房內完全看不見地板。波拉克涉入水深及胯的停滯之海中，海勢洶湧、狂暴滔滔，可是一切彷彿被癱瘓的激流，詭異地沒有任何動靜。到處都是定格的蕩漾水花與白色碎浪，海浪捲起、凝結，彷彿就要拍下。這裡同時有著深不可測的低谷和高聳的斜坡，不禁讓人懷疑牆面是否真的垂直、天花板是否真的水平。眼前的景象錯亂到沃斯里一時間失去平衡，踉蹌跌入單純由紙張組成的混亂漩渦中，隨後暈頭轉向地發現自己竟渾身乾燥。他找到了布蘭登・恰夫的收藏品，過程完全不如預期中困難，只不過恰夫收藏的並非漫畫。

那是一段長達四十年的惱人勃起歲月，幾乎是一輩子難以抑制的性慾衝動。客廳內四面聳立著情色畫報組成的高大崖壁，喧鬧繽紛或者感性單色的色情書刊高高疊起，然後如滑坡般崩落，彷彿一座疏於分類的檔案室，收藏了工業時代最後光陰裡的男性欲望。以乳溝組成的工程奇景分崩離析，吊襪帶與吊橋相互呼應，女性外陰雕塑被上蠟、拋光，宛如福斯汽車引擎蓋。這裡也蘊含了攝影和印刷技術的進化史，同時伴隨煽情藝術字體的演進學問，以及各式能撩撥三代寂寞男子的雜誌名稱：《淫浪》、《脣瓣》、《青樓》、《拳交美甲師》、《鮑魚》、《破產女同志？》——後者帶著問號，彷彿對自己的存在感到錯愕。沃斯里意識到自己開始過度換氣，此時丹・溫斯從他身後敞開的門邊擠了進來，說道：「憤發豪！」對此，沃斯里無法給出任何適當答覆。

他們如同笨重的太空人，瞠目結舌地看著眼前滑落坍方的色情沙丘，震懾於這座粉紅色調的嶄新星球，此處的空氣幾乎不適合人類呼吸。兩人此刻最好的呼吸方式是從嘴巴而非鼻子，他們的呼吸頻率因此多了一種停頓感，並且帶有金屬的質地，彷彿隔著太空頭盔或鐵肺吸氣。儘管遠處的窗戶的確透入些許孱弱陽光，不過盈滿這片廣袤星際空間的珍珠光澤主要來自內部數千顆蒼白月亮的反射，有的月亮已經裂開，有的則長了乳頭。到處都是尷尬害羞的女人，或者灰色點陣，或者充滿色彩，她們將看起來已經脫臼的四肢扭曲成新的星座，散布在皺巴巴的蒼穹之中。這位彷彿划船機，那位則是熱心助人的海星。

無論丹和沃斯里本來想怎麼幫忙善後，現在看來都已無法勝任這項任務，唯一可能的做法是找個巨大的拖網來捕撈這些紀念品；他們突然想起，在每次打完手槍到下次打手槍之間，布蘭登一定曾以某種方式度過日常的生活。波拉克顫抖著召喚自己所剩無幾的意志力，試圖重新掌控這場使人精神錯亂的遠征任務。

「好，好，我們都稍微冷靜一下，我們可以的，你負責公寓前半部，我負責後半部，這樣整理的面積可以大一點。」

「夫肥發，沃夫斐，夫奧分哀。恐副份裡，負鵝保的墳都費夫厄……」

「**夠了！閉嘴！阿丹你閉嘴！我聽不懂你在講什麼！一個字都聽不懂！你就……**對不

起。對不起，現在我們壓力都很大。你聽我說，我們把該做的做一做，這樣就好？可以嗎？阿丹，這樣可以嗎？」

總是被衝突感嚇到的丹·溫斯勉強點了點頭，斷斷續續眨了幾下眼睛才別過視線，看向自己在這場令人不適的困難處境中被指定負責的區域。平心而論，這場荒誕窘境施加在溫斯身上的壓力要比沃斯里·波拉克想像中大上許多。這位新任總編輯和他的前任一樣，對於現代廣泛而多樣化的尻槍材料並不陌生，不過丹完全相反，他因為曾被母親抓到擁有一支色情原子筆（只要倒轉筆身，上面女子的泳裝就會神奇地消失），從此不再接觸任何色情圖像。在與第一任妻子蘇珊結婚的十八個月間，他曾在情況所需之時享受過間歇但溫和有禮的床上運動，除此之外，丹在自我慰藉時的親密想像通常涉及兩名或以上的女性角色，她們來自神奇五超人、未來之友、復仇聯幫、怪胎軍團或超人聯盟。艾絲梅·馬汀尼茲也曾出現過一、兩次。丹·溫斯在這些內心片段裡永遠是名偷窺者，因為他對自己的存在太不自在，連出現在自己的性幻想中也不敢。而現在，倒轉過後泳裝消失的女人們如同尼加拉瀑布或尚比西大河一般包圍住他，令他何只迷惘，連脆弱的內心也隱然受到威脅。要是此時劇情發展像《謀殺的石棺》裡某一篇畫的那樣怎麼辦？已經過世十五年的母親會不會突然衝進來將他逮個正著？溫斯抑制住內心的尖叫，跳入這片波光閃閃的洪流之中，朝他認為是布蘭登家客廳的方向走去，而努力賺取學費的女大學生和露出光溜屁股蛋的女性打字員冰冷地濺上他沉重的大腿。

同一時間，波拉克掙扎著穿越這片猥褻的流沙，大步前往公寓的後半。雖然他面對黃色書刊要比起溫斯更加……說抵抗力可能不太對，也許該說更有適應能力？……但是身在網襪地獄列車上的他其實也並非毫無所動。布蘭登的這項小嗜好光是數量就令他頭暈目眩，人類在此耗費了大量時間，即便是要快速瀏覽眼前這滿屋子雪崩的生殖器和氾濫的乳房，就要花上多少小時，甚至多少年。這些刊物的邊緣上有著不同時期的髒汙，展現了恰夫的熱情及其橫跨數十年的孜孜不懈，那種印象徘徊在沃斯里的腦海裡彷若揮之不去的鬼魂。這是名符其實的「波濤洶湧」，毫不誇張。沃斯里走入其中，與亮面紙張組成的洪流搏鬥，緩慢前進，不禁注意到幾本他小時候就看過的雜誌穿插在更多新發行的刊物之間。他看到《下流人》、《浪蕩情聖》、《無賴色胚》和《性愛害蟲》，並發現自己竟然忘記《無賴色胚》封面刊頭上那名眨著眼睛的花花公子，他頓時覺得傷感而且衰老。他在滑溜的清涼插頁中逆流而上，二維平面的蕩婦們在他的腳踝邊糾纏、撕裂。看著這些少女、人妻，他彷彿這輩子第一次想到：她們很多人現在應該已經老了，或者過世。為什麼這件事會令他不安呢？他想到，這眾所皆知的全球上癮產業竟以各種方式吞噬了無數生命。不過他馬上就放棄這道思緒，不願以此直接對比於自己所努力奮鬥的業界。他咬緊牙關，繼續在刮得乾乾淨淨的下體之間前進，希望自己確實朝向恰夫的臥室。

大呼小叫的雜誌名稱從沃斯里身邊漂過，往另一個方向遠去，而在某一刻，那些名稱彷彿能組成動詞的體育館：《吹》、《戳》、《舔》、《撫觸》、《摸弄》和《猛擊》[20]，不過最後那本其實是使人昏昏欲睡的英國諷刺雜誌。沃斯里覺得在這裡看到這本雜誌頗為諷刺，如果他沒記錯那個字的意思。十三歲時，他最大的願望是能徜徉在裸體之海中，那是他夢想中的人生目標。不過親眼見到這樣難以想像的現實之後，他便懂了，年輕時的天真假設其實充滿危險，就像許多長大之後才會懂的事情一樣。他現在明白，這種感覺就像當年他終於達到合法飲酒年齡或終於進入漫畫產業——就算他如果蠅一般被埋入色情書刊的琥珀之中，也無法抵達極樂天堂。

沃斯里在冰川上繼續前進，陽具與口紅組成的冰河前緣端磧在他面前不斷癱倒，沙沙作

---

20 在動作上，原文punch有用棒子敲擊的意思。而這裡說的雜誌是指英國的諷刺與幽默雜誌*Punch*（1841-2002），其名稱源自於英國傳統木偶鬧劇*Punch and Judy*中同名的丈夫角色。該角色在戲中會拿著一根跟自己一樣長的棒子打倒劇中的任何角色。

響，他花了幾分鐘才走過右方那道被色情刊物卡住的門，讓他有充足的時間徹底查看門後的房間。裡頭看起來曾是布蘭登的浴室，但就和公寓的其他地方一樣堆滿了情色書刊。這意味著，在數量夠多的情況下，色情刊物其實不再是固態，而會變得像液體，自動流往低處尋找水平線。沃斯里龜步經過擠滿各種性愛圖像刊物的門口，悠閒地研究如洪水般圍繞在浴缸邊緣或跌入馬桶內的繽紛雜誌。《自慰》、《噴射》、《性愛達人》、《潮吹芭蕾女郎》。雖然他竭盡全力告訴自己這是有著正常物理規則的世界，但心裡還是冒出某些令人不安的疑惑，例如恰夫之前在家中到底如何移動，或者他如何在沒有其他幫助的情況下維持最基本的人類生活。

大約是在通過浴室門口的半途時他突然想到，當然了，布蘭登越過這些不平坦的空間時一定是四肢著地，歪斜著爬過高漲的情色河面，彷彿一隻巨大魁梧的四足水船蟲。沃斯里突然意識到，某些情況下的恰夫應該是赤裸著身軀，於是某個畫面不請自來，他完全來不及阻止便已成形，蝕刻進他腦海中。他想起的是勞夫．羅斯和保羅．狄敏筆下《德古拉》中的經典場景，頭下腳上的伯爵在城堡牆面上快速移動，彷彿一隻巨大黑色蜥蜴。沃斯里強壓下噁心感，繼續這趟性學研究冒險。他覺得自己彷彿驚惶失措的唱詩班男孩，闖入一座愛的屠宰場。

又經過了大約一刻鐘，波拉克才終於氣喘吁吁地站在被埋沒的門檻上，照各方面看來，眼前的房間應該就是他前任上司的臥室。這間房間基本上——至少看起來就跟布蘭登個人生活中的其他東西一樣，全都淹沒在湖泊之中，而湖裡滿是高解析度的淫穢書刊和渾身塗滿嬰兒油的斯堪地那維亞人。如沃斯里所見，房間正中央不和諧地擺著一張作工精美的四柱大床，彷彿是安徒生作品裡會出現的家具，差別只在安徒生筆下的臥室地毯上不會有那麼顯眼的雨衣模特兒擺出極度專業的淫蕩姿態。布蘭登的床上甚至蓋著祖母綠色的床罩，乾淨平整彷彿才剛鋪好，床罩上的機器繡花浮凸，一下黑，一下銀。布蘭登在沃斯里剛才的想像中還是喀爾巴阡山上的不死貴族，現在卻突然被扯向民間傳說光譜的另一端，成了一位公主，天真無邪地沉睡在可怕的交配惡夢沼澤之中——不過這位公主醒來後可能會選擇放縱自我就是了。沃斯里實在無法判斷哪一種想像比較令他不安。

除了古色古香得詭異的大床之外，另一項外表同樣難以理解的家具是一張舊式梳妝臺，就擺在距離四柱大床床尾腳板不遠處。這是有四格抽屜和三面折疊鏡的那種梳妝臺，較低的三個抽屜早已沉沒在雙性戀傾向雜技演員組成的水線底下，因此無法打開。對沃斯里來說，這是一趟前往亡故總編慾望深處的健行之旅，如果說布蘭登有任何物品能讓這場噩夢值回票價，一定就在梳妝臺最上方的抽屜裡。他所在的房門距離目標只有六英尺遠，或許還得花半個小時才能到達。

他差點就要掉頭折返。他幾乎可以確定抽屜裡沒什麼有趣的東西，根據自己到目前為止對布蘭登的了解，那些內容物比較可能為他帶來驚嚇與創傷。沃斯里不想費盡力氣越過這片切薄的木材之海（仔細想想，書其實就是切得很薄的木頭），最終只為了得知恰夫喜歡哪種口味的潤滑液，或者找到幾張下流的比基尼照片。但是，話雖如此，他都走這麼遠了，忍過多少不愉快的情緒，他實在不喜歡看都不看一眼就踏上回程的感覺。也許他應該換個方向思考，改以布蘭登的角度去看待這趟旅程，布蘭登會怎麼做、布蘭登會怎麼走這些路……

波拉克一邊覺得可笑，一邊四肢著地，跪在兩、三英尺深不斷顫動的羞恥感上。他覺得自己彷彿一隻可愛又可憐的動物，身處在極度不恰當的親子動物園中。這種爬行姿勢不僅非常幼稚，效果也不如想像中那麼好。他現在的速度的確比在自慰雜誌堆裡涉水而過要快，這是肯定的，但又比他站著時所預期的情況要麻煩許多。講一件事就好，堆積成這片新地面的刊物其實並不穩固，他每做一個動作，它們就會不停顫抖，彷彿水苔平原，或者果凍，又或者遊樂園奇妙屋的地板。他的手掌本來就因為八月的天氣而溼熱，現在又噁心地黏在身下這一大片光滑的紙張表面，進一步限制了他的移動速度和自尊。

他跪在那裡試圖釐清自己該怎麼做，身體的姿勢正與膝蓋底下至少三分之二的女性互相呼應。這應該不是恰夫移動的方式，他一定用了其他策略，沃斯里一定忽略了什麼。突然間，先前的觀察在沃斯里奔放的腦中再次響起——當色情刊物數量超過臨界值後便會擁有液體特性——這給了他一條關鍵線索。

沃斯里猶豫地順從著直覺俯下身體，直到肚子貼上布蘭登房間的情慾大地，從狗爬式轉換成傳教士體位，開始游起泳來。

這個方式驚人地有效。波拉克彷彿初學者般游起蛙式，他踢著蛙腿，感覺到書頁在身後扭曲、撕裂，被圖案複雜的運動鞋底磨碎。同一時間，他合起雙手向前下壓，然後以鐮刀般的弧線朝兩旁掃開，神奇地讓自己的龐大身體以頗為迅捷的速度往前推進，驅幹輕鬆穿過不斷下沉的滑溜亮面紙張。沃斯里同時感到驚嚇與亢奮：小時候的他就曾以這種方式在夢裡飛翔，在夢中發光的人行道上空幾英尺處翻滾，現在他終於尋得歸所，彷彿進入自己最自在的環境。他在過時情慾刊物堆積而成的水池裡游動，姿態優雅且迷人，彷彿一隻慵懶的海牛，身下的雜誌因為他的泳姿而推起皺摺、沙沙作響。

他只滑了幾下便抵達梳妝臺前，伸出單手抓住離他最近的硬木桌角，彷彿休息的泳者抓住游泳池邊的磁磚。身為布蘭登．恰夫的繼任者，沃斯里以手肘將自己撐上梳妝臺，伸手握住最上層抽屜的浮華金屬把手，輕輕一拉便打開抽屜。他抱著會失望的心理準備，朝桌上探身，看進抽屜裡。

天啊。這是在做夢嗎？不可能有這種事吧？可是……不對。不對，怎麼可能有這種事。這實在太驚人了，彷彿一場宗教奇蹟，彷彿天神突然降下超驗之火。

抽屜裡放的是漫畫，大約二十、二十五本，有適度包裝，但還算不上能被稱為收藏品的程度。這些漫畫裡沒有真的古董品，連一點年代相對久遠的作品都沒有——沒有任何四〇或五〇年代的作品，沒有第一期《刺激》或第二十二期《獵兇》。事實上，這些漫畫全是《偉漫》及其前身哥利亞出版的作品，考慮到恰夫大半生涯都為《美國人》工作，收藏這些作品確實給人一點背信忘義的感覺。不過，令趴在地上的波拉克吃驚的是，這些漫畫都是第一期和首次登場的期數[21]。它們是《偉漫》的起源，是屬於《偉漫》的誕生圖，所有的封面元素都那麼經典而熟悉，彷彿東方三王或馬槽裡的嬰兒。老天啊。

沃斯里的瞳孔不由自主地放大：接近全新的第一期《神奇五超人》、《怪胎軍團》和《復仇聯幫》，三本的封面彩圖和內頁作畫都出自傳奇人物喬．高德的手筆[22]。喬．高德外號「強棒」，在他創意爆發的一九六〇年代早期，《偉漫》旗下數量龐大的系列漫畫幾乎都是他單槍匹馬創作出來的；而作者欄上印的是「惡魔」山姆．布萊茲那飄忽不定如婉轉鳥鳴般的草寫簽名。《神奇五超人》第一期的封面非常經典，就和這位《美國人》的新任總編記憶中八歲第一次見到時一模一樣；這本漫畫現在價值連城，不過當年的他在取捨之間選擇支持《雷霆俠》，買了另一場菲力克斯・火石搞出的平庸爭執。這本漫畫的封面上印著線條曲折而焦慮的蒼白藍色標題、十美分的標價圖示、漫畫審議局的巨大審核章以及出版月份，不過卻莫名少了出版社名稱。高德筆下的神奇五超人充滿陰影，分量比重恰到好處，他們憂心忡忡地走在破爛不堪的城市大街上，焦慮的紐約居民四處散落在背景的高樓大廈之間，而第一期反派角色所戴的冷酷裝甲手套則高懸在畫面右側前景。迷霧大師的下半身是一道凌亂繚繞的灰色霧氣，如神燈精靈般朝讀者的方向衝來，以黑邊對話框喊著：「天啊！**生靈支配者**打算用他創造出來的怪物占領這座城市！」而他的隊友神奇博士此時正將右手變形成一把螺旋開瓶器，站在比較靠近讀者的位置，以另一個對話框回答：「他一定忘了還有**神奇博士**和**神奇五超人**！」在他旁邊，慈祥和藹的無名怪舉起一輛水泥車打算當成武器扔出去，幻影女正走過的車底朝天的公車旁，團隊吉祥物霹靂電則因為青春期的怒氣而渾身噴發劈哩啪啦的

---

21 首次登場指的是某位漫畫角色第一次出現的期數。

22 為了銷售考量，美國漫畫界後來發展出另找名家繪製封面的習慣，因此許多漫畫的封面和內頁可能分別出自不同畫家手筆。

火花。

壓在《神奇五超人》底下的則是第一期《復仇聯幫》、三本生不逢時的早夭初代《野蠻獸》、讀者第一次看見羅伯・諾法克所畫甲蟲男孩的第十九期《驚恐成人夢》、日神阿胡拉初登場的第三十七期《驚奇故事集》、第一期《驚人甲蟲男孩》、坦克人初登場的第七十三期《奇異之旅》，以及第九期《復仇聯幫》。在最後一本漫畫中，喬・高德把第二次世界大戰後就泡在營養池裡睡覺的國家守護者重新帶回故事中……這就是全部。全部都在這裡了。雖然正趴在死去男人生前囤積的色情雜誌堆上，不過沃斯里覺得他又找回了住在自己心裡的那個小孩。可惜的是，他並未當場升天前往極樂世界，反而因為不知如何是好而陷入動彈不得的困境。現在該怎麼辦？要告訴阿丹嗎？要。當然得把這件事告訴他，道德上必須這麼做。恰夫把鑰匙給了丹，代表他信任的人是他。可是，可是，可是，波拉克心裡的惡魔唱起反調，他有沒有可能想辦法……不行，最好連想都別想。可是，說起來，這些漫畫，頂多，頂多，二十來本，不是嗎？你其實可以——他也不確定行不行——把它們藏在褲管或夾克底下之類的。不過以現下不甚理想的情況看來，這個方法還真的行不通。他今天怎麼沒帶平常那只包包出門？他怎麼沒在前一天晚上就先戴著面具、拿著手電筒和今年度的漫畫書價指南闖進來呢？為什麼他沒在一九六一年就從梭特先生店裡的書架上買下那本《神奇五超人》？

為什麼——

遠處，身在另一個世界裡的丹．溫斯發出尖叫。

波拉克心裡一驚，慚愧地關上了抽屜。他憑著直覺揮動四肢，設法轉向，以肚子為中心掉頭朝向臥室門口。溫斯的尖叫持續著，聽起來還要很長一段時間才會停止，彷彿他的靈魂正面臨煙消雲散的巨大危險。沃斯里的游泳動作已然熟練，踢了三下腿就穿過房門來到滿溢著啪啪啪畫面的走廊，他情急之下改為蝶式，朝撕心裂肺嚎叫的同事游去。他的雙臂在前舞動彷彿風車葉片，向後揮擊時分別在兩側激起一陣能滿足觀看癖的浪花，各種雙龍、高潮和反向騎乘體位圖片的碎片如浪珠般掛在空中。每一次滑水，波拉克的臉都被向前推入這座泳池深處，潛入那些皺巴巴火辣讀物之中，令他每次衝出點綴著乳頭的水面時，都必須吸入一大口氣來面對下一次下潛。沃斯里彷彿在太平洋海面浪尖上彈跳的飛魚，或者奮力拍尾逆流而上的發情鮭魚，游動的路線自有其輝煌姿態，而被撕毀的色情刊物順著船首浪在他身後形成巨大、開闊的漏斗狀痕跡。

顯然剛尖叫完的溫斯坐在布蘭登客廳裡半沉沒的沙發上，雙肩顫抖，舉著一隻手遮著臉。沃斯里離開溪谷水道般的泳痕，在紙張擦踵的細碎聲音伴隨下進入客廳。此時的丹正處於完全無法言語的狀態，這位《復仇聯幫》的編劇只能伸手朝向波浪起伏色情潟湖的另一頭，指著一扇通往相鄰空間的門。波拉克沿著啜泣的同伴已經挖出的粗糙戰壕，走向那道陰暗隱約的門，以及可能藏在其後的任何事物。他的心中不只充滿迷惑，也越來越害怕。

房間頗大，沃斯里猜測那可能曾經是公寓的起居室[23]，不過顯然很早以前就已挪作他用。現在這裡看起來像某種儲藏室，放滿大量紙箱，大小和以前還長得像四方體的舊式電視差不多，箱子的上方開口敞開，正面都以黑粗簽字筆標註了不同年份日期。從標示的日期看來，這些箱子至少可以回溯到九〇年代初。還在客廳的丹·溫斯此時開始哭出聲來，而沃斯里繼續向前，走入充滿不祥預兆的米白箱群之間。靠近門邊的紙箱似乎都來自這個世紀，箱內塞滿了打包用的緩衝材料，在暗淡的燈光下呈現棉花糖般的白。波拉克不禁猜想，這些蒼白的碎屑下方都藏著什麼？獸交充氣玩具？還是食人行為所留下的肢體證據？他小心翼翼地踏著碎步，逐漸逼近，好看得更清楚。當終於走到箱子邊時，他重新修正了自己剛才所抱持的印象。他現在知道那不是緩衝材料了，而是棉線、標籤，還有……那到底是什麼呀？沃斯里皺起眉頭，俯身去看。

大衛·莫斯寇維茨約在兩、三個小時後抵達，彼時夏日已經低垂。這位出版人身形嬌小，但黑色長大衣令他看起來高了一些，他戳了戳一樓門旁的電鈴，然後目光茫然地看著史庫巴杜店牆上的海洋生物，直到臉色蒼白的沃斯里·波拉克蹣跚步下狹窄的階梯前來開門。

波拉克似乎不太舒服，即使在《美國人》漫畫的最高負責人面前也無法言語（當然了，莫斯寇維茨上面還有個集團擁有者，但你懂那個意思）。莫斯寇維茨問發生了什麼事，而他的新任總編輯只沉默地搖頭，示意他們應該踏上吱嘎作響的破舊樓梯，進入恰夫的公寓。矮小的莫斯寇維茨來到布蘭登的玄關——部下每次看到他時都覺得他似乎變得更矮。極度緊張的他一時間被眼前的色情洪水嚇得說不出話來。這位出版商人比丹．溫斯更不習慣這些助興雜誌，他所能做的反應只有眨眨名牌鏡框後的眼睛，掙扎著吐出一句遠遠詞不達意的話。

「我的天啊，這大概就是為什麼布蘭登不會動了。」

數量多到不可思議的香辣娛樂，若非親眼所見根本難以想像。對於成人世界極端不熟悉的莫斯寇維茨以為這就是造成沃斯里．波拉克焦慮不安的原因，不過事實當然並非如此。仍然不發一語的新總編領著莫斯寇維茨走入客廳，滿布乳房的沙發彷彿自慾望馬尾藻海中升起的環狀珊瑚礁，而坐在上面的丹．溫斯蜷縮成一團啜泣的胚胎。《美國人》的執行長還沉浸在眼前悽慘的景象中，無力發表任何評論，此時波拉克只是指了指起居室被卡住關不起來的

23　歐美很多房子擁有不只一個客廳，每種客廳都有各自的功能和英文名稱。以恰夫的公寓為例，與大門相鄰的客廳可能多用於會客，而現在波拉克走入的客廳則偏向家人使用。

門，然後便在沙發上坐下，緊鄰態度疏離、不斷顫動的溫斯。波拉克刻意避開莫斯寇維茨的視線，明顯暗示內心充滿疑惑的莫斯寇維茨如果想要一探儲藏室究竟，就必須獨自前往。莫斯寇維茨得出結論，他的編劇和編輯已然崩潰，無論他們發現了什麼問題，主管都要負責解決。

箱子們站在昏暗的光線以及陵墓般的寂靜之中。大衛不喜歡這樣，非常不喜歡。那些鹹溼雜誌填滿了整座客廳和玄關，彷彿破裂管線噴出的精神汙水流得到處都是，讓他覺得自己從沒真正認識過前任總編到底是怎樣的人。對他而言，性和可愛動物或牛仔一樣，就只是另一種他沒太大興趣的文類。真正困擾他的並不是色情刊物本身，而是那些刊物的保存狀況有多糟糕。無論嗜好為何，任何有點理智的人都不會允許自己以這種方式和收藏品生活在一起吧？

這些神祕的紙箱暗示著恰夫至少曾在一片淫慾混亂中試圖保持秩序。莫斯寇維茨如同艱難年代裡的漫畫出版商，小心謹慎地接近那些標示日期的箱子，一一探頭看向箱內。

和波拉克一樣，莫斯寇維茨一開始也將衛生紙團誤認為某種緩衝填充材料，然後才注意到每團皺巴巴的紙張上都掛著自己的標籤，以棉線和可能是口紅膠的東西黏起。到底是怎麼回事？他停在其中一只箱子前，紙箱正面以潦草的黑色數字寫著２００１。他伸手拿出一團小小的衛生紙團，仔細檢查。紙團硬實輕脆彷彿乾涸的白玫瑰，上頭的標籤寫著日期「8／12」，大衛認出恰夫那細長扭曲的獨特字跡。他把紙團丟回去，拿了另一顆，這次寫的是「7／9」。下一顆的標籤上寫著「5／13，星期天」，並加上簡短附註「母親節」。再來是「3／18」、「11／2」、「2／14——今天晚上很浪漫、「10／8」、「5／23」……照莫斯寇維茨推測，這裡的箱子共二十來箱，每只箱內大約有三、四百顆紙團。他繼續翻查鬆脆的紙團，毫無頭緒，但已下定決心想通這是怎麼回事。最後，就在陷入無解的困境之時，他的目光突然瞅到一顆特立獨行的反常紙球，玫瑰花團以黑色絲線連著黑色小標籤，上頭留著細緻銀色麥克筆字體。他撈出那團紙，修剪整齊的指尖顫抖。

「9／11——今天，新珍珠港事件。」

大衛看著那張標籤，眨了眨眼，陷入沉思。

沃斯里．波拉克抬起頭，毫不訝異地看著身形如同小精靈般迷你的莫斯寇維茨快速從儲藏室中倒退走出，彷彿看見電影裡的角色被倒帶播放，失控的對白倒轉成尖銳噪音。接著莫斯寇維茨突然停下腳步，一動也不動，轉了半圈，吐在布蘭登．恰夫的平面電視上；那臺電視有一半深埋在客廳的淫蕩土壤中，只有半截露在外面。莫斯寇維茨劇烈喘息，聲音嘶啞，彷彿像狗，連溫斯都從絕望中張開一隻眼睛去看這悲慘的景象，並在十五秒後才又閉上眼，試圖讓自己緊張症發作以逃避現實。外頭的白日持續衰退。

一個多小時過去，這三名男子依然蹲在夢想組成的山丘，以及穹頂狀蕩婦瀑布的頂端；蹲著、瞪著，沒人說話，也無話可說。夜晚開始滲入公寓，彷彿某種細緻、煤黑的凝結物。屋外的紐約是一部毫不停歇的電影，警笛如一縷閃閃發亮的藍色絲線，縫合在遙遠的黑暗之中。

最終，波拉克以一則瘸腳的提議打破沉默。

「我們其實可以，呃，其實可以把這些都留在這裡，直接回家就好。」

大衛·莫斯寇維茨在矯正鏡片後的雙眼狂熱而強烈。

「不行。不行、不行、不行。這些東西不能留在這裡。之後會有那麼多人來，包括房東，甚至還有親戚。布蘭登·恰夫有親戚嗎？他看起來不像有家庭的人，但有些事很難說，不能冒險。如果有人過來這裡，這些東西可能都要登上《國家詢問報》[24]，那會對公司造成損害，我們不能讓這種事情發生。」

最後一點可不是杞人憂天。由於漫畫界多年來的衰退狀態，永遠都有收購傳聞在道上流傳，因此無論再小的八卦都有可能搞砸交易，為母公司帶來巨大的不便。以《美國人》來說，其母公司是叱吒風雲、無所不能的兄弟集團。沒有人想惹上兄弟集團的火氣，尤其是大衛・莫斯寇維茨。

黃昏如遮天蔽地的灰燼般降臨，電子手錶持續發出毫無必要的虛假滴答聲，以免老人感到混淆。溫斯和深淵彼此打量，蒼蠅懶散飛行。於是幾分鐘後，沃斯里又再次提議。

「還是我們，我不知道，還是我們把這些東西丟到垃圾場之類的地方？」

當然了，沃斯里之所以提出這兩項提議，本意都是希望能製造一點機會去拯救藏在恰夫梳妝臺裡的初版漫畫。如果他放任所有機會溜走，今天晚上他就得獨自在內心尖叫中度過，跌入永遠無法與任何靈魂訴說的喪親之痛中。但是，回到現實，他只能坐在布蘭登逐漸黑暗的手槍發射場裡，聽著大衛・莫斯寇維茨那帶著鼻音的蔑視咆哮。

「你瘋了嗎？阿爾佛・凱克當初處理他女朋友的時候八成也這樣想。不行，一定有辦法可以處理這個情況。你們兩個都閉嘴，讓我好好思考。」

溫斯已經好幾個小時都沒說話了。

一陣沉默之後，出版商人似乎默默找回了內心的平靜，並完成高級主管的艱難決定。他抬起小小的頭看向等待接受開釋的同事，他的五官輪廓分明，動作片主角般的嚴肅神情穿透

24《The National Enquirer》，美國知名八卦小報。

逐漸降臨的夜色。屋外有車經過，橘色光線緩慢地穿進淫穢的屋內，打在天花板上。

「我知道了。」莫斯寇維茨說著，光影在他的鏡片上跳起舞來。「我知道可以怎麼做了。」

6 二〇一六年，五月

印第安納州加瑞市[25]近郊的天氣晴朗，蔚藍天空光亮清透，只有一朵單人份馬鈴薯泥似的白雲，那是查理．墨瑞利這輩子所見過最乾淨的事物。那種白，不只是洗衣粉廣告中摺疊整齊的衣物，不只是未受玷汙的阿爾卑斯山雪地，也不只是一口閃亮整齊的貝齒。那是一艘以蒸汽雕刻而成的大型帆船，潔白如上帝，是任何白雲都夢想成為的潔淨巔峰。它散發著純潔與乾淨的光芒，幾乎要令墨瑞利落淚。

這個查理．墨瑞利，結實瘦小，即使來到七旬中期，依然有著豐厚的灰白毛髮和均勻的

25 加瑞市是美國鋼鐵公司（U.S. Steel）建造的企業城鎮（company town），興起於二十世紀初期，六〇年代開始隨著鋼鐵業衰退，為美國發展狀況最糟糕的鬼鎮之一，二〇一三年時全鎮約有三分之一的民宅為空屋或已廢棄。

小麥膚色，不過他覺得自己的臉看起來大概有點像某種皮革就是了。他每日都穿相同的衣服，藍色長褲搭配奶白上衣，偶爾為了變化會換上色彩誇張的襪子。他在自家前院一塊四方形的青綠草皮上來回走動、照料花卉，不慌不忙的步伐暗示著他擁有極大的耐性，飽經風霜的臉頰在陽光下閃動金色光芒。

如果請他自我介紹，他便會娓娓說道：一九二九年生於羅德島州的普羅維登斯，雙親為喬瑟夫和艾琳．墨瑞利。高中因成績不好退學後，他便在父親的烘焙坊工作，一九五一年才隨家人一起搬至紐約，所以才會有紐約口音。一九六三年與瓊安．桑默斯結婚，經歷康乃狄克州的披薩店倒閉後，兩人於一九七〇年離婚，沒有孩子。在那之後他便在克里夫蘭一間吸塵器經銷商擔任經理直到二〇〇五年退休，同年搬至此處，就在加瑞市區外圍。他是辛納屈的死忠歌迷，從小到大都喜歡園藝。每次有人問起他就會這麼回答，每次都這麼說，幾乎一字不差。

墨瑞利在木籬笆旁修剪枝條、除草，身後嫩粉紅色的房屋設備俱全，他家差不多是整條街上唯一有人住的地方，而這是好事。他從手套和剪刀中抬起頭，一臉提防地看向隔壁鄰居前院的待售標誌。他搬來多久？十年了吧。這段時間隔壁戶一直都是空屋，他喜歡這樣。也許他們最後會發現再努力也只是做白工，他安慰自己，然後繼續修剪花叢。有誰會想住在這種鬼地方呢？方圓幾英里內除了一間雜貨店之外什麼都沒有。沒事的，一切都會沒事的。他會沒事的。

他現在照料的是玫瑰。這是種香氣怡人的花，聞起來有點像土耳其軟糖，不過更香。根據查理的經驗，賀卡上滿滿都是這種花。他現在正在整理的花色接近紫色，有個什麼特別的名字。墨瑞利一邊修剪，有些飛蟲便隨他在花朵之間飄盪，像是毛茸茸的碩大黃蜂；若是有人問起，他會承認自己喜歡這樣的生活。這樣的生活很好。查理現在不像昔日那樣容易緊張或有火氣，以前面對的問題和焦慮也都不存在了。

遙遠的引擎嗡鳴在不知不覺中進入他的意識，起初比毛茸茸的大黃蜂還安靜，但那聲音很快就變得更響、更近。也許什麼都不是。查理住的這條路上少有車流經過，一週頂多遇見六、七輛，可能是轎車、卡車或震天價響的重機摩托一類。他很久以前就不再為了引擎聲動搖，卻沒辦法不注意到它們。這次是一輛車窗貼黑的ＳＵＶ，從並非完全荒涼的街道另一端朝墨瑞利的房子咆哮而來。老人注視玫瑰花叢的目光似乎變得更加濃烈且專注，整張臉埋入大而芳香的群花之中。他舔了舔突然乾燥的嘴脣，心中想著自己現在真的很想喝杯啤酒。

那輛車飛逝而過，完全沒有減速，片刻便消失在視線之外。墨瑞利直起身，吸了口氣。

園藝這檔事，做過火了也會讓人滿頭大汗。他剝去手套，丟在草地上的剪刀旁，走進屋內去拿心中渴求的啤酒。那朵極度乾淨的神奇白雲仍飄浮在他的房子上方，這令他感到莫名安心。

查理·墨瑞利顯然和漫畫界一點關係也沒有。

7 一九六九年，七月

現在回頭想，那年夏天如果有主題，應該叫做「美國人接觸未知新世界」。一九六九年最炎熱的那幾個月，巴茲．艾德林、麥可．柯林斯和尼爾．阿姆斯壯，三人在地球大氣層外看見太陽系中除了木衛三之外最大的衛星天體（根本可以算是小行星了）逐漸占滿他們的視野，泰克斯．華森、蘇珊．阿特金斯和派翠莎．奎溫寇[26]則在洛杉磯——某種程度同樣超出地球範圍之外——彷彿毛蟲般蠕動著穿越黑暗夜色，朝著天堂路上一間明亮的屋子前進，而十五歲的沃斯里．波拉克則是頂著邋遢糊塗的糟糕髮型，走在紐約州奧巴尼市閃閃發光的雲母瀝青街道上，幾乎是蹦蹦跳跳地前去參加人生中第一場漫畫迷大會。

此時的沃斯里已經在紐澤西住了四年左右，母親再婚後他們便從密爾瓦基搬過來，同行

26 這三人皆是美國殺人犯曼森籌組的「家庭」成員。

的還有就此定下的新繼父保羅。沃斯里後來不常和父親雷・波拉克聯絡，只聽說他的肝似乎有點問題，還住在威斯康辛做原本的工作。他們一年會通一次電話，大約在聖誕節。不過沃斯里現在才想起來兩人去年沒有通電話。也許前年有吧，但他不太確定。他覺得自己應該有點想念老爸。應該啦，大概有吧。

總而言之，這是沃斯里第一次來奧巴尼，陽光明媚。雖然童年生活對他來說還相對新鮮，但這是他童年記憶中最興奮的時刻。他的目的地是已逐漸沒落但仍名聲良好的比靈漢大飯店，他期待已久（至少六週）的蜂會1就在那裡舉辦。

他在一、兩個月前才得知這場不可思議的漫畫迷大會，他在《獵兇》第三一六期中通常沉悶無趣的讀者來信專欄裡看到這則消息。好一陣子，《獵兇》一直都在搬演和模仿電視影集《蜂之王與巴茲》的劇情，第三一六期也一如往常地無聊，至少沃斯里這麼認為。他買下那本漫畫只是出於習慣，但其實他既不在乎主要故事的劇情，也不在乎火箭遊俠在附錄短篇裡發生哪些荒唐故事。他悶悶不樂地翻閱著「獵兇信箱」裡的讀者抱怨函，便看到那封公開信，發信人是蜂之王永遠的狂粉、讀者來信專欄的中堅分子，詹周・扎克森。

詹周的舊名叫詹姆斯・周納森・扎克森三世，他先前在發行《蜂態度》創刊號時正式啟用新的名字；《蜂態度》是他創辦的蜂之王小誌，雜誌風格就如同小男孩般精力充沛。回到詹周的信，他在信上寫道，自己目前在籌備世界第一場蜂之王粉絲大會（理論上應該取得了《獵兇》和《美國人》漫畫的同意），即將在今年七月於奧巴尼舉行。對此，沃斯里同時感到質疑和興奮，但不是因為他有多喜歡蜂之王，而是因為這是一場與漫畫有關的活動——與沃斯里個人世界有關的活動——現在竟能大刺刺地出現在現實世界，讓其他人也能一窺究竟。

一如當年習慣的做法，詹周在信件下方列出了地址。沃斯里將信中所提的五塊錢報名費寄出，不到一週便收到了第一份大會會訊：會訊由兩張紙對折成四頁，紫色油印墨水，聞起來有甲醇酒精的味道。封面是扎克森自己的畫作，畫風勉強及格，畫中的蜂之王擺出阿特拉斯的姿勢，高舉一顆地球儀，地球上畫滿其他漫畫書或者報紙連環漫畫裡的角色，例如《巡警弗洛伊》和《瞇瞇眼》。內頁刊列了大會的最新消息——蜂之王前草圖師戴維斯．柏克將會參加，在影集中扮演卡爾路瑟的賽巴斯汀．史瑰斯也會出席。此外還登了五、六則業餘漫迷小誌的廣告，這是沃斯里以前從來沒注意到的現象。這些小誌除了扎克森自己的《蜂態度》外，還有俄亥俄州史尼特．惠特利創辦的《漫畫癮》、由粉絲踏入業界的傑瑞．賓寇創辦的著名小誌《正義遊俠》、於華盛頓州發行的《收藏寶庫》，以及一本名叫《搞什麼——？》的獨特刊物，創辦人是波士頓的米爾頓．細指。沃斯里本來就很喜歡《收藏寶庫》和《蜂態度》，此時他被一種前所未有的需求淹沒，立刻寫信函購其他所有小誌。

小誌中可能會有某些高水準的文章和粉絲圖畫作品，也可能有沒那麼好的部分，但這不是重點。對沃斯里而言，最重要的是這些自製出版品證明了另一個國度的存在，那個國度裡的人知道喬·高德是誰，也瞭解兩種版本的月亮女王有何不同，而且不會覺得沃斯里·波拉克的性格異常閉塞。他覺得自己一生都在追尋這個國度，就像怪胎軍團裡的小獨角獸在喜馬拉雅山脈的冰天雪地裡找到隱藏起來的變種人國度一樣。而且最棒的地方在於，這個未知的新世界原來就在奧巴尼的另一頭，離媽媽和保羅家只有一班公車的距離。事實上，他現在就在那條街上，離飯店輝煌耀眼的大門只差幾步路，只要抬頭就能看到比靈漢大飯店甜美的老式招牌高懸在一九六九年川流不息的人行道上方。

一定就是這裡了。沃斯里一走近飯店入口，便注意到兩名青少年正要進門，其中高的那個男孩穿著復仇聯幫T恤。門外的人行道上還有個年紀比較小的孩子，差不多十一、二歲，臉上掛著巨大眼鏡，正被一對看起來像是他父母的人訓話；父母滿臉擔憂，而那個小孩則希望地上能裂開個大洞把自己吞下去。可憐的傢伙。沃斯里心跳加速，躍上白色石階，穿過旋轉門，進入飯店大廳。他跟在手寫箭頭指標和那兩個說說笑笑的青少年身後走下幾級階梯，進入到處貼滿蜂會海報的地下室。

如果所謂的仙境就是五、六個年輕人聚在會場中聊天、看漫畫、享受美好生活，那一定就是這裡。這個地方顯然是蜂會的接待區，正中央的工作長桌上除了大疊的大會手冊，還放著塑膠名牌和看起來像是簽到簿的冊子，而坐在桌後那名留著一頭蓬亂紅髮的二十多歲男子就是詹周・扎克森。沃斯里為此驚訝了一下，他以為詹周的年紀會更小一點。

沃斯里走上前自我介紹，並感謝扎克森寄了《蜂態度》給他。詹周吃驚地看了一眼眼前十五歲男孩的髮型，彷彿沃斯里缺了條手臂，然後便熱情地和他握手。他給沃斯里一張名牌、一本手冊，並借他筆，讓他在名牌上寫名字。他祝沃斯里玩得開心，接著似乎還想為沃斯里的髮型提出建議，但想了想便作罷。扎克森在簽到簿上寫著「波拉克」的地方打了勾，此時沃斯里已經心不在焉地走開，正貪婪地翻著大會手冊，查看裡頭的活動時程表以及一大堆由漫畫繪師特別貢獻的賀圖：每位繪師都畫了自己版本的蜂之王，約翰・卡佩里尼、羅伯・諾法克、匹斯頓・威廉斯、戴維斯・柏克，以及最不可思議的——喬・高德！沃斯里彷彿在夢遊或者水中漫步，沿著箭頭所指的方向走走停停，飄進了販售攤位區。

這裡的規模、氛圍和親密感都讓人感覺像走進教會的義賣會，差別只在這個地方沒有老人。桌子繞著房間周圍排列，圈住房間正中央排成方形的桌群，彷彿圍繞成圈的馬車[27]。這

27 十九世紀美國拓荒者西行時，到了晚上會將馬車圍繞成圈，當成防禦。這個行為到了近代也衍伸為一種俗語，有保護自己人、準備抵禦外敵的意思。

種布置空出了一條方形走道，讓來參加大會的人能四處走動，好像他們是老派遊樂園裡釣鴨鴨池塘中的塑膠水禽。單是飯店地毯的味道和低聲談話的聲音就令人激動，眼睛所見的景象更彷彿是卡片和紙張上的煙火表演。這裡有來自各個年代的漫畫書，被眾人遺忘的四〇年代色彩在封面上閃動，還有奇異古怪的平裝漫畫，書衣上擠滿了戰士、怪物、赤裸的公主和堇紫色的異星天際。

沃斯里被這樣的奇觀所震懾，目瞪口呆地在夢想中的商場裡繞行。某處不斷傳來便宜薰香的甜味，背景音樂則從悠閒流動的輕柔樂聲（來自沃斯里熟悉的投機者合唱團）轉換為閃閃發光的神祕聲音（可能是某些他不熟的舊金山樂團）。他被一種完美的心滿意足擄獲，停在每個攤子前，覺得自己彷彿某種下流的偷窺狂，色瞇瞇地盯著商品，只看不買，因為他買不起。這裡有《偉大男子冒險》等四〇年代出版的作品，當年的《偉漫》還叫準點漫畫，封面上呈現的魚人俠、初代迷霧大師和國家守護者極其暴力，他們一邊咧嘴笑著，一邊屠殺戴著圓厚眼鏡、有著香蕉膚色的暴牙日本步兵。一看到早期出版的《雷霆俠》，他便完全呆住了。第八十七期左右的菲力克斯．火石在下巴和嘴唇上都留著鬍子，連頭髮都是不同顏色，討厭的反派雷霆蝙當時看起來彷彿愛爾蘭妖精。他短暫幻想過要買下那本年紀比他還老的漫畫，但是塑膠包裝上的白色貼紙寫著二十元，而那幾乎是他身上所有的錢了。繼父保羅出於愧疚心理給了他二十塊，沃斯里得靠這些錢度過整個週末。

他走到隔壁攤位，發現在焚香和播放迷幻音樂錄音帶的就是這裡，屬於一間名為第七天堂的商店或郵購公司。攤位小而迷人，負責人是一名綁著星條頭巾的栗色長髮年輕男子以及大概是他女友的金髮美女。在看到她之前，沃斯里完全沒意識到蜂會原來是如此陽剛的環境，在這裡看見她就彷彿在男廁裡撞見女性一樣令人意外。她在桌後包裝顧客的商品，臉上始終掛著淺淺的微笑，代表眼前的場面令她覺得有點有趣，這在沃斯里心中激起了不成比例的巨大感激。因為根據他的經驗，女性的表情大多只在沒興趣、不喜歡和不敢相信之間變化，他會欣然接受「有點有趣」。攤位本身擺滿了沃斯里從沒見過的迷人事物，就在他翻看攤位商品時，長髮的老闆正和一名高挑的年輕人聊得熱烈，年輕人不斷從鼻孔裡發出笑聲，而那位覺得有趣的金髮女孩則在紙盒裡翻找零錢。

這裡有來自英國的平裝本科幻小說和雜誌，封面上都沒有漩渦狀的星系，坦白說看起來有點沮喪。靠後方的位置放了兩、三本《美國人》和《偉漫》出版的漫畫，例如《非正常教授》、《日光水手》或《永世者》，風格比較前衛、迷幻，不過數量遠少於其他更加奇特的作品。桌面靠前的位置擺著一系列《不安》及其姊妹作《不宜》，這兩本經典黑白漫畫雜誌的封面畫工精美，出版社是常發行恐怖電影期刊的蕭雜誌。由於是雜誌而非漫畫書，蕭雜誌的出版品不僅能避開漫畫審議局審核，還能聘請傑夫·普立善和史林·惠特克這些五〇年代在SP漫畫旗下的傳奇繪師。沃斯里看上了其中一期《不安》，封面畫著嚴冬的森林，一名獵人驚惶朝讀者跑來，身後追著一群陰影重重但是眼神熾熱的狼人，前後跑過漆黑寒冷的深夜雪林。

除此之外還有一些看起來像小誌的刊物，不過其設計和印刷品質之高，足以令專業雜誌相形見絀。這裡陳列了學術與活力並存的《寫作狂》和一本叫*margins*的刊物，後者是由史林·惠特克主編的實驗性質連環漫畫雜誌，收錄他許多知名同事的作品。沃斯里的脈搏狂跳，此時的他甚至還沒注意到桌面中段擺放了各式各樣的地下漫畫。

《嘎嘎》、《混亂滑稽秀》、《不吸毒的道格拉斯》，和一本名叫《黃色齊柏林》的小報形式刊物。他曾聽聞它們的存在，不過一直認為那是非法出版品。沃里斯伸出微微顫抖的手，故作輕鬆地拿起第三期《嘎嘎》，擺出一臉他覺得代表不為所動的表情，然後開始翻閱。他暗自希望金髮女孩沒在注意他。

夭壽噢。封面圖是《啟示錄》中巴比倫大淫婦和七首獸的漫畫版本，畫工精美而且色彩鮮豔。沃斯里可以盯著那個封面一整天，不過馬上就看到第一篇故事描述某個平凡的傢伙試圖用吸塵器幫自己吹喇叭，結果整個人被吸了進去，找到了色慾的涅槃境界。接續的故事是另一個完全不同的繪師的作品，其實根本算不上完整的故事——比較像是一堆形狀不斷錯亂變形的過程，過程中一度出現報紙上連環漫畫裡的不良少年柯特與卡爾，他們兩人同時和一位粗壯矮胖、整個人長得像保齡球瓶的媽媽（同時也是阿姨、廚師、家庭女教師或者其他東西）發生插入性行為。沃斯里完全不敢相信自己到底看了什麼，當下便決定要購買第三期《嘎嘎》，不過這也意味著他得同時買下《不安》、《寫作狂》和*margins*，好掩飾自己骯髒的意圖。他試著裝出一副正經、博學的樣子，打斷攤主和那位瘦高少年的對話，說他要為自己挑的東西付錢。就在和藹可親的嬉皮老闆和顯然樂在其中的助手結帳的同時，沃斯里和那名年紀比較大的高䠷少年便被丟在一旁，沉默而尷尬地站在一起。少年看起來十八歲左右，他打量著沃斯里，然後露齒笑開。

「髮型不錯嘛，夠夠夠夠。」

當時沃斯里根本不曉得自己長什麼樣子——那天大會的其中一名參與者在看到沃斯里之後便把頭髮剃了決定從軍——沃斯里正打算向細瘦少年的稱讚道謝，不過對方突然大喊：「嘿！你是沃斯里．波拉克！」這讓沃斯里有些驚訝。

原來這位少年就是住在波士頓的米爾頓．細指，他從旅行手提包裡翻找出一只牛皮信封交給沃斯里，裡頭裝著沃斯里之前寄了一塊錢來要買的新一期《搞什麼——？》。這期顯然是蜂會特別版，封面上的蜂之王和巴茲風格粗野但是有趣，蜜蜂大俠的腸子掉在地上形成一大灘，他踩在上面對嚇壞的年輕夥伴說道：「看吧，就是因為會這樣我才說不要用毒刺。」細指個性還算討人喜歡，他和沃斯里邊聊天邊等待金髮蒙娜麗莎打包沃斯里買的情色地下漫畫和煙霧彈。攤主重新加入兩人的對話，他叫肖恩，沃斯里注意到他手上拿的漫畫印有《美國人》出版社的標誌，看起來像《雷霆俠女友佩姬》的其中一集——多年來沒有任何認真的漫畫迷會去看這套漫畫——但是他覺得封面圖有點奇怪。那張圖畫得並不糟糕，事實上畫得很好，但就是……很奇怪。

「不好意思，請問那是什麼？看起來像《佩姬》，但是……」

老闆露出親切的微笑。

「喔，你沒看過這套嗎？我和米爾頓剛才就在討論這套漫畫。這一期下週才會出版，不過我認識《美國人》的員工。喏，借你看。」

果然，這本書確實是《佩姬》，但編劇和作畫卻是喬·高德。沃斯里瞬間感到強烈的認知失調，就像闖入自己的某個夢裡一樣，夢裡的他身處某間陌生轉角雜貨店，書架上陳列著不可能存在的漫畫，例如《甲蟲男孩和布林吉的聖誕襪禮物》或《失蹤的雷霆俠》。他張口結舌地看著手中不可能存在的作品，裹著頭巾的攤位老闆則在一旁好心解釋。

「嘛，看來《偉漫》太常使喚喬．高德了。我聽到的故事是，他跑去跟山姆．布萊茲說老子不幹了，叫布萊茲自己想辦法畫神奇五超人、日神阿胡拉和國家守護者，然後就跳槽到《美國人》，打算在那邊推出一大堆新作品。據說《美國人》裡面問他有沒有想要接手哪一套漫畫，而高德問『你們賣最差的是哪一本』，他們回答『《佩姬》』，於是他就說『給我，我來救』，所以就有了你手上那本。拜託口水別滴在上面。」

沃斯里不懂自己以前怎麼沒發現佩姬．帕克斯是這麼有趣的角色。封面上的她似乎身處喬．高德版本的粒子迴旋加速器內部，正沿著通道朝讀者跑來，穿著銀黑配色的連身服，身上有各種綁帶、閥門和管線，腳下的影子黑如焦油，隨著奔跑的步伐和軀體曲線照在地上。她的下巴上甚至有喬．高德標誌性的捲曲墨線，彷彿在表現她的重要性和決心。還有兩個角色跟隨她一起跑入原子加速器通道，看起來像是照護者以及亡命之子，前者是高德在四〇年代創造的老牌角色，後者是高德最愛的不良少年團體之一，同樣來自二戰期間的創作。激動異常的宣傳詞向讀者保證這些角色將會「深入平行世界探索震撼人心的難解謎團」，但是畫面中卻完全不見雷霆俠的蹤影。

沃斯里完全沉浸在這本漫畫的氣場之中，既激動又迷惘。他把書還給年輕的老闆肖恩，然後向他和米爾頓．細指道別，表示稍後再見。被驚奇景象所震懾的十五歲波拉克茫然地將購買的寶物和那本《搞什麼——？》夾在腋下，遊蕩進變得濃稠的人群之中。

販售區的另一端有張獨立擺設的桌子，在宣傳中被稱為蜂會藝術展區。實際上，這裡只陳列了不到十件小型畫作，大部分都是粉絲的作品，且皆是黑白，不過這是沃斯里第一次看到漫畫原稿，他整個人都被迷住了。其中兩張原稿是大會嘉賓及《蜂之王》前任繪師戴維斯．柏克的作品，整個五〇年代的《獵兇》和《蜂之王》都出自他的手筆。那是蜂之王最顛峰也最荒唐的時代，對抗外表滑稽的外星人，時不時就會敵人被變成「波卡圓點之王」或其他既愚蠢又有趣的東西。近距離觀察柏克的作品彷彿遭遇神啟，頁稿上有用藍色蠟筆寫著箭頭與說明，有沒擦掉的淺細鉛筆線條，塗黑的區塊中還能看到畫家下筆的墨痕。沃斯里突然對漫畫書的實際本質有了爆炸性的體悟，他只花幾秒鐘就能快速看完的印刷書頁得經歷好幾小時或幾天的耐心處理才能完成，由活生生的人們俯身趴在實際存在的繪圖桌面，在紙張上一筆一筆地畫下線條與記號。數千頁畫稿、數千名人力、數千個日子被倒進這個行業中，只為成就出幻想中的超級英雄。這些念頭令沃斯里一時頭暈目眩。

隔壁一張桌子是蜂之王的專屬攤位，陳列了近期集數、昂貴的舊書、兩部電影連續劇[28]推出的各種尺寸海報以及必然不會缺席的影集相關周邊。有個小孩站在桌旁，一臉不屑地研究著蜂狂沙地賽車的迷你模型，沃斯里發現他就是剛才抵達比靈漢時在街上看到的超大眼鏡小鬼。根據名牌上匆促潦草的字跡，小孩的名字叫丹福．溫斯。由於自己才剛和頭巾肖恩以及米爾頓．細指進行了人生第一次漫畫同好討論，此時沃斯里對於形單影隻的丹福．溫斯感到一陣偌大的同情，便上前問他是不是蜂之王的粉絲。

「沒有特別喜歡。我的意思是，你應該想聽實話吧？我覺得影集版是拍給白痴看的，完全沒給漫畫帶來任何好處。所以，雖然蜂之王還不差，但我比較喜歡《偉漫》的漫畫。」

這樣的立場和沃斯里自己如此接近，以至於他立刻認定這位十二歲的男孩的智力應該近乎超自然等級。他們似乎一拍即合，沃斯里為沒有朋友的年輕男孩感到同情，覺得自己散發著溫暖仁慈的光輝，與此同時，年輕男孩也因為自己沒有鄙視這位髮型可怕的邊緣人而感到一陣自我良好。因為相處愉快再加上不認識其他人，所以當午餐時刻來臨，兩人便一起離開飯店到街上的美式小餐館，各點了一份薯條、漢堡和可口可樂，興奮地瀏覽彼此的戰利品。溫斯說他最印象深刻的是《不安》——沃斯里沒把《嘎嘎》拿給他看——並說他也想買《不宜》，但覺得自己應該沒辦法把那本漫畫偷渡回家而不被父母發現。雖然溫斯自稱沒買過任

28 電影連續劇（movie serial）是二十世紀上半葉流行的電影形式之一，類似在電影院播放的連續劇。這類電影會將每部片切分成許多「集」，每集約二、三十分鐘，按順序每週在電影院播放一集。這種播放形式約在五〇年代後開始沒落。

何一本蕭雜誌的漫畫，卻似乎對這家出版社的作品瞭若指掌，沃斯里覺得眼前這位年輕人應該是蕭雜誌的深櫃漫畫迷。溫斯告訴沃斯里，《不宜》和《不安》的主要編劇登尼．維沃斯隔天會來蜂會演講，不過溫斯無緣相見，因為他保護過度的雙親今天晚上六點就會來帶他回家。沃斯里先前聽說沒錢住飯店的粉絲可以睡在大會舉辦的通宵電影放映會上，於是便默默記下明天要去參加維沃斯的講座，畢竟，此刻若把這件事告訴孤伶伶的丹福．溫斯，未免有些不顧對方感受。

飯後，他們回到比靈漢，一起度過這天剩餘的下午時光。雖然兩人都不怎麼喜歡蜂之王，還是去飯店地下室另一間大房間裡聽了戴維斯．柏克的講座，也慶幸自己去了。身為成年人漫畫雜誌花費高薪聘請的專業工作者，個頭不高的柏克是個謙遜的男人，聽到有人喜歡他一、二十年前畫的漫畫，六十多歲的他感到既高興又驚訝。柏克談及自己的風格主要受到列斯特．堅特的《巡警弗洛伊》影響，稱呼那是一種「黑白對比之間的優雅與戲劇性的平衡」，此話一出，大部分的青少年聽眾都非常能夠體會他的意思，沒有任何疑惑。他還提到在《美國人》畫蜂之王那段時期，坦率直白的軼事趣聞博得了響亮笑聲——柏克幽默風趣，是說故事的天生好手。聽到有人向他問及蜂之王的「創造者」理查．曼寧，柏克面帶微笑，眼中閃著光芒，給出辛辣挖苦的回答。

「理查・曼寧這人喜歡戴領巾、穿睡袍大衣[29]。他想了一個角色叫瓢蟲人，穿著有黑點點的紅色緊身衣。他的劇情構想和畫工都不到位，於是就打給榮恩・布萊克威爾求救。布萊克威爾後來和我在蜂之王合作了很多年，是非常棒的漫畫編劇，是個真正的善良好人。布萊克威爾告訴曼寧，瓢蟲人是他聽過最糟糕的設計，應該要改成現在我們知道的蜂之王。後來曼寧找了愛德華・漢尼根去畫人物，而漢尼根和布萊克威爾想出了丑角、巴茲和其他所有角色，他們兩個編了劇情、交出畫稿，最後書上的作者卻只掛了理查・曼寧的名字。我最後一次聽到他的消息，他人在加州畫一些爛到可怕的單幅作品，這個人顯然連爛畫都是找別人畫的。沒記錯的話，他是山姆・布萊茲的好朋友。」

講座在五點半左右結束。沃斯里陪丹福・溫斯一起坐著等家人來接，兩人交換了地址，以便之後寫信給對方。沃斯里說這是歷史性的一刻，沃斯里・波拉克和丹福・溫斯的合作關係即將展開。對此，年輕的男孩問道：「誰是丹福・溫斯啊？[30]」

29　這裡的睡袍大衣指的是smoking jacket，是十九世紀中葉為吸菸人士設計的一種外套，防止沾染菸味，長得就像無釦的開襟睡袍。

30　溫斯的名牌筆劃太潦草，以至於沃斯里把丹（Dan）看成了丹福（Dave）。

這種尷尬感延續到幾分鐘後，直到當他們站在比靈漢飯店外，（本來叫丹福・溫斯的）丹・溫斯向自己一臉多疑的父母介紹沃斯里時，沃斯里都仍覺得有些畏縮。溫斯太太謹遵禮節地謝謝沃斯里照顧她年幼的兒子，不過態度明白表示她覺得沃斯里八成是一名還在練習騷擾兒童的罪犯，留著一頭會騷擾兒童的罪犯髮型。來自印第安納的溫斯一家目前暫住在溫斯太太的妹妹家，向沃斯里告別之後就回去了，而沃斯里則走回飯店，打算去找其他人聊天。

某種程度上，他算是成功了。他和米爾頓・細指混了一會兒，討論《搞什麼——？》的內容，並在上完廁所要走回會場時，神奇地和第七天堂的金髮女孩互相說了聲「嗨」。最後，再次出門吃過晚餐後，他便在戴維斯・柏克演講的房間裡安頓下來，準備好觀賞通霄電影放映會。

那是個奇特的晚上。放映會以一連串三〇年代鬧鬼般的動畫片開場，彷彿X光片的畫面由黑、白與珍珠灰色組成，〈大麻客散拍曲〉[31]這類氣氛詭異的當代音樂在背景中不停炸裂。這系列動畫的名稱叫《蚪蚪特克斯》，主角是一隻戴著牛仔帽的兩棲動物幼體，是被遺忘的動畫奇才烏列・克奴特松的作品。這些超現實動畫短片充滿了必然只是巧合的形上學場景，例如蚪蚪特克斯會遇見巨大白蛙形象的上帝，後者將倒帽的蚪蚪送進了一座由池塘組成的煉獄之中，煉獄池塘裡充滿了惡魔臉孔的微生物。本來就已感到疲倦的沃斯里覺得，人死前若閉上眼睛，眼皮底下所播放的卡通大概就是這部了吧。

接著放映的是《蜂之王與巴茲新歷險記》全集——總共有八集？十集？十五集？一百集？——這部片拍攝於四〇年代，是ＲＫＯ[32]發行的第二部電影連續劇。某種程度上，這部片就和《蝌蚪特克斯》一樣令人不安。比如說這部電影的服裝有些走鐘，蜂之王面罩上的觸角萎靡不振，彷彿是用毛氈做的一樣。這些服裝也讓觀眾注意到一件事：如果是現實生活，以實際布料製成的超級英雄裝其實會充滿皺褶，而且荒唐。除此之外還有其他奇怪的地方，例如扮演巴茲的演員似乎才二十出頭；蜂狂沙地賽車只是普通汽車，看起來像破舊的奧茲摩比[33]；最糟的是蜂之王的祕密基地「蜂巢」在電影中只剩下一張餐桌和一只顯微鏡。在其中一幕裡，巴茲從蜂狂奧茲摩比裡探出頭來和站在擁擠大街上的蜂之王說話，並把扮裝眼罩拉

---

31 散拍（ragtime）是爵士樂前身的一種音樂風格，盛行於十九世紀末至二十世紀初期的美國，也譯為繁音拍子。根據作者提供的資訊，這首原文名為「Viper Rag」的歌曲出自於合輯《捲菸狂想》（*Reefer Madness*），但無法確定是哪一位創作者的作品。「Viper's Drag」和「Viper Rag」這兩種歌曲名稱常有混淆的情形，因此這兩種名稱可能指涉同樣的曲目或風格。

32 Radio-Keith-Orpheum Pictures，成立於一九二八年，是三〇年代八大電影公司之一，五〇年代開始衰退。

33 Oldsmobile，美國通用汽車旗下的老牌汽車品牌，已於二〇〇四年裁撤。

到額頭上，彷彿隱藏身分這件事根本無關緊要；在人類即將登陸月球的現在，沒在討論太空任務的那些觀眾紛紛不可置信地倒抽了口氣。電影的反派不是丑角或漫畫裡的其他角色，而是名叫神龍博士的標準東方人惡棍，能夠發出某種具有特殊效果的死亡射線。沃斯里覺得眼皮越來越重，等播到第六或第七章時便睡著了。

沃斯里短暫醒來時，螢幕上正在播佛瑞茲·朗長達五小時的鉅作《齊格飛之死》[34]，不過因為他並未完全清醒，所以誤以為自己還在看那部沒完沒了的電影連續劇。如果把這部電影和沃斯里睡著之前看過片段連起來的話，神龍博士的真身還真的就是一條龍，且此時蜂之王已經殺死惡魔，正在周圍樹梢吱喳鳥兒們的注視之下，脫去皺巴巴的戲服，沐浴在神龍博士的鮮血之中。沃斯里的意識再次開始往溫暖、舒服的忘卻之地滑行，半夢半醒的他把這一幕解釋為鳥與蜜蜂在視覺上的雙關，而在失去意識前的最後一刻，他覺得這樣的安排實在非常精巧成熟。

他在幾個小時後再次短暫醒來，不幸的是，此時正在播低成本的怪誕剝削電影《蜂金剛與嗡嗡巴茲》。這是特立獨行的電影導演戴克斯特·菲爾佛·哈利斯在三年前拍攝的作品，只花了四百塊錢，並諷刺地搬用了蜂之王電視影集的劇情。睜著眼睛做夢的沃斯里完全不曉得自己在看哪一部片，以為哈利斯毫無情節的戲仿作品就是先前電影連續劇的續集：看來裸身沐浴在敵人鮮血之中對蜂之王的心理造成了嚴重創傷，現在的蜂之王有著明顯的鬍碴和啤酒肚，操著不同口音，本來的戲服也已完全成為拙劣的模仿。這名英雄在電影中出沒於低級的庸俗夜店，一邊咯咯笑一邊緩慢吸著可能是大麻菸的東西，並在至少十幾名上空女郎的包圍下跳著赫利加利舞步[35]。RKO電影連續劇中雜亂無章的故事陡然變成悲劇，先前殺死神龍博士並把死去的敵人當成沐浴用品的尊貴蜂之王，現在已然墮落成一隻泡在酒館裡的好色蒼蠅。當沃斯里再次昏迷過去時，穿著條紋裝束的俠盜英雄正一口飲盡小杯烈酒，並用下半身在脫衣女郎身上磨蹭。沃斯里甚至沒注意到這最後一集風格俗豔的畫面配色近乎螢光。

飯店員工在早上九點左右進入會議室為星期天的活動做前置準備，沃斯里也在這個時候醒來。他到廁所洗臉，然後又去同一間小餐館吃了豐盛早餐。他在餐館裡遇到另一名參加大會的粉絲，是個年紀比丹福．溫斯（又名丹．溫斯）更小的男孩，性格快樂、開朗，名叫阿

---

34 Fritz Lang（1890-1976）為二十世紀知名導演，《齊格飛之死》為其奇幻默片二部曲《尼伯龍根》中上半部的片名，要加上下半部*Kriemhild's Revenge*才是完整的五個小時作品。此段描述是根據作者小時候參加動漫展的實際經驗寫成，因此遵循當初大會手冊上的標示，僅以第一部曲的名稱《齊格飛之死》代表上下兩部作品。

35 Hully Gully，一種非結構性的排舞舞步，約興起於六〇年代，沒有中文譯名。

爾佛・凱克。沃斯里開啟話題，說自己覺得蜂之王的電影連續劇拍得有夠奇怪，凱克（心裡想的是巴茲拉起眼罩那一幕）對此深表同意。真的是非常可愛的孩子。

一夜睡眠多受干擾，沃斯里整天都過得有些糊里糊塗，事後重新回想才比較清楚自己做了什麼。他在上午參加了匆促舉辦的同人繪師座談，其中最令沃斯里注意的一點是其中一名與會的小誌畫家是黑人——他是個健談的親切男子，筆名或外號叫「聖誕節」。就像在第七天堂攤位上幫忙的金髮女孩一樣，沃斯里發現大會上其他人鐵定沒對這名畫家的黑人身分多加留意，只有他自己注意到這件事。雖然沒看過這位聖誕先生的作品，不過沃斯里此時默默告訴自己，如果之後遇到聖誕節，他會著重在稱讚對方的畫作，這樣其他人就不會覺得他有種族歧視。這天早上還有另一場講座，異常興奮的詹周・扎克森訪問了影集版卡爾路瑟的演員賽巴斯汀・史瑰斯。經過電影連續劇那一連串令人混亂的前衛觀影經驗後，沃斯里覺得自己有點受夠蜂之王了，於是放棄這場講座，跑到最冷清的大會接待區看*margins*和《寫作狂》。後來他再次遇到去聽了史瑰斯訪問的阿爾佛・凱克，凱克說那個英國演員大多時候都在講他有多喜歡和某些人住在鄉下度假小屋的事，但是對十一歲的小孩來說根本不知道他說的那些人是誰，例如「親愛的約翰・吉爾古德」。他們都覺得那應該是影集中扮演蜂之王死對頭「搔癢狂人」的演員，但並不確定。無論如何，沃斯里都不覺得錯過這場講座有任何損失。

因為早餐吃得極多，沃斯里便略過午餐，而就在這天下午，他目睹了人生中第一場漫畫角色扮演大賽。願意花力氣自製服裝的參賽者雖然只有八、九位，不過比賽氣氛仍相當熱鬧。獲得冠軍的是一對小孩，他們扮成蕭雜誌的吉祥物，「不宜」和「不安」叔姪二人組。同獲亞軍的則是第七天堂的肖恩和他女友，他們穿著養蜂人的衣服，身上用細鐵線黏著幾十隻蜜蜂娃娃，宣稱自己是養蜂人夫妻檔詹姆斯·里德博士和蘇珊娜，也就是蜂之王的父母。肖恩和他女友一邊尖叫一邊繞著跑了幾圈，然後倒在地上裝死，以此重現《獵兇》第二十二期中經典的起源場面[36]。

扮裝比賽結束後緊接著立刻舉行本次大會的最後一場座談，這是一場業界年輕編劇之間的友誼辯論賽，受邀的編劇以前也大多是漫畫迷。座談來賓中最有名氣的是傑瑞·賓寇·目前正因《偉漫》《神奇五超人》中刺激且充滿熱情的故事而受粉絲追捧。他身旁依序坐著《美國人》旗下兩名年輕編劇——曾為懸疑漫畫《驚怖之塔》寫過幾篇故事的勞夫·羅斯，

36 起源故事（origins story）指的是角色之所以成為超級英雄的重要緣由，這類故事在超級英雄漫畫中占有相當重要的地位。

以及正在《獵兇》編寫蜂之王劇情的布蘭登．恰夫，謠傳後者將會接手《超人聯盟》的編劇工作。賓寇似乎對其他來賓感到惱火，羅斯看起來有些驚恐，幾乎什麼都沒說，而極度自滿的恰夫則會對其他來賓說出惡言惡語，然後又假裝他只是在開玩笑。不過，沃斯里在這場座談上最想看到的來賓，是坐在桌子另一端與賓寇遙遙相對的最後一位編劇，同時也是令沃斯里印象最深刻的人。

登尼．維沃斯身穿黑色高領上衣、牛仔褲、鬆緊帶靴子和一件輕薄皮外套，是四人中打扮最好看，也是最幽默和最聰明的一位。他與其他人最顯著的不同點在於，他似乎在漫畫界之外有著自己的生活，而且不太在乎超級英雄發生了什麼事。他說自己有興趣的不是角色，而是他能用影像敘事做到哪些事，也就是媒介本身。當布蘭登．恰夫說：「說到超級英雄，登尼這傢伙就是真的門外漢了。沒有啦，開玩笑的。」維沃斯笑著回答：「抱歉，布蘭登，我下班回家和老婆在一起的時候，我們真的很少談到你幫《蜂之王》寫了什麼故事。」除了恰夫之外，每個人都笑了。勞夫．羅斯可能也沒有笑，他還是一臉驚恐，彷彿陷入不想要的困境。維沃斯生動且謙虛地談了他和羅伊．蕭的合作經驗、青少年時如何崇拜ＳＰ旗下的所有畫家，以及他有多喜歡擺脫漫畫審議局強加的限制去說故事。他說了一件關於吉姆．洛斯的有趣八卦。洛斯是ＳＰ的發行人及編劇，據說他到負責調查少年犯罪的參議院小組委員會作證時，興奮劑的藥效剛好衰退，而該次聽證會或多或少促成了漫畫審議準則的誕生。

座談會在觀眾讚賞的鼓掌中結束後，沃斯里在接待區看到登尼．維沃斯獨自站著抽萬寶路。他鼓起勇氣向前搭訕，告訴這位編劇自己有多喜歡剛才的座談，並問他能不能在自己的《不安》上簽名。維沃斯不只簽了名——「給沃斯里．波拉克，祝一帆風順，你在《不安》的好朋友登尼．維沃斯」。甚至站在原地和一臉敬畏的男孩聊了十多分鐘，彷彿兩人之間不是粉絲與偶像的關係。參加蜂會1的這兩天，沃斯里聽到不少對於山姆．布萊茲的批評，他知道維沃斯偶爾會幫《偉漫》畫坦克人，於是便問維沃斯對此有什麼想法。編劇聽了便大笑起來。

「惡魔山姆嗎？噢，他們說的每件事都是真的。他騙了喬．高德、羅伯．諾法克和一大堆人，我覺得他這輩子寫過最複雜的東西應該就是購物清單了吧。不過嘛⋯⋯嗯，我也不知道，我不覺得布萊茲是真的壞人，他可能只是心理有點問題。我記得在入行之前曾在一間熟食店裡看過山姆．布萊茲——一九六〇年的我只是個沒沒無聞的小夥子——我看見他坐在卡座裡吃早餐，一直對自己的食物講話。他就坐在那邊，盯著盤子看，好像仔細在聽食物想說什麼，然後回答，整頓飯就那樣來來回回地和食物對話。我不知道他最後到底有沒有吃那些東西，但如果和盤子裡的食物交心到那種程度，要把它們吃下肚也不是容易的事。」

整體來說，這是沃斯里一生中最神奇的一個週末，也是他一生中轉變最大的兩天。他向登尼．維沃斯道別，最後一次逛過整個地下室，和詹周．扎克森、阿爾佛．凱克、米爾頓．細指以及第七天堂的肖恩握手告別；很可惜沒見到肖恩的女朋友，因為她已經提早回家了。沃斯里腋下夾著戰利品，大步跨下比靈漢門前階梯，踏入七月的眩目豔陽之中，第一次覺得自己的人生充滿了目標和抱負。他從小就開始看漫畫，但這是他第一次接觸所謂的漫畫界，意識到自己想要成為那個世界的一分子。他不會畫畫，也不會編劇，但是這麼說起來，山姆．布萊茲和理查．曼寧也都曾和他一樣。沃斯里站在街邊等著回澤西市的客運——至少他還有錢搭車。陽光潑灑在他充滿決心的臉上，他漫不經心地立下將會決定他未來命運的職涯選擇，接著盯著螞蟻看了十五分鐘。

與此同時，在月球上或者附近的太空中，三名阿波羅號太空人正在面對歷史性任務所帶來的意外副作用。由於沒有大氣層保護，三人長時間暴露在來自太陽的強烈輻射中，無意間令他們體內的化學作用發生變化。尼爾．阿姆斯壯發現自己能夠變成一種有知覺的液體，巴茲．艾德林則能夠控制和產生磁場。三人中吸收最少輻射的麥可．柯林斯反而變化得最劇烈徹底，他變成一頭醜陋可怕的岩漿怪物，力氣龐大而心地善良。穿戴著笨重太空手套的三人將手交疊在一起，鄭重宣示組成太空超人幫，然後返回地球，解決整顆星球上的所有問題。

爾後查理．曼森的邪惡計畫遭到阻礙，末日等級的種族戰爭失敗，曼森及其「家庭」幫眾被永遠關進了月球背面的能量監獄裡。戰爭、疾病、仇恨和飢餓被消滅，一九六九年因此成為全面進步的一年，一切都變得更好了，沃斯里．波拉克娶了第七天堂的金髮女孩，地球上的每個人也從此過著幸福快樂的日子。至少在二〇二五年宇宙崇高之王自太空降臨並吞噬整個世界前，的確是這個樣子。

8 一九五四年，六月

吉姆洛斯身處險境全身冒大汗不是因為六月的天氣而是因為安非他命他因為截稿前要熬夜工作而吃了幾顆現在希望藥效能讓他撐過這場狗屁聽證會但是但是但是會議漫長開得有夠久而且看這四名參議員的樣子好像吉姆是他們一整天開會下來所遇見最有趣的東西好吧這也不是不能理解畢竟當那些高舉旗幟揮舞聖經的狗東西一波一波攻向憲法基本人權時吉姆是唯一對自己的出版品有所維護也是自豪唯一願意站出來捍衛自己作品的孤單靈魂如果漫畫界在這時候不起身對抗最後就得受困於那些漫畫審議準則等於被迫舉了白旗說到底史蒂曼還有《美國人》或布林吉出版社的那些王八蛋之所以要在這個時間點拚命升起這面大旗看起來好像很有道德責任也不過是想削弱競爭對手而已現在吉姆要做的就是集中精神盡量不要一直舔嘴唇下巴也不要像平常那樣一直亂動因為有太多事情的發展都仰賴這場聽證會不只是ＳＰ而已但是這張椅子好硬而那個叫摩頓的首席法律顧問好像已經準備好要再次展開攻擊了——

摩頓：洛斯先生，你先前提到從父親手中繼承了科學出版這間公司，能不能請你詳細描述一下過程？

洛斯：我父親老詹姆斯．洛斯在將近二十年前出版了美國第一套漫畫書《妙事百出》[37]。當時他看出漫畫能夠成為協助美國教育的重要工具，並帶來許多好處，所以成立了科學出版社，旨在向全國孩童介紹湯瑪斯．愛迪生等美國偉人，以及新的科學理論或發明。後來父親不幸於意外中喪生，公司便交到我手中，我將公司重新命名為「感官」，以便如實呈現在我領導下公司會採取的新方向。雖然名稱不一樣了，不過我認為我們的書籍仍深具教育意義。

吉姆幫自己倒了更多水小啜一口試著不要舔嘴唇不禁想起自己的父親死法實在太驚天動地真要說的話唯一的好處是老吉姆應該完全沒意識到發生了什麼事前一刻還在擺放第八洞的球心情愉悅又放鬆接著下一秒就被當時正好飛過上空的噴射客機所排出的三十磅重冷凍尿液

37　《妙事百出》（*Funnies on Parade*）是確實存在的作品。本書只於一九三三年發行一期，是購物集點的贈品，一般來說被認為是美國以書籍形式發行漫畫的前身。一年之後，本書的銷售員 Maxwell Gaines 與出版社 Dell Publishing 再次合作，發行了真正意義上的第一套美國漫畫書*Famous Funnies*。

砸碎真的整個人都被砸碎了毫不誇張彷彿他爸明明就不信上帝卻被自己認為不存在的上帝降下天譴而且是尿譴而不是閃電也許無神論者的下場就是這樣上帝會想說媽的何必浪費一發閃電呢不過不過不過想到這裡吉姆有點離題了他最好趕快集中精神因為其中一名參議員開始皺眉頭了而那個首席法律顧問——

摩頓：感覺起來，「感官」和「科學」是兩種截然不同的風格。

費雪參議員：洛斯先生，你說你父親的出版品對兒童讀者有益。如果漫畫書對年輕人的心智程度真有這麼強大的影響力，你怎麼確定你的書不會對讀者有負面影響呢？

洛斯：尊敬的參議員大人，我認為這取決於出版者的意圖。我們的編劇和畫家都是業界最優秀的專業人士，能確保每篇故事不會偏離預期效果。以我父親來說，他的目標是出版能夠教導大眾科學知識的書籍，而我的目的則是帶給讀者道德教育，讓他們能成為更好的人，也成為更好的《美國人》。如果您讀過我們的讀者來信專欄，相信您會對我們的故事感到驚訝，我們在討論社會議題時都抱持著非常知識性且成熟的態度。容我提醒您，描述青少年犯罪負面影響的故事其實很難鼓勵讀者採取同樣行為。

——再怎樣也就是聖經鼓勵讀者屠殺無辜人民或者和無辜人民的女兒做愛或者把人釘死在十字架上那種等級不過鑑於現在的處境吉姆開始對最後一點抱持懷疑態度這些人真的看不出他和費曼埋入那些故事裡的教化意義嗎真的看不出史林惠特克傑夫普立善阿尼耶克斯坦和那麼多創作者投入的技巧和心力嗎他們那麼努力去表達自己的想法而且ＳＰ觸碰的題材都只有ＳＰ有膽去談例如那顆炸彈和三Ｋ黨和警察暴力和郊區那些暗地裡過著瘋狂放縱生活的每一位普通美國人他們怎麼能沒看到這些還是因為有其他原因使然也許這些聽證會根本在公告召開之前就已經決定了結果但是但是但是也許吉姆現在會懷疑這些聽證會是陷害都是因為藥都是因為妄想症說起來這些掌權者為什麼要浪費那麼多力氣在幾本無關緊要的漫畫上呢吉姆當然知道沃爾坦那本純真的誘惑[38]引起的軒然大波說真的那不過是一本書而已不過是書中一點內容登上了婦女家庭雜誌[39]而已但事實是只要這樣就足夠讓吉姆和其他人倒大楣不對不對不對無論是不是妄想症發作吉姆都知道他一定漏掉了某些更深層的來龍去脈但現在不是想這

38 *Seduction of the Innocent*是沃爾坦博士於一九五四年出版的著作，也是導致美國國會對漫畫產業展開調查以及後來漫畫審議局成立的重要因素。

39 *Ladies' Home Journal*，美國在二十世紀上半最大的女性雜誌之一。

件事的時候因為費雪和另一位民主黨參議員漢寧說了些什麼結果這兩人現在都盯著他看他希望安非他命的藥效能持續到這場聽證會結束他們花在他身上的時間比花在其他人身上多太多了然後又問了那麼多問題他根本——

費雪參議員：洛斯先生，我在你提供的證物出版品中讀了不少篇故事，發現絕大多數都以毫無道德教誨的謀殺和肢解告終。如果你這麼相信你的出版品能為讀者帶來良善社會價值，那麼你應該毫不猶豫就會將作品提交給稍早會議中所提的監管組織審核，好確保這些作品都能傳達你所想要的有益影響，不是嗎？

洛斯：是的，沒錯。

費雪參議員：不過就我所知，你並不支持我們今天早上所看過審核規則版本？

洛斯：原則上願意接受組織監管並不等於同意稍早文件中提出的草案。我只同意草案所擬的部分條款，其他部分則不同意。

——就好像好像好像比方說漫畫名稱裡不能出現死亡或者謀殺這些字眼的那幾條這些王八雜種怎麼不乾脆一刀砍到底把狂人這個字也禁了這樣他們就能一口氣下架ＳＰ旗下所有

暢銷作品完全不費吹灰之力但是噢不不不不不他們就是死不提狂人但是吉姆非常清楚真正讓《美國人》和布林吉那些雞巴混蛋火冒三丈的就是這套書然後這麼剛好這些人都是起草漫畫審議準則的主力人士所以說穿了那些小心眼的狗屎貨色就是想報復吉姆在狂人上刊登了他媽的後庭俠和不然吉而這就是他們報復的方式那吉姆現在後悔了嗎當然他確實後悔了他後悔當初沒讓藍尼柏曼這角色示範一下如何用商業手段把後庭俠的創作者幹得稀巴爛也後悔沒讓不然吉加入約翰柏奇協會[40]這才是吉姆真正的遺憾不過不過不過也許現在不是想這些的時候吉姆覺得這些參議員對他的攻勢好像越來越凌厲他們好像開始露出獠牙或者吉姆只是累了他分辨不出來畢竟他已經在證人席坐了好久好久——

費雪參議員：我想要討論一下十號證物《謀殺的石棺》第十七期中的一篇文章。這篇的標題是「別當共產走狗」，文中提到了沃爾坦博士及其著作，並宣稱支持打壓漫畫的人等同於共產主義者。請問你是這篇文章的作者嗎？

洛斯：對的，我是作者。這篇文章提出一件事實：全世界——我相信包括英國在內——

40 John Birch Society 是美國的極右反共組織，成立於一九五八年，作風激進。

的共產團體都在對漫畫進行打壓，目的是拐彎批評美國以及美國所代表的價值。

費雪參議員：你的意思應該不是說，不支持漫畫的人就是共產分子吧？

洛斯：不是的，參議員大人，我只是在說共產黨站在全球漫畫扼殺行動的最前線，同時也是反對聲量最大的團體。我並未暗示與小組委員聽證會有關的人士是共產主義者，也相信我們的讀者都明白這一點。

——對但是關於這一點吉姆還有很多話可以說關於他聽到的關於他的揣測據傳沃爾坦若不是真的共產主義者就是被塑造成他是共產主義者而在現在的風氣之下這等於是他的死期職業生涯在此終結所以當FBI找上了門說出這件事並說只要他合作他們就能讓風波平淡下去時他當然全神貫注洗耳恭聽根據傳聞他們想要沃爾坦寫出那本書把漫畫和少年犯罪劃上等號因為因為因為嗯說起來他們何必做這種事這就像吉姆剛才在想的一樣為什麼要花費這麼多心力去對付漫畫書這種微不足道的東西呢當然啦他也很想把SP的出版品看得非常重要非常有影響力但他很清楚那不是事實事實是根本沒理由對他們進行這種迫害和霸凌除非除非除非有沒有可能他們的目標其實不是漫畫而是某些靠漫畫收入撐場的廉價雜誌例如那本科幻雜誌銀河故事集沒了那些銀河相關漫畫的收入出版商就沒辦法繼續發行雜誌了這就說到科幻雜誌那

些科幻雜誌一直是美國國內槍口一致想拉下王八蛋麥卡錫的唯一平臺也許就是因為這樣也許這些都是眾議院非美活動調查委員會[41]搞出來的政治鬥爭他們想讓科幻領域的人安靜又不想做得太過針對於是就先放狗去咬漫畫知道這麼做之後那些廉價雜誌終究會被一起拖下水可是可是可是知道這些對吉姆現在的狀況現在的困境一點幫助也沒有他開始覺得這些參議員已經把他逼至絕境了吉姆最好專注在眼前的問題不要一直被這些狂奔的思緒拖著跑一路跑至茫茫然以至於無路可走——

德恩參議員：我有個問題想問。洛斯先生，請問你在本委員會上作答時真的夠坦誠嗎？你真的認為自己出版這些刊物是為了對讀者提供道德教育嗎？請各位看到七號證物《死亡墳場》第十四期中的第二篇漫畫〈遊樂場兒戲〉，我為各位總結一下大意，故事的主角是貪腐的政府官員強森先生，他打算關閉受民眾喜愛的兒童遊樂場，以便從位在該地點的大型飯店開發案中得利。遊樂場附近的孩子們得知關閉通知時，都哭著問有沒有其他方法能阻止關

41　House Un-American Activities Commission（簡稱ＨＵＡＣ）是美國眾議院的調查委員會，一九三八年成立時目的為監控美國納粹地下活動，是麥卡錫主義時代的著名例子之一。

閉計畫。最後，在整篇故事的最後一格畫框中，我們得知這些孩童殺死了這名官員並將他肢解，然後以各種方式使用他的身體部位，以此擴大他們的遊樂設施。例如拿他斷掉的前臂來當鞦韆椅子，而支撐鞦韆的繩子則是他的腸子，他肥碩的身體被充當成彈簧床，頭則放在旋轉木馬中央做為裝飾，他的兩條腿成了血腥翹翹板的兩端，而畫面中描繪的所有小孩都在這些屍體製成的遊樂器材上高興地玩耍。這篇故事唯一的道德意義——如果真的有的話——是由一名色瞇瞇的「死靈檔案管理員」說出來的，我引用他的原文：「嘿嘿嘿！死神萬歲！強森先生終於讓孩子們喜歡他了——而且這樣一來，會掉眼淚的就不只有那些孩子們啦！」洛斯先生，請問你怎麼能說這種故事的本意是要促進讀者的道德感呢？

洛斯：我認為、我認為您應該記得，您應該懂的，這本書名叫《死亡墳場》，很明顯是恐怖類型的作品。我們的讀者本來就預期——我想應該有預期吧——會看到這類比較血腥幽默的風格。那個角色的作用，我認為，是讓整個情況變得比較荒謬，告訴讀者應該要把這篇故事視為某種笑話，或者或者或者，有點像民間故事那樣，結尾的時候會有比較暴力的場面，對，就像是當樵夫衝進屋子裡切開大野狼，救出金髮姑娘的奶奶一樣[42]。這篇故事就類似那種情況，只不過我們用的角色不是大野狼，而是政府官員，我們做了比較現代的調整。

——閉嘴閉嘴閉嘴他現在等於在說SP的書就像金髮姑娘而那些政府官員就像大野狼媽的吉姆到底在幹麼可是可是可是那個叫德恩的傢伙是共和黨的他卯盡全力朝吉姆進行攻擊一下子展開攻勢讓吉姆猝不及防他們這樣斷章取義去讀作品就弄得好像好像吉姆什麼都不懂好像這篇漫畫是要畫給跟故事裡的孩子一樣年幼的小孩看的好像這篇故事想唆使那些小小孩把政府官員大卸八塊這根本噢糟糕他意識到自己開始退了藥力開始退潮疲憊感湧了上來他一點力氣也沒有他自願來到這裡來作證挺身而出為自己以引為傲的出版品辯護現在卻落得這種困境一切都在崩潰他在崩潰都是因為他們把他拖在這裡問了那麼久搞到現在現在他覺得自己成了站在校長面前的孩子而且不是一位校長是四位而且他們根本不是校長而是他媽的參議員為什麼吉姆要這樣折磨自己他覺得自己能做什麼嗎搞得現在藥在退了他無法思考現在換費雪上場了現在換民主黨人上場了他在證物間匆忙尋找這人的臉生得一副剛放了屁的樣子吉姆必須承認現在的情況實在稱不上什麼佳境——

費雪參議員：現在，我想請你把注意力從出版品的內容移到封面插圖上。請看十二號證

---

42 洛斯在此因為壓力和藥效消退的關係，搞混了金髮姑娘和小紅帽的故事。

物《謀殺的石棺》第二十二期，特別是封面。洛斯先生，在我描述的過程中，如果你認為我扭曲了插圖的內容，請隨時更正我，我會非常感激。封面左下方畫了三個圓圈，每個圈中各有一名表情諷刺的客串角色，他們是所謂的「陰間接待三人組」——遺體掌控者、死靈檔案管理員和太平間看守人——負責在書中介紹各式各樣的怪談。這三個角色所在的地方是梅西百貨之類大型百貨公司的內部，也是這張封面花了大部分空間在描繪的場景，而且看起來是在聖誕節慶期間。封面圖左側有一棵巨大的室內聖誕樹，樹梢沒入百貨公司挑高天花板投下的陰影中。在樹下方附近的地板上，我們看到許多顧客和店員抬頭驚恐地看著樹的頂端，順著視線我們可以看到有個女性身影坐在藍色陰影中——希望她已經死了——因為她看起來被樹梢刺穿。回到下方的商店場景，孩子嚎啕大哭、媽媽紛紛暈倒在地，體格強壯的美國父親咬著自己的指節，有名警衛吐在收銀機裡。洛斯先生，在我看來，這個畫面不僅沒有任何可取的社會價值，在構思和繪製時也完全沒考慮到可能造成的道德影響，連最基本的品味都沒有。

洛斯：我、我、我、我不同意。我認為、我認為它不管在繪製，或構圖上，都有很好的品味。您其實不能，我的意思是，以這張圖畫的方式來看，您其實看不到什麼，這就是為什麼我們會在這裡加上陰影。這張圖傳達恐怖的方式，全都在於人物的臉部表情，在於我們把人的表情畫得多驚恐，也就是說，我們沒有直接畫出恐怖的元素。而且、而且、而且，在我看來，我們的做法其實是很幽微的，所以，不，我不認同您的說法。我認為這是、我認為這張封面圖的品味其實很不錯。

費雪參議員：了解。那麼請容我這樣問，你認為怎樣的封面插圖才算差勁？

洛斯：呃，這很難定義，您應該懂，我很難回答……我的意思是，這很主觀，不過我覺得，如果我們讓繪師畫成別的樣子，不是現在的遠景，而是如果我們讓繪師畫成特寫，讓所有人看到樹梢，插進她的陰道，那樣就算，很差勁的封面了。

——話一出口吉姆就知道自己本該可以應對得再他媽的更好一點因為現在整個世界彷彿靜止下來所有聲音所有動靜都從所有事物上消失四名參議員全都凍結在座位上用一模一樣的表情看著他好像他們的鼻子正試圖縮進頭顱裡雙脣大張幾乎要整個向外翻開而眼睛在眼窩裡枯萎皺縮成堅硬的玻璃彈珠充滿不屑作嘔和熊熊的仇恨一旁速記員臉上已經沒了任何顏色而首席法律顧問舉起一手摀嘴瞪大眼睛彷彿目睹百人喪生的駭人火車事故這一切寂靜得如此徹底以至於吉姆連外頭街上的車聲低鳴都聽不到現在參議員們一個接一個起身全都沉默不語地整理手上的文件和證物十足唾棄的目光眨也不眨一刻也沒從他臉上移開現在他們都離開會議

廳連陪著吉姆一起出席以示支持友好的律師馬伏都只能搖著頭眼中充滿悲痛跟著他們一起離開最後只剩吉姆一人不曉得該怎麼辦雖然時間似乎完全沒有前進他注意到麥克風投在桌上的影子卻變長了最終清潔人員走了進來是一群波多黎各女人看也不看他但一邊在他周圍打掃一邊意味深長地瞥向彼此最終連她們都走了而吉姆動也不動地坐在會議室裡任白晝漸漸衰弱心裡明白一切都結束了他當然可以繼續以雜誌的形式發行狂人以此避開那些審議準則不過他希望能為漫畫界帶來的願景已經都結束了光變暗了光變暗了而吉姆知道這就是他的終結這就是屬於他的三十磅冷凍尿液冰塊光變暗了不過就在陷入一片漆黑之後他也感覺他們還有好長一段路要走——

9 二〇一五年，十一月

第一頁

第一格

好，這是一篇單頁漫畫，總共有九格，全都同樣大小，以三乘三的陣式排列，畫格上方有縱貫左右的大標題，寫著：**雷霆俠的起源**——他的過去以及如何成為現在的樣子！在標題的最右邊也許可以有個圓圈，裡頭畫著雷霆俠的半身像，朝讀者微笑，類似三、四〇年代交界的畫風，眼睛像是兩疊黑色的皺褶。接下來說漫畫本身，第一格的場景是勞工階級家中某個青少年的房間，地點在德拉瓦，年代是一九三七年，時間是晚上。我們會在前景左側看到十七歲的科幻小說迷與業餘小誌繪師戴夫．凱斯勒，他背對我們看向畫格內，大約是頭到肩膀左右的特寫。我們會看到凱斯勒左手拿著打開的素描本，並約略可見他的右手正在畫的圖案。一頭金髮的凱斯勒戴著金邊圓眼鏡，畫畫時的他，微笑裡有著青少年的熱忱，表情真摯而開朗：身為大蕭條時期長大的美國孩子，畫畫使他開心。他正在畫雷霆俠的線條稿，但長得和我們熟悉的雷霆俠不太一樣，而是一名兇惡的科幻光頭暴君，穿著三〇年代典型的科幻裝扮——我記得大部分都是束腰緊身衣和長統靴。姿勢狂妄自大，雙手張成爪型舉在空中。這個形象與現代形象的相似之處只在於胸前徽章，以一片黑色薄雲做為橫槓，中間一道白色閃電打下來，形成字母T的樣子[43]。這個徽章位在凱斯勒所畫光頭角色的緊身衣正前方。當我們的目光越過凱斯勒和素描本，可以在房內右側靠近背景的地方看到凱斯勒同為十七歲的好朋友賽門．舒曼。有著黑色鬈髮的舒曼身形比凱斯勒略矮，也比較結實，不過臉上掛著一樣熱切的少年笑容。他坐在畫格中央偏右，是我們可以看到全身的距離，不過已經有點接近右邊背景。他面朝左側，所坐的小木桌剛好位在背景中央房間窗戶的正下方。舒曼俯身在一臺老舊打字機上，一邊打字，一邊看著房間另一端的凱斯勒笑著。我很想表現出這兩個小孩在創作時感受到的刺激和樂趣，以及青春期時那種真誠的興奮感。兩人所在的房間舒適、邋遢、燈火通明，我們也許可以找到那個時代的壁紙設計，例如令人煩躁的超大尺寸花朵，然後把圖案用在這裡？看你覺得怎樣，然後跟以前一樣，畫你覺得適合的。如果還有空間，我們可能會看到房間裡亂丟著幾本廉價科幻雜誌，名字可能叫《不可思議故事》或《嗆辣太空人》。為了暗示兩人的作品與科幻有關，打字機正上方的窗外呈現著德拉瓦的黑夜，可能有幾顆遙遠、孤單的星星在漆黑地平線上方靜靜燃燒。配圖文字最適合放在格子右下角。

配圖文字：德拉瓦，一九三七年：**戴夫・凱斯勒**和**賽門・舒曼**兩名少年受廉價科幻雜誌啟發，正在打造外星暴君雷霆俠的故事並投稿至小誌。

第二格

第二格的場景仍是夜晚的美國，但是切換到不同地點、不同年份。我們來到戶外，在紐約一處隱蔽漆黑的卸貨區，時間大約是一九二六年，禁酒令正走至高峰。整個場景可能被畫格右方背景中某盞孤獨的路燈照亮，希望能營造出黑色電影的氛圍和陰影，加強這格畫面的氣氛。在下方的前景中，我們會看到兩、三疊廉價雜誌的一部分，堆在地上，綁繩交叉成十字，離我們很近。如果有辦法畫出封面的話，這些雜誌全都是同一期**《香辣拷問故事集》**，封面上有一名接近全裸的二〇年代金髮女郎，被銬在地牢的牆上，有個駝背男子不懷好意地拿著烙鐵棒威脅她。這些雜誌被遺忘在下半部的前景中，真正的事件發生在其上接近背景

43 T為雷霆俠英文名稱「Thunderman」的字首。

的地方：我們會在最左側靠近中景的位置，看到一輛二〇年代貨運卡車的車尾從畫格外伸進來，後門開著，正在卸下一箱箱明顯是走私酒類的貨物。負責卸貨的是兩名受雇保鑣，外表非常接近一九二〇年代暴力分子的刻板形象，一臉凶狠殘忍，其中一個可能正叼著菸，另一個則戴著鴨舌帽，兩人都是全身入鏡。我們看到衣著講究的詐欺犯正站在一旁看著他們搬酒，全身入鏡站在最右側中景的位置，雙手可能插在昂貴安哥拉羊毛外套口袋，自鳴得意的嘴角則伸出一根粗大雪茄，灰色輕煙向上騰散進沒有星星的夜空。這個人是私酒販子兼出版商人亞伯特．考夫曼，正在監督自己走私的最後一趟酒品，他讓卡車後方堆滿自家出版社的廉價雜誌，以躲過聯邦調查局或邊境海關檢查。此時的考夫曼大約四十多歲，伙食豐厚，黑色短髮向後梳理得整整齊齊，深色雙眼閃爍著得意洋洋。他可能頭戴寬邊帽、身穿昂貴西裝，腳上鞋子擦得晶亮。同樣地，配圖文字也許可以放在格子右下角。

配圖文字：像黑幫準成員亞伯特．考夫曼這樣的出版商會在加拿大印製廉價雜誌，以此做為掩護，將加拿大酒運入實行禁酒令的美國。

第三格

現在來到最頂層的最後一格，時間是一九三八年某個樂觀的春日午後，場景跳到《美國人》漫畫相對而言較小的紐約總辦公室。在右方前景中，我們會看到亞伯特．考夫曼向後倒在吱嘎作響的三〇年代辦公椅上，背對我們看向畫格中央。考夫曼現在五十多歲了，略帶掠奪性的笑容裡可能還是叼著一根悶燒的雪茄。他在這裡穿著普通的三〇年代辦公西裝，黑幫氣息看起來沒那麼明顯，不過小指頭上可能還是戴著小鑽戒。而在考夫曼辦公桌的另一端——桌面上躺著幾張戴夫．凱斯勒完成的雷霆俠畫稿，這時已經是連環漫畫形式，畫中的角色比起第一格時看過的狂妄光頭男子草圖更接近雷霆俠早期的簡化版本——我們會在另一端看到面朝我們的戴夫．凱斯勒和賽門．舒曼，一左一右，隔著滿桌的作品和微笑的考夫曼對坐。這兩名十八歲男孩因為來到大城市，又希望給人好印象，所以此時的衣著都比在第一格中好一些。兩人受到善良的紐約出版商親切接待，看起來既高興又興奮。現在，凱斯勒在我們左側中景，腿上可能放著一份磨損陳舊的文件夾，正熱切地從中拿出另一頁連環漫畫完稿，而右側的舒曼手裡拿著其中一份文字稿，可能正指著稿子，連珠炮似地熱情說明。站在兩名坐著的男孩身後的是《美國人》漫畫的律師席尼．羅森佛，他的雙手分別放在兩人背上，俯下身，臉上帶著和考夫曼一樣的笑容。羅森佛比考夫曼更高、更瘦，頭髮已漸漸掉光，不過腦後和兩側仍有黑髮，他將鬍鬚刮得乾乾淨淨，以五十歲的男人來說長得頗為帥氣。他戴黑色粗框眼鏡，可能穿著黑色西裝、白襯衫和黑領帶。如果背景有空間的話，牆上可以掛幾幅裱了框的不同期數《香辣拷問故事集》，或者《獵兇任務》第一期畫得不怎麼樣的封面。配圖文字應該可以放在格子的左下角。

配圖文字：雷霆俠重新塑造被成英雄形象，兩名藍領出身的男孩來到紐約，獲得了考夫曼以及公司律師席尼．羅森佛的注意。

第四格

這是第二層的第一格，畫風將從紀實陡然變成四〇年代早期的漫畫封面風格。場景看起來像是德國最高指揮部辦公室內，時間大約在一九四二到一九四五之間，至少從背景附近牆上掛著的萬字旗判斷是如此。四〇年代風格的雷霆俠從左側躍入畫格中景，雙眼放射正義光芒，身體呈現動態姿勢，以雷電拳擊中阿道夫．希特勒的下巴，卡通化的希特勒在空中胡亂揮舞四肢。右下角的前景中有一名刻板印象的愚蠢納粹突擊隊員——別問，我也不知道他在希特勒的辦公室裡幹麼——大約是到肩膀高度的臉部特寫，滿頭大汗，害怕的神情看起來滑稽可笑，正以機關槍對著雷霆俠開火，但是子彈僅是從雷霆俠的胸膛上彈開。配圖文字最適合的位置可能在格子的左下角。

配圖文字：凱斯勒和舒曼在一九四二年入伍時，前工會律師羅森佛讓他們將雷霆俠的所有權在戰爭期間轉讓給《美國人》。

第五格

在這格中，我們將混合紀實和漫畫風格以呈現象徵效果：風和日麗的紐約，場景是《美國人》漫畫大樓的頂樓，但不一定要明顯畫出這一點，也可以就只是某個頂樓。我們會在兩側前景看到亞伯特．考夫曼和席尼．羅森佛一左一右的部分背影，他們背對我們看向背景，兩人都只露出半邊身體，自滿地將雙手揹在身後。我們也許能在羅森佛的手上看到捲起來的合約，想必是凱斯勒和舒曼簽署的那份。穿過他們兩人中間，我們能在畫格中景的位置看到全身入鏡的雷霆俠——也許是六〇年代的簡潔造型，臉上掛著慈祥的微笑——他從晴朗的紐約天際降下，已經伸長了一隻腳，正要觸及屋頂。即將降落的他正面對著我們和那兩名男人，臉帶微笑，肌肉發達的雙肩上各揹著一只大布袋，袋子邊上印著巨大的$符號。如果看得到考夫曼和羅森佛的表情，我們會發現兩人都平靜、自信地笑著。這一格會有兩句配圖文字，第一句放在格子上半部，第二句放在格子下方中間，你覺得如何？

配圖文字：他們從此沒再拿回來過。

配圖文字：透過卡通動畫、電影連續劇、報章雜誌連載漫畫[44]和電視影集，雷霆俠讓《美國人》成為收益豐厚的富有公司。

第六格

這是第二層的最後一格，場景切換到紐約的某處太平間，時間大約是六〇年代晚期。太平間就是太平間的樣子，冰冷、簡樸、潔白。我們會看到已經死去且年長許多的戴夫·凱斯勒，裸身躺在下方前景的大理石板上，頭和肩膀對著我們。不過我們只能看到一點點凱斯勒已經開始掉髮的後腦杓，因為太平間助理穿著白外套的雙手從左方畫格外伸進我們的視線中，將布向上拉起，蓋住死去畫家的臉。這不是一般的白色蓋屍布，而是雷霆俠的披風，正中間印著雷雲和閃電組成的字母T，逐漸覆蓋上雷霆俠共同創作者已無生氣的臉。因為構圖和光源等種種原因，我認為應該要在背景附近的牆上開一扇單獨的小窗。這一格的兩句配圖文字也許可以都放在格子上方的隨意空位處。

配圖文字：**兄弟集團**買下《美國人》時，席尼．羅森佛成了集團的首席律師。

配圖文字：與此同時，雙目失明的漫畫家戴夫．凱斯勒在紐約上州的一間收容所中過世。

第七格

最底層第一格畫的是二十一世紀的城市夜晚，可能是二〇一二年左右的紐約。我們來到一間現代電影院的對街，熱鬧、漫長的排隊人潮經過售票處，走入電影院中。根據明亮的廣告看板，我們得知正在播放當年的雷霆俠重啟電影《暴風英雄》。在畫格前景靠近我們視

44 此處的連載（syndicated）與一般認知在漫畫期刊上的連載不同，指的是將作品權利授予聯合供稿組織，同時刊載於多份報章雜誌。著名的《加菲貓》就是金氏世界紀錄中同時在最多報章雜誌上連載的漫畫。

角的這側街道，有一位身分不明的兄弟集團主管站在左邊畫格外，從他伸進畫格的那隻手來看，此人衣著相當講究。他手中拿著一只相當小的現金袋，袋子側邊印著小小的$符號。畫格另一側的右邊框外站著另一個人，從右側將雙手伸進畫格中，我們可以從臂膀和手部看出是一名年紀約在青年到中年之間的女性：她的左手比較靠近我們，手上拿著一份合約，而她的右手則拿著筆正在簽名。從這兩名站在畫外人士的手臂之間看去，照對街排隊的人潮判斷，新一代雷霆俠的發展似乎應該如日中天。兩句配圖文字應該都可以放在格子下方，放在從框外伸入的手臂下。

配圖文字：兄弟集團因雷霆俠系列電影而更加繁盛，雷霆俠的創作者卻並非如此。

配圖文字：多年後，他們的家人選擇和解，只獲得角色所帶來價值的鳳毛麟角。

第八格

倒數第二格採取紀實風格，重複使用前幾格用過的構圖配置。在這一格中，我們來到紐澤西一處舒適民宅內，房子的主人是黑幫老大約翰・高蒂[45]的阿姨。和第五格中的考夫曼和羅森佛一樣，我們會在前景看到兩名黑幫肌肉保鑣，穿著鬆垮西裝，雙手揹在背後，一左一右背對我們，身體大部分都在畫框外，站在右邊的那名可能拿著一根短棍。穿過兩人中間，畫面中景是由大量棉布裝置的居家環境，我們可以看見花卉圖案的沙發和沙發前的咖啡桌，坐在沙發上的兩人正對著我們，神情緊張如深陷熱鍋。坐在左邊的是兄弟集團的主管，神色焦慮地抬頭看著前景的黑幫分子，坐在我們右手邊的則是《遠途》雜誌的主管，他正趴在桌上，顫抖地匆忙簽下他那部分的合約。而現在已經老了許多的席尼．羅森佛站在沙發後，俯身向前，雙手放在沙發椅背兩側，呈現他在第三格中的同樣姿勢。羅森佛此時已經七十多歲，腦後和兩側的頭髮已經雪白，不如當年烏黑，但仍像年輕時一樣擁有一股如同邪惡螺旋彈簧似的能量，他俯身在簽署合約的兩人上方，臉上的笑容依然狡詐。後方背景的牆面上可能掛著一幅約翰．高蒂的裱框肖像照，高蒂面帶微笑，增添一股溫馨氣氛。這一格的兩句配圖文字應該可以放在格子中央下方。

45 John Gotti，二十世紀紐約的義大利黑幫老大。他於八〇年代擔任美國五大家族之一 Gambino 家族的教父，一九九二年被判刑入獄，終生監禁，不得假釋。

配圖文字：在席尼・羅森佛的安排下，兄弟集團與**遠途出版**合併，宣布進入集團的時代。

配圖文字：簽約地點在約翰・高蒂的阿姨家中。

第九格

最後一格中，我們會看到包含曼哈頓島周圍水域及其商業區天際線的經典畫面，世界貿易中心的雙子星大樓高聳在左側，朝向一片晴朗的清澈天空。島的位置應該要在格子的下半部，留出大片的天空。我們會在曼哈頓上空看到露出上半身的雷霆俠，如同一尊巨大幽靈，沒有顏色的輪廓交疊在浮動的雲朵之間，彷彿雷霆俠成了善良的鬼魂，或者是他不朽的靈魂之類的形體。他呈現經典的登場站姿，左拳放在半透明的臀上，右手則舉至眉間，擺出不甚正式的敬禮手勢，和善慈祥地笑著對讀者揮手道別——一尊在空中守護所有人的巨大、友善雷霆俠。這一格有兩句配圖文字，第一句飄浮在格子中段某處，第二句則放在下方靠近左邊的位置。在這最後一格的右下角，本來都放著小格子寫著「完」的地方，我提議改放小型的雷霆俠「T」字母標誌，橫劃為積雨雲，直劃為閃電。

配圖文字：這就是雷霆俠誕生的故事，也是今天的他和美國企業[46]如何成形的過程……

配圖文字：……從此世界都不一樣了！

46 美國企業（Corporate America）是一種對現代美國社會的稱呼，指的是在跨國企業主導下，企業甚至能對政府發號司令的社會狀態。

10 一九八七年，三月

十八個月沒沾酒，光線依然刺眼，有時視線所及每個片刻的細節龐大得難以負荷，彷彿有毛玻璃掉進眼裡。波拉克走在第五大道上，正要去《美國人》的辦公室參加自己的就職會議，往成為漫畫業界某種專業人士的人生目標更進一步，他的步伐呆板，任由命運牽引著自己前進。

沃斯里從少年時開始喝酒，二十出頭便喝得意志堅定。當時的他兼職漫畫作品買賣交易，稿件都是從小誌時期認識的人那裡取得。在事業的草創期，他花了很多時間在酒吧應酬開會，並在那段期間的某個時間點娶了蕾孟娜。不過後來一定發生了什麼事，因為現在的他沒了老婆。大概是極其無可挽救的事吧，他也說不準，因為自己實在想不起兩人在一起時的細節。蕾娜塔！她叫蕾娜塔，不是蕾孟娜。為什麼他一直記錯？

就在蕾……蕾娜塔離開後不久，沃斯里的人生低潮來到深不可見的盡頭。在八四年的芝加哥漫畫展上，他酒醉到醒來時發現自己竟然在垃圾子車裡，頭髮上沾著大便，接著一模一樣的事情在八五年芝加哥漫畫展又發生了一次，令他意識到這可能是某種警告。他並不迷信，可是兩次事件都發生在同一間飯店的同一座停車場，且是同一個轉角的同一輛垃圾子車。這怎麼可能……？總之，也是差不多在那個時候，米爾頓・細指告訴沃斯里——要不是因為發生垃圾車及大便頭這類事件，以沃斯里擁有的業界人脈和通訊錄，他在《美國人》早就是編輯相關職位的首要人選。

沃斯里對這樣的描述表示抗議，當然他提出抗議時也是醉的。他告訴米爾頓（以及坐在米爾頓旁邊，跟米爾頓黏在一起的半透明連體雙胞胎），這個業界裡有很多——非常多頂尖創作者都是酒鬼，例如SP的史林・惠特克、《蜂之王》的編劇榮恩・布萊克威爾、創造了傳奇黏土人皮特的山姆・厄爾，以及靠著魚人俠聞名遐邇的柏特・麥金泰，一大堆，他講都講不完。但是，細指戳破了他的辯詞：這份名單上大概有一半的人死於肝硬化，另一半則是自殺。再說，《美國人》的總負責人大衛・莫斯寇維茨是不沾酒主義者，不太可能會被沃斯里的論點說服。不過，假如沃斯里真的戒了，《美國人》一直都在徵求助理編輯或類似職位，特別是銷量萎靡的雷霆俠產線。正中核心。就是這一點給了沃斯里・波拉克去解決問題的動力。為什麼不放棄依賴酒精的依賴，改為沉迷肯定無害的漫畫書呢？漫畫畢竟曾是他的第一個癮頭。他加入了一個實行十二步驟計畫[47]的戒酒團體，其中一個步驟要求他將信仰寄託在某個更高的存在身上，當時他想的是雷霆俠。

他在第五大道一邊前進一邊想，從很多方面來說，童年時期崇拜的這位英雄確實拯救了他。先前的沃斯里跌進了某個漆黑的無底洞，拿排泄物當髮膠，接著便被人一把攔住，將他拉往明亮、充滿微風的高處，彷彿當時的他是狀況失常的佩姬·帕克斯，每兩個月就要往辦公室的窗外跳。沃斯里抬頭看了看街道兩旁自恃甚高的大樓群，突然想起這附近有很多辦公室窗戶能讓哪個活潑好奇的年輕女孩往外跳。

現在，兄弟集團大樓赫然聳立在他眼前，《美國人》的辦公室就在這裡。門牌號碼就以白色霓虹燈寫在大樓最高樓，七七七，從城市另一端就能看到這幾個光彩奪目的數字。沃斯里記得登尼·維沃斯曾告訴他（或許只是在開玩笑），那個招牌之所以做得這麼明顯有其原由，源自於惡名昭彰的英國黑魔法師阿萊斯特·克勞利所寫的卡巴拉著作[48]。登尼有一套抽大麻時得出的理論，他認為兄弟集團這麼做，是為了利用上古希伯來魔法系統來鞏固權勢，或者召喚克蘇魯諸神，或者達成其他類似目的。當初登尼描述的方式聽起來還滿好笑的。

大樓的中央大廳有點像銀行，鋪滿了大理石，且如教堂一般靜默，邊緣迴盪著耳語回聲。陽光光柱輕靠在大廳正面玻璃上，衣冠楚楚的男人和女人嚴肅而安靜地來來去去，拽著公事包，從光柱中間穿過。這個環境充滿了對權威的尊重，態度直接而且自然，沃斯里發現自己對此並不介意。他知道《美國人》的辦公室在二十八樓。他幾乎是踮著腳尖走向側廳，兩排電梯在此面面相覷，中間的大理石磚會在腳下發出嘶嘶的聲響。沃斯里找到一部停靠二十五至四十樓的電梯，和另外五、六名陌生人隨機湊成一組，彷彿參加嬰兒的葬禮一般，沉默地看著亮紅色的數字朝著他們倒數。九八七六五四三二一，叮。

門板在得意的吸氣聲中滑開，展示出電梯內的怪物。它有八條手腳，彷彿一隻特製的蛛形綱動物，但實際上只用雙足就足以站在空無一「人」的電梯車廂中央，詭異地抖動著。沃斯里的思緒不斷調整「外星人」一詞的意涵，但仍暈頭轉向，無法為眼前的事物歸類：那隻生物（或者說那個東西）的臉似乎朝著車廂的後方，至少從它腳上那雙暗紅色手工雕花鞋的方向來看是如此。這個恐怖生物的六條上肢都戒備似地收折在聚脂纖維組成的胸腔周圍，其中四條從它的背上長出，位在上面的那一對呈現帶粉紅圓點的海軍藍色，翅膀一般向下收束

47 美國戒酒無名會（Alcoholics Anonymous）用於協助戒酒的方法之一。

48 阿萊斯特・克勞利（Aleister Crowley, 1875-1947）為英國藝術家與神祕學家。卡巴拉（kabbalah）則是源自猶太教的一種神學、哲學思想。

擋在肩胛骨上，位在下面的那一對白色無毛，繃緊如蟋蟀腿，但是方向前後顛倒。怪物在搖晃、顫抖的同時，還會發出不可思議的聲音，在低沉和更低沉的兩種不同咆哮聲之間擺盪，彷彿唱著圖瓦人奇怪的喉音。來自異界的貴客首次在世人面前現身，持續咆哮、顫動，而觀眾就是呆站在敞開電梯門另一端的一小群人。這群人沒有任何動作，只有瞳孔不斷縮小，縮成針尖、成原子、成夸克，最後根本完全消失。這是人所無可理解的駭人天使，話中談及的只有末日。

接著，彷彿鍋爐爆發的震動停止了，刺耳的雙重非人聲響也跟著沉寂下來，怪物開始緩慢脫去四條後肢。這個違反現實的存在分裂成了兩種獨立且不同的生命形式，一邊是節肢動物，一邊是變形蟲。突然間，鋪了地毯的寬闊電梯裡剩下一名年近六旬的冷面男性主管，以及一位矮小的金髮女老闆，穿著名牌設計服飾，年紀應該四十出頭。這兩人完全沒理會愣在原地的觀眾們，但感覺他們並非刻意迴避眼神接觸，而是因為這些嚇到呆掉的旁觀者本就不存在於他們淺薄的意識高原上。女人撫平自己帶圓點的海軍藍色裙子，以出乎意料的低沉嗓音問道：「你可以在下星期前把合約給我嗎？」而她的同事先是發出拉鍊移動的短暫嗡嗡聲，然後才回答：「我盡力而為。」接著兩人便轉向顯然不存在的觀眾，走出電梯，各自穿過閃亮、安靜、遠處有著竊竊私語的大廳。

在不曉得自己看到了什麼的情況下，沃斯里和一起經歷創傷的同伴們走入騰出空間的電梯車廂，按下各自需要的按鈕。事件隨閃即逝，恐怖卻縈繞心頭。他們在性交殘留的氣味中上升，截然不同的個體因為共享離開此地的渴望而團結一致。可以確定的是，當他們臨終躺在各自床上，雖然彼此距離遙遠，每個人都仍會和其他陌生同伴一樣，因為同一段駭人回憶嗚咽啜泣。目睹醜陋的異形令他們成為彼此的家人。沃斯里覺得車廂後方有個老人可能在哭。

電梯嘆了口氣，在二十八樓開啟，沃斯里離開車廂，立刻被自己眼前的空間嚇得動彈不得。他在驚惶之中想往回走，但是電梯已經離開，飛快將遭受性愛場面轟炸的乘客載往大樓中陌生的上游地帶。

波拉克站在空無一人的走廊，那看起來就像他重新陷入迷幻藥效的幻覺之中[49]，而且是令人不舒服的那種。檸檬黃牆面上覆蓋著電光綠松色的紋路，彷彿重疊了兩層或以上的同心

---

49 一小部分迷幻藥使用者可能在停藥數日甚至數年之後，再次感覺到類似藥效產生的幻覺，彷彿又吃了一次迷幻藥。這類罕見現象稱為 Acid Flashback，因為最常發生在ＬＳＤ使用者身上，所以也稱 LSD Flashback。照種現象沒有固定中文譯名，可能稱為回閃、閃影、迴藥、幻覺重現。

圓狀半色調圖層，最後形成若隱若現的對稱橢圓線條網花，如同勞侖次吸子的軌跡或發了瘋的磁場線，充滿顯而易見的焦慮與壓力。這種外星裝飾風格讓沃斯里幾乎無法確定自己該往哪走，他不禁在心裡苦笑，明明當初下定決心擺脫酗酒問題，為的就是不要再遇上這種情況。

走廊盡頭，有一名高䠷男人背對沃斯里站在飲水機旁，但是距離太遠，聽不到沃斯里的叫喚，彷彿那只是沃斯里在一片熱鬧顏色中透過蒸騰熱氣看見的幻象。在武器般的室內裝潢中，沃斯里苦苦掙扎著維持自己的空間感知能力，像是走進ＣＩＡ的精神控制實驗。他在螺旋狀旋轉的牆面之間前進，腳步蹣跚得誇張，彷彿雙腳還沒適應陸地的水手。十八個月滴酒不沾，好不容易讓神智清醒，到頭來卻困在希區考克的片頭漩渦之中，嬰兒般跌撞而行。經過可怕的三十秒，站在迷幻隧道遙遠底端的身影沒有走開，但似乎也沒有比較靠近。

令人困惑的感知衝擊在壁紙的強化下變得更加糟糕，一會兒之後，沃斯里終於走到飲水機旁的小型接待處，這裡只有一張廢棄的桌子和那名男子，也許他就是正在休息時間的接待人員。「嗨，我真的有夠高興看到你。」歷經走廊一役，沃斯里如釋重負說道。

安博魯斯．貝爾（祕密身分為雷霆俠）的真人大小模型沒有回答。

波拉克現在真的嚇壞了，在漫長的一瞬間覺得自己彷彿攀附在鮮豔炫目的深淵之上，完全無法分辨事物是真是假。就在此時，他看見布蘭登．恰夫剛好繞過轉角，走入這片無人空間對他說：「沃斯里．波拉克！天啊，你看起來好慘，好像剛才吃到大便。沒有啦，開玩笑的。」

雖然恰夫講話機掰了點，不過沃斯里沒往心裡去，只覺得能看到熟面孔很高興。他含糊不清地朝《超人聯盟》的編劇兼編輯打了招呼後，便讓恰夫帶著他走過令人偏頭痛的漩渦走廊，踏上《美國人》的全套導覽之旅。他們的第一站是出版社執行董事彼得．瑪斯卓希歐的辦公室，他正和編劇傑瑞．賓寇激烈地討論有關——不必想，一定是——海洋先生的問題。瑪斯卓希歐（長得像用來欺騙守衛的皺巴巴棉被人形）說，人類史上最後一次對這位水下保全感到一點興趣已經是七〇年代的事了，當時還是因為有一名上色師露骨地幫海洋小子畫了根勃起的陰莖從泳褲伸出來，在上架前被發現，於是上色師被炒了魷魚。不過，從十二歲起便渴望看到海洋先生八十頁超厚年鑑的傑瑞．賓寇則不同意這種看法。賓寇金髮稀疏，臉色因為憤怒而粉潤，整個人長得就像一碗草莓冰淇淋，和瑪斯卓希歐的豐盛煙燻魚乾主菜各立山頭，根本不應該出現在同一份菜單上。兩人友善而禮貌地花了五秒鐘和沃斯里打招呼，接著便轉頭繼續大聲咒罵與威脅對方，彷彿恰夫和波拉克根本不在房內。「拜託，傑瑞，我沒惡意，但是你有聽到自己在說什麼嗎？海洋先生的漫畫我連拿來擦屁股都不想。」「彼得，你知道我於公於私很尊敬你，但就憑你剛才說的話，我追到天涯海角也要把你和你祖宗八代全都幹掉。」意識到自己來訪時間不對，沃斯里和身邊不停竊笑的維吉爾[50]便離開辦公室，重新踏上眼花撩亂的地獄導覽之旅。

走在這座機械式的迷宮之中，沃斯里開始覺得這些半色調牆面和真人大小的漫畫模型似乎正以某種奇怪的方式將他壓扁、推平成二次元的平面生物；彷彿進入漫畫業等於要把自己也變成卡通人物，在卡通世界裡開始新的生活，永遠存在無深度的彩色畫稿中，永遠存在些微的套印失準。他恍惚想著，日復一日、年復一年暴露在這種刻意脫離現實的環境中，是否就是漫畫行業資深人士通常個性扭曲的原因。他的結論是：非常有可能，不過他仍極為樂意踏上這項職業的冒險之旅。

他和恰夫接下來拜訪久負盛名的雷霆俠產線編輯，索歐・史蒂曼。此人生於美國多事歷史中某個古早以前的時間點，而且似乎一生下來就已經是個七旬老人。相較於彼得・瑪斯卓希歐那砲聲隆隆的敵意環境，史蒂曼的辦公室更有秩序，彷彿一片由拋光木家具組成的綠洲，平靜友善，但也還是有些小地方令人不安。例如最讓沃斯里焦慮的，是史蒂曼那令人著迷的老練說話方式，混合了外百老匯和埃及《通往光明之書》[51]的風格，想必要吃上十萬次煙薰鮭魚貝果早餐才能磨練而成：

「相信我，你可以在這一行待很久。就像我常說的，如果由我決定的話那是越久越好。

聽過雨果．根斯巴克[52]這個人嗎？他以前常幫我擦鞋子。這人老是有一些瘋癲的想法，說那叫『幻想科學』。他常講一些有的沒的，例如說引力其實是物質分泌的一種膠水，只是我們看不見。我告訴他：『小子，把你那兩個詞前後調換可能還有點作為，不然就別來浪費我時間[53]了。』小孩子懂什麼呢？就像那個英國人赫伯．威爾斯，他曾經想找我當經紀人，把那些賣不出去的小說都拿來給我看，比如說《空間穿梭機》，這本在寫輪椅，或者是另一本叫《大家都看得到的人》，還有一本叫《發生在隔壁的大戰》。我告訴他：『你聽我說，赫伯，你寫的東西還算過得去，就是都有點死氣沉沉。』我提了幾項建議，都是小地方而已，然後他就說我是世界上最棒的編輯或文學經紀人，於是我說：『對啦對啦，有了這個稱號再加上五分錢差不多就可以買一杯咖啡了。好了，你可以滾了，這沒路用的東西。』就像我在朱利耶斯的告別式所說的：『我在這一行遇到的蠢貨，比賓州春霍堡的總人口還多。』當初

50　引用但丁《神曲》中地獄導覽者的名字。

51　Book of Coming Forth by Day，又叫「來日之書」，就是一般常聽到的「亡者之書」，類似臺灣傳統文化的牽亡歌，目的是引領亡者度過陰間，前往來世。

52　Hugo Gernsback（1884-1967），現代科幻小說奠基者之一，也是科幻文學大獎雨果獎的致敬對象。

53　幻想科學（fictional science）和科學幻想（science fiction，也就是俗稱的科幻）在英文中剛好前後顛倒。

在葬禮上，他所有的親戚都想把他從棺材裡挖出來好好揍一頓。總而言之，你呀，沃斯里・波拉克，你看起來就跟那些腦袋發展不全的傢伙一樣，八成也是把我當偶像，崇拜著我長大的。我猜你接下來就會想看那本剪貼簿了是吧？你們這些長不大的小孩呀，個個都一樣。」

沒等沃斯里回答，史蒂曼逕自走到辦公櫃前沙沙沙地東翻西找起來，拿出他所說的那本剪貼簿，宛如一座有著文件外表的墓碑，以其橫跨亙古的份量鎮壓住目瞪口呆的訪客。波拉克麻木而困惑地翻著啞黑色的內頁，上頭貼著年代久遠的紀念剪報、由已逝文壇巨擘寄給這位科幻小說經紀人的信件與明信片，或者史蒂曼自己的照片；照片中的他看起來總是七十好幾，身處不同城市、鄉鎮和年代，通常在冬天，口中吐出的霧氣如一條白色絲質手帕垂墜空中。「看到嬰兒車裡那個八個月大的小嬰兒了嗎？史蒂芬・金。」沃斯里翻閱著這本可怕的喪葬帳目，抵抗著心中越來越強的模糊恐慌，直到看見一張照片插頁，他覺得那是用銀版攝影拍的，曝光過了頭如幽靈一般淡白。照片中，長生不死但是永遠那麼老的索歐・史蒂曼站立微笑，一隻手搭在另一名身材矮小、虛弱的男人肩上，後者多疑地看著鏡頭，瞇起眼來，一臉困惑。波拉克倏地闔上剪貼簿，接著搖搖欲墜的脆弱心靈便認出那名矮小男子一定是愛倫坡。

事後想來，沃斯里覺得自己當時應該受到了驚嚇，因為他完全不記得離開索歐・史蒂曼辦公室的過程，直到他和布蘭登．恰夫再次回到圖案旋轉撩亂的走廊上才重新恢復意識，當時他們已經走到大衛．莫斯寇維茨辦公室門前。來到這裡，沃斯里才確定這位出版人將會對他進行正式面試，決定他在漫畫業界到底有沒有未來；也正是在此時，恰夫對他做了個抱歉的鬼臉，然後說道：「沃斯里，我還有正事要做，恐怕只能跟你到這裡。接下來就是大衛的工作了，他會讓你知道你是其實是個沒路用的笨蛋，《美國人》永遠不會傻到要用你。沒有啦，我開玩笑的。」

恰夫說完便消失在令人噁心的旋渦之中。波拉克猶豫地敲了敲上漆的橡木門，意識到自己的掌心都是汗。漫長而痛苦的時間過去，始終無人答應，就在他已經打算要離開大樓和一輩子夢想中的工作時，門的另一邊傳來了充滿鼻音但仍帶命令語氣的兩個字：「進來。」沃斯里遲疑了一下，不過對方似乎已經說完了，沒有後續交代。他嚥下一大口口水，以豐沛的手汗為冰涼黃銅門把上油，開門走了進去。

莫斯寇維茨的工作空間充滿柔和的日光，這時內心緊張惶恐的面試者終於意識到，剛才為止去過的所有辦公室原來都沒有窗戶。《美國人》與流逝的時光以及社會作息脫節，恆常處於永夜裡的凌晨時分。出版人的巨大辦公桌位在房間中央，沐浴在上方強光蓄積的光池之中，更加強化了審問室的氛圍。莫斯寇維茨正認真讀著某份合約上的細節，完全沒抬頭去看進門的沃斯里，讓沃斯里覺得應該自己找位子坐下，安靜等待對方注意。但是，除了莫斯寇維茨身下的旋轉椅之外，在這寬敞的辨公室裡只剩下一張小小的三腳擠奶木凳，而凳子位在一塊地毯上，和全神貫注於手上工作的出版人相對。沃斯里眨眨眼睛，在原地呆站了一會兒——這是個玩笑還是測試？是矮化來者的手段還是公司節流措施？或者以上皆是？——不過他還是坐下。

即使不從兒童的視線高度去看，莫斯寇維茨也是個氣勢堂堂的男人，身高比蜷縮在凳子上的求職者高出三、四英寸。輕盈眼鏡架後的雙眼焦慮充滿警惕，而他脣上整齊的鬍鬚則給人心智簡練、井井有條的印象。過了一段短暫的永恆之後，他將紙張收攏，在桌邊敲擊對齊，整疊放至一旁，最後抬起頭來，以漠然的雙眼迎向沃斯里．波拉克驚恐的目光。

「終於見面了，沃斯里。」

他們其實曾在多場漫畫大會上見過，但沃斯里覺得自己不該僭越去提醒，於是便只發出一聲鯁在喉嚨的嗚咽，然後點點頭。

「我聽過很多關於你的事，沃斯里，我就直說了，大部分都很令人擔憂。尤其是八三年到八五年芝加哥漫畫展那幾次不太衛生的意外——連續三次醉倒在同一輛垃圾車裡？你也拜託一下，到底為什麼會把自己搞到那種地步？算了，我相信你應該已經下定決心，把仰賴酒精的生活都拋在腦後了，對吧？」

三次？耶穌聽了都要從滑板上掉下來。沃斯里怎麼會忘記八三年的芝加哥漫畫展呢？當然，眾所皆知酗酒對記憶力沒什麼幫助，但聽到這項消息還是令他震驚非常。他使勁點頭回答對方最後提出的問題，整顆頭彷彿被擊中的拳擊沙包。他再次發出另一聲模糊的細小聲音，像是受了傷的松鼠，並暗自希望那聲音聽在對方耳中是肯定的意思。莫斯寇維茨安靜地打量了他一會兒，可能還在想大便髮膠那串事故到底是怎麼回事，接著，在漫長的沉思之後，莫斯寇維茨大膽提出了下一道問題。

「時鐘小子的真實身分叫什麼？」

接下來發生的事嚇了沃斯里一大跳，訝異的程度幾乎等同於得知自己在八三年芝加哥漫畫展也曾丟臉過一樣。腦中某個連他都不曉得的區塊頓時運轉起來，彷彿突然記起遺忘已久的存在目的，在被忽略、關閉、封鎖多年之後重新恢復完整機能。

「果洛．凡姆。」

他怎麼會知道答案？而出版人銳利的五官依然無動於衷。

「他在哪個世界出生？」

「駭客魔域。」

波拉克震驚地發現，自己突然成了一座專產冷門資訊的工廠，渴望全速運轉。隔著乾淨整齊的辦公桌，莫斯寇維茨露出一絲似有若無的微笑，繼續下一道提問。膨脹少年？歪曲男孩？還有無可名狀女孩呢？在吐出一連串正確答案之後，沃斯里開始覺得自己好像真的有點拿手，雖然口中吐出的完全不是正常英語：比希爾·普林，查魯拉、隆·特塔維斯，瑪格朗斯、卓帕·努爾，伍沛澤。這時沃斯里才想到，一直以來，大家都知道大衛·莫斯寇維茨是未來之友的粉絲，但沒有人想到他竟然已經將這件事完全融合進面試的提問之中。就在這時，《美國人》漫畫受人敬愛的領導者將雙手指尖輕輕貼合、形成尖塔的形狀，然後傾身向前，提出這場面試的最後試題。

「你這輩子有沒有想過要把自己哪個時間點身在哪裡的資訊寫下來放進時空膠囊，將紙條保留給五十世紀的未來之友，這樣他們就會知道要回到三千年前找到你，讓你成為團隊的一員？」

沃斯里倒抽了一口氣，一聽到問題便完全忘記自己正坐在擠奶的小凳子上，身體不由自主地向後退縮，以至於回答問題時他正四腳朝天跌在絨毛地毯上。一切都崩塌了，他完全不曉得自己身在何處、到底發生了什麼事。

「有啊！有，我五歲的時候這樣想過！可是你怎麼……？」

莫斯寇維茨嚴守的淺笑開始擴大，露出門牙。正當沃斯里不知所措地掙扎翻身時，出版人已經起身繞過桌子，朝他伸出一隻修剪整齊的手，明亮的雙眼閃閃發光。

「恭喜你，沃斯里，歡迎來到《美國人》。我要任命你擔任助理編輯，讓你去跟著索歐．史蒂曼。《開拓》和《刺激》需要人手。」

顯然已經錄取的求職者現在雙膝跪地，彷彿正在祈禱。新老闆站在他面前，不知道為了什麼滿臉笑容，將張開的手掌伸了過來卻沒有要拉他起身的樣子。波拉克覺得這是自己脫離嬰兒期後最渺小、無助、最不得不的時刻，他別無選擇，只能跪在地上和莫斯寇維茨正經地握手，像是獲得自由的奴隸。他口中喃喃說著困惑的感激之情，心裡想著稍微小損尊嚴也就罷了，整個情境本來可能變得更糟，而此時他才發現：一位身穿名牌服飾的嬌小金髮女子連門都沒敲便闖進辦公室裡，正是一小時前在電梯中被沃斯里撞破好事的那位女性。莫斯寇維茨（沒放開新進職員的手）對女人說：「卓客！來，介紹沃斯里給妳認識。」尷尬的場面立刻變得醒目不已。

米米．卓客是《美國人》的副總裁。當初兄弟集團收購了《美國人》漫畫之後，認為這間出版社看起來應該要像間正當公司，於是她便不知道從哪裡冒出來，空降成為優雅又討人喜歡的傀儡，和公司創立初期由亞伯特．考夫曼與席尼．羅森佛塑造的黑手黨形象形成鮮明對比。此時她完美的朱紅色唇膏因為笑容而起了皺褶，她的臉上也掛著和大衛・莫斯寇維茨一模一樣的滿意表情。她輕快走進房內，出版人放開跪在地上男子的手，讓她能接過握住。她的聲音雖然女性化，但是低沉，音頻低到連鎮暴警察都被禁止當作武器使用。

「沃斯里，久仰大名。我聽過你很多好事，不是只有芝加哥漫畫展事件。」

此時波拉克的視線幾乎就在副總裁粉紅與深藍配色的胸脯前，但自己卻被她五〇年代的巨大塑膠手鐲迷住了——卡門・米蘭達[54]風格的手環上滿是葡萄、鳳梨和香蕉——在和他握手的那只手腕叮叮噹噹地上下移動。她維持著這個動作許久，已經到了沒必要的程度，和莫斯寇維茨兩人雙雙帶著恐怖的滿足神情微笑低頭看他，彷彿他們將成為他未來的父母。從沃斯里呈現的懇求姿勢、他們緊緊握手的晃動節奏以及卓客的眼神來看，沃斯里覺得自己似乎在無意間參與了某種詭異的非自願性愛活動。而且更糟的是，波拉克不確定之前她離開電梯時是否有注意到自己。他很確定沒有，她和她那位短暫親密接觸的同伴應該都沒注意到任何人。但如果有呢？他的思緒狂奔，綜合水果手鐲來來回回哐啷作響，發出人骨法杖似的聲音。最後，當滿足了自己沒來由的玩興之後，米米・卓客終於放手，她和莫斯寇維茨終於允許沃斯里起身。兩人高貴的眼神雙雙有禮地迴避正從地上爬起來的沃斯里，彷彿是要給他一點尊嚴，讓他把褲子穿好。

在他站直之後，這兩人對他似乎就沒那麼感興趣了。他再次被告知職務內容，他將從下週一起在索歐．史蒂曼底下協助編輯《開拓》和《刺激》。米米．卓客以最低音男歌手的深沉聲線略帶關心地提醒他，自己剛才進來時「看到了可憐的海克托．貝斯」。她告訴沃斯里，那位梅岑博格時代的資深編輯可能會試圖攀談，不過不必擔心，她保證貝斯沒有惡意。在她這麼說以前，沃斯里倒還真的沒理由覺得貝斯可能有惡意。接著她和莫斯寇維茨便轉向彼此，開始討論夏季跨界交叉故事《九重地球危機》的時間表，並談及是否要淘汰平行世界裡其他版本的雷霆俠，包括吉莫第三宇宙[55]裡卡通風格的雷霆兔，以及道德顛倒的達列斯第四宇宙裡邪惡蒙面雷霆掠奪者。沃斯里站在原地饒富興趣地聽了一會兒，然後才意識到自己原來在幾分鐘前就被打發了，只是他們沒說出口而已。聽著莫斯寇維茨和卓客衡量十九世紀風格平行宇宙的雷霆酋長（來自查地第十八宇宙的北美印地安版本雷霆俠）的未來，沃里斯盡可能不引注意地扶正擠奶凳，然後安靜退至門口。他的胸膛起伏，心臟怦怦直跳，默默溜

54 歌手 Carmen Miranda（1909-1955）最知名的造型就是大量水果堆疊成的帽子。

55 吉莫（Gimel）是閃米特語系中多種語言的第三個字母，這裡的意思是第三宇宙。下文的達列斯（Daleth）和查地（Tzaddi）分別代表第四與第十八個字母。

進這座新公司有著瀉湖圖騰牆面的檸檬色迷宮之中。

沒了恰夫帶路，波拉克發現自己迷失的程度上升至新的境界。他決定若無法判斷方向便一律左轉，這樣終究能到達某個地方。他穿過噁心的視覺漩渦海洋，在長得一模一樣的鮮豔走廊之間悲慘遊蕩。第二次左轉後，沃里斯來到了和出發點完全相同的地方，但是走廊上多了一位老人。眉毛似乎是飽經風霜的老人臉上最重要的元素，他一動也不動地站在走廊半途的某扇門前，伸出一隻手，呈現出彷彿要去開門把的姿勢。沃斯里意識到這和先前看見的安博魯斯・貝爾一樣，都是《美國人》漫畫世界凌亂時間線中某個角色的真人大小模型，而這一尊很可能是蜂之王的父親。沃斯里小心翼翼地繞過一旁，但就在此時，假人突然開口說話了。它的姿勢完全相同，沒有任何動作，遮蔽在眉毛陰影底下如猛禽般的雙眼甚至沒從無法企及的門把上移開。

「啊，你應該就是大家都在談的那個沃斯里・波拉克對吧？在同一個垃圾車裡醉倒三次的那個人？」

頓時之間，沃斯里被突如其來的問題釘在原地，和開口提問的假人一樣什麼動作都做不了，而一旁作證的走廊家具似乎允許他僅以皺眉做為回答。

「你不是最慘的。海因茲・梅斯納曾經連續八年發生那種衰事，而且那還是在根本沒有漫畫迷大會的年代。我從這類事件裡得出一項真理：『別去芝加哥』。是放在飯店後面停車場轉角的那輛垃圾車對吧？帝國飯店？對，梅斯納也是醉倒在那裡。你有可能遇上了極其巧合的意外，也有可能是效果限於那輛垃圾車的地縛型埃及詛咒。我是海克托．貝斯。」

沃斯里進入《美國人》工作幾週後，又和這位《邋遢大軍》的知名編劇兼編輯碰過幾次面（通常也都是在一天當中的這個時間），對這個男人面對的困境有了淺薄的了解：據說，貝斯兩年前發生過一次原因不明的精神崩潰，或許是因為他曾經見過令人生畏的朱利耶斯．梅岑博格，只是驚嚇反應延遲發作。從那之後，貝斯每天都會來到辦公室前，卻因為心理因素而無法打開辦公室的門也無法走進去。每當他的手往門把移動，門的另一邊便會響起竊竊私語，所有未解的心魔、所有痛苦的回憶片段都會要他快點進來，提醒著它們都還在門內，還在當初他放棄的地方。每天早上，貝斯都會呆站在門前將近一個小時，以意志和門把進行激烈地對抗，然後心痛地嘆口氣，承認失敗，並轉身回家，等到注定失敗的隔日再來一次。不過，一如前文所說，沃斯里要在幾週後才會了解海克托．貝斯那麻痺式的折磨是怎麼回事，因此在這個當下，他就只是被困在令人心驚膽跳的走廊上，被迫與一位莫名其妙靜止不動的業界傳奇及其眉毛聊天。

貝斯的視線依然緊盯著不肯退讓的門，但似乎很高興能有同伴，即便只是暫時。他向菜鳥助理編輯講述了漫畫業各式各樣的瘋狂祕史，絕大部分都沒有美好結局。「我還記得黛西．布蘭能，她以前負責幫所有的戰爭漫畫上色。她被開除的時候沒有退休金、沒有醫療保險，就問我哪種自殺方式最不會失敗，我說二十層樓和一塊水泥地板應該就可以了。欸，我跟你說，這間公司啊，在這間公司最上面有個東西，那個……」

那句話始終沒說完，就像長滿肝斑的手始終只伸至半途，沒觸及門把。貝斯又回到了假人狀態。沃里斯等了整整一分鐘，依舊沒等到顯然永遠不會出現的故事結尾。前輩的注意力全都灌注在門上了，也只看得見門。沃斯里擠過老人身邊，繼續沿著眼花撩亂的走道尋找出口，希望自己最終不會通往二十層樓下方的那塊水泥地板。

最終，波拉克再度回到接待處，空無一人，等著他的只有其實是雷霆俠的假身分。安博魯斯．貝爾斜靠在飲水機旁，比海克托．貝斯還要有活力，他臉上淺淺的笑容似乎在說，「我知道垃圾車的事」。沃斯里知道怎麼從接待處走向電梯，他對此鬆了一口氣。雖然兄弟集團並未強制規定乘客必須在下行電梯上瘋狂交媾，不過那位有著鐵灰髮色、戴著角框眼鏡的女人依然選擇一路虎視眈眈地看著沃斯里，直到電梯抵達大廳。

回到第五大道，他驚訝地發現此時竟然還見得到陽光，且還是他走進大樓時的同一天。整體想起來，他覺得這場面試結果挺不錯的。終於，他成了這個領域的專業人士，踏入擄獲了布蘭登．恰夫、索歐．史蒂曼、米米．卓客、大衛．莫斯寇維茨以及海克托．貝斯等人的世界。三十三歲的他成了雷霆國度的居民，實現這輩子唯一用心規劃的夢想。他很肯定，沃斯里．波拉克此後人生都將一帆風順。就在他沿著強風吹撫的大道漫步回地鐵站時，數千名愛管閒事的紅髮女郎正以迷人的姿態跌出無數個炫目刺眼的窗外，精心打理的鮑伯髮型和及膝裙絲毫不受下墜的速度影響，彷彿一場注定毀滅的可愛之雨。而雷霆俠從頭到尾都以普通人的身分在假飲水機旁裝傻，沒救到其中任何一個。

11 二〇二一年，三月

[–] ClockworkLemon　58積分，8天前

完全同意。整個行業根本已經被搞到脫腸了，腸子還被自己踩在地上，怎麼能說這叫「前所未有的有趣時代」？

<#>

[–] Tomdabomb　16積分，8天前

說真的，我覺得那應該是反串。

<#>

[–] Screamingontheoutside 52積分，8天前

我同意脫腸的說法。復仇聯幫第三集僵局逼和一直沒上映，大家都快忘記《偉漫》了，而另一邊的《美國人》似乎卯盡了全力想用鈍掉的剪刀肢解自己。現在這種的局面真的讓我超沮喪，連去看他們上星期做的那場「漫迷 Online」活動都懶。我連笑的力氣都沒有了。

<#>

[–] tuvoti_322 12積分，8天前

誰想得到呢？原來把一整個藝術形式的成就賭在一大堆轉瞬即逝的系列電影上真的會把自己搞死。

<#>

[–] IdleHans 45積分，8天前

封城封到快起笑，我已經無聊到在看漫迷Online了。要我說的話，無心插柳柳橙汁，沒有想要搞笑卻變成搞笑藝人。

<#>

[–] maryquitecontrary 19積分，8天前

應該要有人告訴《美國人》不是隨便亂剪就叫整頓公司。

<#>

[–] ClockworkLemon 42積分，8天前

抱歉，我的錯。我剛才重看了 @fashionablebob_878 的貼文，現在懂了。我覺得自己被戳了幾百個洞，痛得要死，幽默感都流光了。

<#>

[–] splatterpuss 27積分，8天前

《美國人》真的就是那個樣子。那些人這十幾年來有做對什麼事嗎？先是超人協會的第一個線稿師把女朋友分屍，第二個線稿師因為經營非法鬥狗被捕，整個作品就被砍掉了，然後又在超人聯盟電影裡搞出那個雷霆猴臉耶穌。現在他們把整間公司砍到剩下十幾本書和少到不能再少的員工，居然說這叫很有發展性，放屁。

<#>

[-] ShootMoreMessengers　36積分，8天前

拿猴子臉那件事來比喻，對修復壁畫失敗的那個老太太有點不厚道吧？她就只是個很虔誠的清潔工啊，她也很努力了啊。

<#>

[-] The... Ridiculator　14積分，8天前

說得對。史蒂芬・畢雀爾那張臉是累積了一連串決策失誤才變成那樣，拿那位清潔工誠心誠意的努力去比，對那位沒才華又判斷失誤的老太太絕對是種汙辱。《美國人》的整個電影宇宙都奠基在那部電影上，那個後製修圖卻搞得好像是讓誰親戚的小孩用 Photoshop 做出來的，叫猴臉那個女的來搞不好還畫得比較好。

<#>

[-] Screamingontheoutside 37積分，8天前

疫情期間最糟糕的是路上沒有校車可以撞死我。要是真的那麼無路可走，那我不如放棄到底，直接去參加漫迷 Online。@IdleHans，你也太會吊胃口了吧，「沒有想要搞笑卻變成搞笑藝人」到底是什麼意思？

<#>

[-] wherehavealltheglowersgone 61積分，8天前

說真的，現在全世界都失常，光是罵漫畫其實不公平。現在漫畫變成這樣，很可能是因為整個社會都瘋了。

<#>

[–] tuvoti_322 9積分，8天前

或者相反。漫畫已經失常三十年了，前陣子看到傑米羅奎爾裡那個支持匿名者Q的傢伙闖進參議院炫耀那身造型的時候[56]，我感覺就好像看到山姆‧布萊茲在外面偷生的兒子。不誇張，那個人跟布萊茲一樣混蛋。這些人全都以為自己是漫畫人物，我覺得在這個層面上，漫畫界也不是那麼無可指責。

<#>

[–] Lord_Stranglebang 48積分，8天前

說得好！而且還有一件事，匿名者Q一直在說「戀童癖惡魔把小孩關在披薩店地下室當成食物」，你們不覺得就跟驚怖之塔第十九期裡〈不要調戲食物〉那篇的情節完全一樣嗎？

<#>

[–] GreatWhiteSnark　16積分，8天前

天啊！你的意思是，漫畫在某種程度上是整個社會變形後的縮影嗎？太深奧了吧。

<#>

[–] IdleHans　34積分，8天前

@Screamingontheoutside，我一直把你當兄弟（也可能是姊妹），不過我覺得你得實際去看看「《美國人》未來展望」那場座談才會懂。注意看那個號稱換了新造型的沃斯里．波拉克，我保證你會覺得整個人的靈魂都被冰錐刺穿。

---

56 匿名者Q又稱「QAnon」或者「Q」，是美國近年出現的極右派陰謀論團體。二〇二一年一月初，川普支持者因為不滿大選結果而集結闖入參議院，匿名者Q便是參與團體之一。暴動中，一名叫做 Jake Angeli 的男性因為長相和牛角造型打扮與英國樂團傑米羅奎爾（Jamiroquai）的主唱 Jay Kay 非常相像，所以一開始很多人傳聞那是 Jay Kay 本人。

<#>

[–] GiveMeLibertyOrGiveMeCheese 27積分，8天前

我已經不覺得自己還有沒有在等僵局逼和上映了。我連前一集愚者自將的結局是什麼都忘得差不多，只記得最後發現一半的角色其實都是克魯格變形者假扮的。丹．溫斯不是多高超的編劇，但他至少把國家守護者和坦克人各自的個性塑造得很鮮明。有人知道他後來怎麼了？

<#>

[–] lulucthulhu 19積分，8天前

不知道。他好像在五年前放棄漫畫了，後來就沒人知道他在幹麼。他之前那篇關於凱斯勒和舒曼的單頁漫畫顯然是某種告別信或遺書，在講漫畫產業剛誕生時做過的壞事。不過，

我覺得你說得對，除了登尼．維沃斯之外，溫斯的編劇功力應該比《偉漫》大部分人都強。他在我學生時期（遙遠的九〇年代）寫的強力野蠻獸系列真的讓人不應該喜歡但又停不下來。

<#>

[–] The... Ridiculator　8積分，8天前

嘛，對我來說那根本是殺了寵物又放火燒房子。

<#>

[–] eliot_evans　33積分，8天前

我拿強力野蠻獸的漫畫當火種，罪惡感加倍，爽度也加倍☺☺

<#>

[–] **Triumph_Of_The_Ill** 12積分，8天前

@tuvoti_322 Q那個絕對不是在亂講，愚者自將的結局就是很好的例子，搞不好上一屆政府裡真的有一半的人都是克魯格變形者之類的外星人。

<#>

[–] **splatterpuss** 19積分，8天前

那隻可怕的雷霆猴根本就是《美國人》現況的象徵。我也不是要超人聯盟搬出什麼傑作，但是雷霆俠基本上算是主要角色，他們卻把他的臉搞成那個樣子，真的會讓人不禁揣想。那些人蠢到想用漸變工具修掉史蒂芬·畢雀爾的鬍子跟辮子頭，結果就是整部電影有一半的時間雷霆俠的頭都像一團烏漆抹黑的東西，不然就像在尖叫的胳肢窩。說真的，那顆頭

實在太難看了，搞得我根本沒時間去管電影的其他問題。可能這就是他們的目的？

<#>

[–] SweetWeaselJackson　47積分，8天前

我聽說僵局逼和的下一部續集打算叫做「翻桌稱王」。

<#>

[–] Screamingontheoutside　25積分，8天前

我的天啊！這到底是什麼東西？你各位拜託都看一下。天啊。

<#>

[-] IdleHans 28積分，8天前

看來不用我多介紹了。

<#>

[-] Tomdabomb 12積分，8天前

你剛才說漫迷 Online 就是在講這個嗎？沃斯里．波拉克的 Zoom 座談？

<#>

[-] Screamingontheoutside 18積分，8天前

他到底怎麼了？一隻眼睛轉來轉去，然後整個人動作那個樣子，他看起來都要融化了

吧。我爸重度癲癇都沒遇過這種情況！

<#>

[–] RudysMisplacedMicrophone　34積分，8天前

我讀到史蒂芬．畢雀爾說要告兄弟，他說自從猴子耶穌的畫面流出之後，他就再也接不到愛情戲的男主角了。

<#>

[–] maryquitecontrary　11積分，8天前

我正在看漫迷 Online。

<#>

[–] eliot_evans 30積分，8天前

加一。

<#>

[–] Screamingontheoutside 16積分，8天前

@IdleHans，我現在一輩子都忘不掉這些畫面了，你滿意了嗎？

<#>

[–] Tomdabomb 9積分，8天前

天啊！他一直重複講雷霆俠怎樣怎樣的那段話是什麼？宣傳詞嗎？

<#>

[–] IdleHans 24積分，8天前

似乎是。我從那一大串東西裡面聽到的是，他在講之後雷霆俠系列的發展，那句話聽起來像在說「我也希望能夠透露雷霆俠將帶大家踏上怎樣的未來冒險」，只不過他的音調彷彿蝙蝠超音波，然後又重複講了八十幾遍。我整個人都嚇到了。

<#>

[–] Screamingontheoutside 12積分，8天前

@IdleHans，人太閒就會開始惹事生非，就是在說你 ☹☹☹☹

<#>

[–] **maryquitecontrary**　9積分，8天前

噢，天啊，如果我曾經說過漫畫界任何人的壞話，我現在道歉。這些人好可憐☹☹☹

<#>

[–] **lulucthulhu**　13積分，8天前

噁啊啊啊啊啊！

<#>

[–] **eliot_evans**　23積分，8天前

#人類滅亡吧 ☹☹☹☹☹☹☹

<#>

[–] **Triumph_Of_The_Ill** 7積分，8天前

老天慈悲啊！抹消者在哪裡？

☹☹☹☹☹☹☹☹☹☹☹

[–] **GiveMeLibertyOrGiveMeCheese** 23積分，8天前

☹☹☹☹☹☹☹☹☹☹☹☹☹☹☹☹

<#>

[–] splatterpuss 15積分，8天前

☹☹☹☹☹☹☹☹☹☹☹☹☹☹☹☹☹☹☹☹☹

<#>

[–] SweetWeaselJackson 41積分，8天前

☹☹☹☹☹☹☹☹☹☹☹☹☹☹☹☹☹☹☹☹☹☹☹☹☹☹

<#>

[–] RudysMisplacedMicrophone 26積分，8天前

所以不管史蒂芬·畢雀爾的官司了嗎？

<#>

[–] RudysMisplacedMicrophone 24積分，8天前

哈囉？

12 二〇一八年，九月

「那是雲嗎？還是隕石？」[57]

——細指爬梳雷霆俠螢幕簡史
（刊於《收藏家賦格》三三〇期）

1：艾斯勒影業的雷霆俠動畫短片（1941-1943）★★★★★

我必須先聲明，這份清單的順序是依年分排列而非作品優劣，但以結果而言，清單的第一項是最好的作品，最後一項最差，列在兩者之間的則是普通的平凡之作。雷霆俠的螢幕成就有點類似埃及王朝的更迭過程或奧森．威爾斯的職業生涯，始於絢爛美好，終於廉價的雪莉酒廣告，可說是完美展演了熵的概念。

雖然部分電影研究者可能不認同，但雷霆俠即使不是第一位印於紙上的超級英雄，也絕對是躍上螢幕的第一人，因此爬梳雷霆俠的螢幕影像史會是瞭解超級英雄電影類型的絕佳途徑。畢竟，這些超級英雄電影要不將從我們眼前突然消失，彷彿不曾存在，要不將持續如洪水淹沒電影媒體這艘大船，就像漫畫界已經歷過的那樣。也許在眾多緊身衣之間終究存在著某種暗暗發光的社會意義，至少我在費力觀看這些無趣的作品時是以此說服自己。總之，就讓我們一起來看看吧。

首先要提醒您，卡通動畫與雷霆俠這兩者在一九四一年時都仍是相對較新的概念。我的前公司《美國人》漫畫在一九四二年從戴夫．凱斯勒和賽門．舒曼手中取得他們最為重要的創作之後肯定非常高興，因為當年漫畫界正處於草創的陣痛期，而雷霆俠是最為及時的完美作品：他是灰暗大蕭條環境中一抹醒目的彩色形象，能夠前往任何地方、能做到任何事情，且能在影像媒體上創造出前所未有的視覺奇觀，而充滿絕望、渴求著奇蹟發生的觀眾顯然對此百看不厭。相信大部分人都能輕易想到，以定格動畫的形式去表現一位永不疲累、能夠飛

57 轉化自一九五二年*Adventures of Superman*影集片頭著名的介紹詞：「抬頭看天空！那是鳥嗎？還是飛機？是超人！」

行、能舉起月球且速度快過閃電的角色，可能會比單純的漫畫更受歡迎。

事實也證明確實如此。當年《美國人》找上藉由動畫短片打出名聲的艾斯勒兄弟（《貝琳達．碧普》、《衝出削鉛筆機》等），提議由兩兄弟製作雷霆俠動畫，但是具有商業頭腦的博納．艾斯勒並未立即答應。也許是想讓潛在客戶碰軟釘子，艾斯勒告訴《美國人》，為了讓雷霆俠動畫有一定品質，每部短片的成本將高達九萬美元，而《美國人》同意了。就這樣，博納和愛伯兩兄弟便抱持著複雜的心情，開始製作艾斯勒影業有史以來最華美、奢侈的系列作品。

一九四一至一九四三年間，艾斯勒影業總共完成了十五部電影動畫短片，每一幀畫面都看得出他們所投入的資金與心力。影片中大部分的關鍵動作都經過轉描，人物也仔細加上明暗陰影以呈現接近３Ｄ的立體感，而這種體積與重量的幻覺，搭配上艾斯勒兄弟對於戲劇性視覺效果無可挑剔的品味，便特別令人印象深刻：他們會在某些場景中讓矮小的雷霆俠對抗異常龐大的事物——例如《行星霸王危機》中被雷霆俠丟擲彗星的太陽，或者《世博會大戰》中發狂的巨大建築機器人——這些場面或許是雷霆俠在任何媒體媒介上所能呈現的最佳樣貌。

我對此現象有一粗淺理論。照我的看法，這與角色的本體論有關；本體論與認識論相對，前者討論的是事物的存在本身，後者則在討論我們所能認知的事物。雷霆俠唯一的本體是最完美且理想的他，這個他是由紙張或醋酸纖維材質上的線條所構成，艾斯勒的短片就是對此存在最純粹、壯觀的表現：以會活動、會說話的自由形式呈現出這名虛構角色真實的想像本質。當您將雷霆俠具現為擁有陰毛、要繳房租的血肉凡人時，便會開始遇上各種問題。這或許有點像古人面對宙斯或耶和華等超人存在故事的態度，他們可以塑造雕像或繪製畫作，但要是有人打扮、假裝自己是宙斯或耶和華「本人」，就很可能會受到各種天譴報應。

總之，艾斯勒製作的動畫短片非常值得一看，其中幾部更是短小精練的傑作，《蠕蟲帝國》尤其值得一提。蠕蟲皇帝在片中綁架了佩姬．帕克斯，而雷霆俠和巨大蠕蟲皇帝的大戰將全片推至最高潮，當主角用雷霆視線把扭動的怪物切成兩半後，卻發現自己被迫同時對付兩截不斷翻動的恐怖生物。要是雷霆俠的螢幕冒險能停在這裡，那我們應該會活在一個更美好的世界，至少我不必寫這篇文章。但顯然事實並非如此……

2：太平洋影業電影連續劇，《雷霆俠》（1948）及《雷霆俠大戰暴動射線》（1950）

★★★

這兩部由太平洋影業製作的十五集電影連續劇，完全沒給人踏入未知世界或大膽創新的感覺。由於報紙連環科幻漫畫《巨人威爾森》改編的電影連續劇在十年前大獲成功，證明了現代特效有能耐在一定數量的集數中維持奇幻敘事風格，與此同時，艾斯勒影業動畫短片的高人氣令雷霆俠成為依循同樣改編路數的理想人選。太平洋影業原本甚至有意讓《巨人威爾森》中一頭漂白金髮的男主角費力普．費雪來飾演雷霆俠，幸好最後由較有經驗的電影連續劇演員唐諾．亞當斯演出，其深沉、鋼鐵般的目光非常適合這個角色。

雖然以任何合理的電影標準來說，這兩部無疑都是糟糕的作品，不過我發現自己很難討厭這兩部電影。演員全都卯足全力在現有劇情上做出最好的詮釋，唐諾．亞當斯飾演的雷霆俠和喬瑟芬．德溫特飾演的佩姬．帕克斯尤其迷人。皺巴巴的戲服、粗糙的特效，以及單純為了吊胃口而愚騙觀眾的荒唐橋段（我們在前一集中看到逃出飛機的佩姬墜落身亡，卻發現她跌落的所謂高處窗戶其實就在二樓，且下方就是遮陽篷，而驗屍官說她死了只是為了講笑話緩和氣氛），這些元素在充滿顆粒感的黑白場面強化下，將電影包裹在灰撲撲的模糊外殼之中，但是與此同時，這些元素又都蘊含著某種令人難忘的質地。一九四三年時，我們有幸看到艾斯勒版本的真正雷霆俠，全彩畫面且無拘無束，但在經過五年時光和兩枚原子彈後，我們彷彿認為自己只夠資格觀看平淡乏味的版本。曾在動畫短片中拋擲彗星的英雄現在變得更容易讓人產生共鳴，配色更灰黃，外表也更脆弱——這是對美國神性更平易近人的一種期待。以現代的眼光來看，亞當斯的真誠演出，以及整趟正經八百的冒險旅程，更為整體的難忘氛圍增添一絲憂傷。

這兩部電影連續劇的情節都算完整，第一部講述幾名口音濃厚的外國間諜不確定自己到底是死灰復燃的納粹分子，還是正在進行滲透任務的蘇聯紅軍，而第二部則啟用經驗豐富的銀幕巨星羅倫斯．貝斯飾演反派菲力克斯．火石，為這個角色帶來有趣詮釋。在一九五〇年的電影中，火石的「暴動射線」特效設計以非常巧妙（也廉價）的方式使用了群眾示威或暴動的真實畫面，而這兩部作品都帶有一種在其時代下進行適度創新的氣氛。不過，我認為最有趣的現象其實發生在演職員名單這種看似完全無關的地方，且支持了前文所說關於角色本體論的看法：在第一部電影連續劇中，某位決策者（很可能是《美國人》漫畫的朱利耶斯．梅岑博格）認為，飾演雷霆俠的唐諾．亞當斯不應列名於演職員名單中。因此，電影的初期宣傳活動與海報都宣稱，因為沒有凡人能夠扮演雷霆俠，所以這位超級英雄貼心地聯絡製作公司，提議由他來飾演自己──此舉異常坦率地認可了我先前的論點。

我們必須進一步觀察這項決策。漫畫公司其實很清楚大部分讀者嚴格來說都可算是成年人，卻依然試圖說服讀者，雷霆俠不僅是活生生、會呼吸的存在，且生活在我們的世界中。雖然有些人認為這只是《美國人》俏皮的宣傳噱頭，但我必須指出，「俏皮」其實完全不符合《美國人》眾所皆知的貪婪形象。再者，與其說這是公關宣傳活動，「試圖讓大眾相信有來自其他世界的全能存在正在看顧我們」其實更像某種商業宗教的開端。

這或許反映出了《美國人》的欲望或需求，他們想要知道，即便是最出類拔萃的存在也和平民百姓沒有不同，就連普通上班族也能以某種方式觸及祂們所存在的高度。無論是咬著鑽石湯匙出生、曾經破產五次的親法西斯主義總統，或是能夠透視牆面並承受原子彈直接衝擊的外星人，顯然我們的自尊都堅持認知他們也只是普通人，是我們能想像自己與其把酒言歡，甚至一起去偷女生內褲的人。這樣看來，彷彿只要這些美國神祇穿著長及膝蓋的戲服，把自己打扮得廉價庸俗，我們就能自在地與之相處。

綜合以上原因，我們最後得到了兩部電影連續劇，彷彿遠從失落（或被遺棄）的美國黃金時代寄來的銀色明信片。在那個時代裡，人們彬彬有禮，不說髒話，而諸神和我們一樣都穿著皺巴巴的衣服。無論各自的優點何在，這兩部整體而言製作精良、演技優秀的作品都將勾起大眾對雷霆俠的興趣，並透過精心策劃的宣傳活動，將這名角色慢慢嵌入整個國家的集體意識之中。

3：號角電影公司，《雷霆俠：黑暗世界》（1951）★★★

沾光前一年《雷霆俠大戰暴動射線》獲得的小幅成功，號角電影公司的《雷霆俠：黑暗世界》有著稍微肥嫩的雷霆俠和明顯更為單薄的預算。不過，雖然特效有時稍嫌可笑，本部電影在許多層面上仍是非常有意思的作品。

首先，這是雷霆俠的第一部劇情長片，也是史上第一部超級英雄電影，建立了未來許多同類型作品都會遵循的劇情公式。其次，這部電影為後續系列影集打下了基礎，將角色放進文化滲透力更強大的媒體中；在五〇年代，電視媒介對當時壟斷娛樂業的好萊塢造成了巨大打擊。第三，這部電影本身有種奇怪的氛圍，對男主角所造成的影響尤其深遠——我們開始發現，在媒體上扮演這些超人角色與其說是職業選擇，更像是得到某種併發症候群。

《雷霆俠：黑暗世界》主演維克多．理查茲的成長過程極為艱苦，若說扮演雷霆俠是他許多人生問題的開端顯然有失公允，不過話雖如此，這個角色也並未為他帶來任何幫助。據傳理查茲一開始根本不想演出雷霆俠，之所以答應全是因為經紀人向他保證會看這部戲的只有小小孩，沒有任何成人觀眾會注意到這部作品，因此不會對理查茲的嚴肅演員生涯造成任何影響。就準確度而言，每日星座運勢（甚至過期的幸運餅乾）都能輕輕鬆鬆打敗這則預言。

有一句話或許能完美表達理查茲為這個角色帶來的沉重憂鬱氣息。理查茲初次見到合作演員薇拉・馬歇爾時，一開口便對她說：「親愛的，歡迎來到化糞池。」馬歇爾飾演的佩姬・帕克斯確實令整部片活潑不少，但仍無法抵銷雷霆俠不想當雷霆俠所帶來的沮喪感。

理查茲對馬歇爾那句問候語的靈感來源或許就來自電影本身，因為影片中大部分的劇情都發生在下水道裡，在我看來，這樣的場景設定似乎頗不恰當。將故事場景放在地底確實吻合雷霆俠試圖成為美國之神的發展脈絡，對許多神祇、英雄或神話人物（例如俄耳甫斯、泊瑟芬、吉爾伽美什或耶穌）來說，前往地下國度都是他們封神的必經過程。但是因為有受了委屈似的維克多・理查茲拚命往相反方向扯，這部電影和雷霆俠本身都未因此昇華至神話的國度。

理查茲接演電影時約三十出頭，與前任扮演者唐諾・亞當斯的年紀相仿，不過兩人身形截然不同，理查茲的體型不及亞當斯的柔韌優雅，也缺少深色雙眸的俊美容貌。若說亞當斯的雷霆俠如一抹白銀，理查茲的就如一坨灰鉛。不知為何，維克多・理查茲所理解的雷霆俠是名體積魁梧、相貌年長的男人，因為酗酒問題和消沉、失敗的態度而表現出一種不自然的友善。簡而言之，雷霆俠成了完美的美國老爸形象，就如同我家或我所認識每個人家裡的那位父親一樣，看起來根本不可能和佩姬・帕克斯有任何曖昧。

諷刺的是，從雷霆超人到雷霆老爹的劇烈轉變，正好讓這名角色完全墮落至可憐的物質世界，確保他被人民接受，成為全國的精神核心。而這樣凌亂、憔悴且越來越歪斜搖晃的形象，似乎正是當年美國滿意、希望看到的雷霆俠。

4：WBC電視影集，《雷霆俠歷險》（1952-1959）★★★

或許就是因為《雷霆俠：黑暗世界》的預算恰好稍低於標準，使得電影能取得足夠票房收益，於是間接促使已在籌備電視影集的製作公司放下心來，認為基於同樣公式打造的影集也能有所回收。於是《黑暗世界》被重新剪輯，切成兩段，成為新影集的公開試播集。在籌備初期便能清楚知道的是，這部影集不只會保留大螢幕版本的卡司，也會繼承同樣節儉的預算標準。眼尖的觀眾應該可以在著名的起源場景中發現一點小驚喜：當跨維度超級海盜即將毀掉人造世界雷霆國度，而長老們卻仍在爭論不休時，您可以注意到長老們的戲服回收了四〇年代數齣電影連續劇的服裝。我個人就看到幾位長老穿著《巨人威爾森》、《黎明島的惡魔》和《國家守護者》等劇組捐贈的二手戲服，各位年輕讀者的眼力和記憶力應該更好，可能會發現更多相似處。

相較於前作，這部影集在眾多面向上都有所進步，薇拉‧馬歇爾以及新加入的傑夫‧川奇（飾演菜鳥攝影師泰迪‧拜克斯特）也都交出討人喜歡的表演。相對地，選擇患有肢端肥大症的演員朗多‧海頓來飾演菲力克斯‧火石則是個可以避免的誇張錯誤；曾參與第二部電影連續劇的羅倫斯‧貝斯當時肯定有空，應會是非常完美的火石人選。不過可以想見的是，影集選角最大的問題其實來自維克多‧理查茲本人。

對這位正逐漸陷入困境的演員來說，這部戲的成功肯定像把雙面刃。這時的理查茲無論在財富與名氣方面都達到了人生巔峰，甚至超越他自己的期望，與此同時，他在國民眼中的形象卻也逐漸和雷霆俠變得密不可分，而他的酗酒惡習與混亂的私生活也在這樣的壓力下開始失控。當雷霆俠角色成了理查茲本人的沉重負擔，同理，演員本人的無精打采也開始表現在雷霆俠的個性之中，彼此無法區隔。

我在此舉個例子，就像早期電影連續劇在宣傳中略過了唐諾‧亞當斯的名字一樣，維克多‧理查茲也曾遇到過類似涉及本體論的事件。身為能口吐龍捲風並穿梭時空的超級英雄，理查茲越來越像酒醉慈祥大叔的外表和行為強化了他做為平凡美國人所帶來的吸引力，而「雷霆俠支持全國手電筒電池檢查日」等電視公益廣告也越來越頻繁。顯然對絕大多數民眾來說，「維克多‧理查茲」就只是安博魯斯‧貝爾那樣的假身分——當人們認定眼前所見的是獨一無二的真人雷霆俠時，「維克多．理查茲」就成了無關的事物。

一九五六年的一樁事件凸顯了這種身分滑動現象。當時雷霆俠——而非維克多．理查茲——來到某百貨公司主持開幕宣傳儀式，現場卻出現一名八歲小男孩拿著上了膛的槍，將之對準穿著戲服的理查茲，宣布要在雷霆俠刀槍不入的胸膛上開槍，然後把被胸膛壓扁的子彈帶回家作紀念。令人驚訝的是，理查茲並沒有因此開始解釋自己只是扮演雷霆俠的普通演員，而是繼續維持著超人般的冷靜態度，以角色的身分告訴那位男孩，如果子彈從他鋼鐵般的身軀上彈開，可能會誤傷無辜的旁觀者。當然，這個例子中出現的只是個小男孩，不過一旦想到平時有多少肥皂劇的成年觀眾會寫信提醒劇中角色正在被其他角色戴綠帽，我們便會發現就算劇組並未出於商業目的刻意說服觀眾世界上真的有超人，許多人心中那條區隔現實和虛構的界線也極為模糊。在數百萬人心中，維克多．理查茲無疑就是那個挺著大肚子的可愛雷霆俠，是美國人的一分子。

因此，當他自殺——也非常有可能是謀殺——的消息在一九五九年傳出時，舉國震驚的程度怎樣都無法估量。當年我大約八歲，至今都還記得那種錯愕與無法置信，而這在某種程度上也預示了美國人在四年後發生甘迺迪刺殺事件時會有多麼震撼：在這兩起事件中，都有一名凡人被推捧為想像中美國之精神、本質與靈魂的化身；而在這兩起事件裡，美國的靈魂都因為一聲槍響而消逝於不幸且詭異的脆弱境地，這對美國依然活著的身體與心臟留下了毀滅性的情緒衝擊。

四十歲的維克多·理查茲之死不只對這個國家造成影響，對於雷霆俠這個角色的影響也同樣深刻。理查茲悲慘哀傷的人生以及相對黯淡的死亡已滲透進雷霆俠本身的質地中，這個角色隨後也近二十年沒出現在螢光幕上。

5：兄弟集團，《雷霆俠》（1978）★★★

只給史上最偉大的雷霆俠電影三顆星評價，我幾乎可以想見有多少人會對此發出哀號和詛咒。不過請容我再次提醒您，這只是我極度主觀的個人評價，您大可（且應該也都會）置之不理。此外，我應該也要請您繫好安全帶，因為從現在開始，隨著雷霆俠在真實世界的幻象越來越完美且昂貴，這篇評論只會變得越來越苛刻且馬虎，而這個角色的神話本質以及或許曾經擁有過的任何特質，顯然都已成為我們忘記如何透過藝術加以捕捉的事物，終將從我們的視野中完全消失。

一九七八年，入主《美國人》漫畫許久的兄弟集團認為，維克多·理查茲的事件過去二十載，大眾應該已經遺忘這段往事，此時適合將這份潛力豐厚的資產重新介紹給新一代觀眾。公司決意投入大筆資金來驅散這名角色陰霾重重的過去。勞倫斯．奧立佛[58]爵士被選為扮演雷霆俠的父親札倫，傳聞製作方以每個字一千美元的代價，請他在那座飛行城市被超級海盜摧毀之前，說出短短幾句無懈可擊的臺詞。另一項同樣令人驚訝（但想必沒那麼貴）的選擇是，他們找來狄鮑嘉[59]扮演雷霆俠的死敵菲力克斯．火石，鮑嘉深具威脅性的表演完全埋沒在導演的手中。或許是因為雷霆俠這個角色在演員圈裡仍有著揮之不去的不幸氣息，選角過程唯一的難題在於找到願意演出主角的大牌演員。據傳，由於勞勃．狄尼洛和哈里遜．福特都婉拒這個角色，劇組最後便選擇了相對新進的薩爾．理查德。這位演員的姓氏與其下場悲慘的前輩如此相近，我相信一定曾引起許多迷信的顧慮，不過儘管如此，理查德確實全心全意投入在這個角色之中，深色眼睛的他也有著和唐諾．亞當斯相似的英俊外貌。伊蓮．莫臣在片中的表演也同樣充滿活力；雖然只是暗示，不過她所扮演的佩姬．帕克斯卻是史上第一位可能和紫色英雄有任何性關係的版本。

---

58 Sir Laurence Olivier（1907-1989），英國演員。

59 Dirk Bogarde（1921-1999），英國演員。

這麼看來，這部片有著強大卡司、高額預算以及當年最先進的特效，您可能會想問我到底不喜歡哪裡？嗯，準確來說有兩點。第一是基調：為什麼要聘請勞倫斯．奧立佛爵士在電影開場營造如此莊重肅穆的氣氛，不讓狄鮑嘉塑造出真正邪惡的菲力克斯．火石，而是把火石打造成足以登上蜂之王影集的華麗低俗角色呢？這部電影到底想主打哪一種觀眾？

這就講到我的第二個問題——雖然火石戲份頗為滑稽逗趣，不過這部電影的主要目的似乎是想將三〇年代的兒童漫畫英雄雷霆俠介紹給成人觀眾。或許是為了給期望中的成年觀眾熟悉的傳統劇情公式，本片刻意強調了雷霆俠和佩姬．帕克斯間的浪漫關係，力度之大，以至於這段愛情故事成了全片的主軸。本片整體的呈現風格似乎也朝同樣的走向靠攏，整齊漂亮、色彩繽紛，畫面帶著七〇年代晚期的華美風格。如果我們的目標是不甚挑剔的兒童觀眾，就算端出造作、老套的黑白影象都能讓他們愛不釋手，不過本片卻刻意避開那種路線，採取差距甚大的風格。這部電影試圖憑藉天價預算說服觀眾，穿著歌劇般紫金色華麗服裝的異時空男子會是適合成年人的嚴肅戲劇主題。

這種感覺就像是雷霆俠的擁有者突然意識到，這位想像中的神祇在被召喚至平凡美國物質世界的過程中，必定會遭受毀滅性的退化，於是改為創造出流暢華麗的人造美國，讓祂這樣的神聖存在能舒服地現身。以今天的眼光來看，本片中毫無缺陷、富麗堂皇、美不勝收的那個美國，看起來和一、兩年後與雷根一同出現的雅痞天堂非常相似。這部電影雖然製作精良，不過仍舊保有某種溫和平淡且令人安心的特質——即使如此（或者說正是因為如此），這部電影還是受到熱烈喜愛，拍攝續集也成了必然。

6：兄弟集團，《雷霆俠2》（1980）★★★

這部電影基本上和前述內容完全一樣，只有在被流放的雷霆國度暴君瓦雷克斯大人（馬科姆·麥克督威飾演）出現時才讓變得比較有趣，那種不可思議的瘋狂以及對權力的渴求是整部片唯一突出的地方。電影的核心依然是理查德和莫臣的愛情，不過，在佩姬·帕克斯近八十年的歷史中，根本沒人知道該怎麼處理這段關係而不破壞兩人之間好像應該要有的張力，畢竟，有些界線跨過就回不去了。

7：兄弟集團，《雷霆俠3》（1983）★★

經過五年的獲利下滑及預算減縮，到了這時已經可以明顯看出這一系列電影不只是失去光澤，而是連走路都有困難。文森．普萊斯[60]使出渾身解數演活了喜劇反派玩具大師，而比較年長的米蓋．隆尼[61]則飾演詭異得令人喜歡的外星搗蛋鬼雷霆蝙，不過就算是這兩位演員也無法讓電影洗脫那種即將觸底的氣氛。

8：兄弟集團，《雷霆俠4：尋愛之旅》（1987）★★

隨著《雷霆俠4》上映，本系列的末日也全面降臨。不可否認，本片的出發點是好的：飾演男主角的薩爾．理查德希望雷霆俠能在故事中為人類帶來恆久的愛、寬容與和諧；但如果這些意圖不有趣，便會成為惡夢。因為預算的問題——所謂的問題是指根本沒預算——本片並未在紐約拍攝，而是將雷霆俠居住的「大都城」搬至英國中部的伯明罕，於是我們能在許多鏡頭背景中看見該市著名的鬥牛場購物中心。另一個更難的問題是如何在有限預算內找到夠知名的英國導演。本片製片方選擇了伏爾．凱斯特，可能沒注意到凱斯特「近期」的商業成功作品是一九七四年的軟調性喜劇《擦窗工人的告白》。當薩爾．理查德以辭演抗議凱斯特想要變更初始劇本的烏托邦概念，《擦》劇的男主角羅賓．艾斯奎便順勢成為新一代雷霆俠。《尋愛之旅》是雷霆俠為滿足情色衝動的個人追尋之旅，片中所謂的幽默橋段大多時候都是留著鯔魚頭的英雄以雷霆視線透視女更衣室牆面，然後配上「哎呀呀」的音效。在先前的作品失去高恥度的成人觀眾之後，這系列電影顯然轉向會呵呵竊笑的小學生，但其中最不幸的是《雷霆俠4》（我給這部電影兩顆星，因為實在太好笑了）確保了這個角色在二十世紀再也不會出現在大螢幕上。雷霆俠兩次螢幕生涯，一次終於悲劇，一次終於鬧劇，或許更有智慧的社會能從中學到一課。

9：兄弟集團電視影集，《當安博魯斯碰上佩姬》（1993-1997）★★★

由布萊恩．伯爾和凱特．波特主演，是一部非常到位的完美輕鬆愛情喜劇；如果您對「輕鬆」的定義包括和全能外星生物談戀愛的話。

60　Vincent Price（1911-1993），美國演員。

61　Mickey Rooney（1920-2014），美國演員。

10：兄弟集團電視影集，《雷霆首部曲》（2001-2011）★★★

本劇找來艾許・塔倫飾演年輕的安博魯斯、雀瑞喜・蒙柯特飾演甜美少女寶琳娜・普萊斯，以及德瑞克・丹納飾演亦敵亦友的年輕火石（小名「菲克」），是一部非常到位的完美高中神祕冒險故事；如果您對「到位」的定義包括其中一名角色只是一直在跑龍套的話。此外，本劇唯一算得上扣人心弦的神祕謎題應該是「為什麼劇名不直接叫《雷霆小子》就好」（劇透注意：每當有超級英雄改掉大受歡迎的名稱或服裝，或者完全捨棄本來的故事脈絡不用，一定都是為了拯救瀕死的銷售數字，否則就是曾被奪走該角色的創作者威脅將採取法律行動；本劇就是這樣的例子，雷霆小子這名角色的版權應為賽門・舒曼和戴夫・凱斯勒所有）。我們從雷霆俠這時期的螢幕生涯中學到的是：「只要不拍超級英雄故事，也不提到雷霆俠這三個字，那我們要讓他幹麼都可以」。不過，這部影集似乎再次提高了雷霆俠做為螢幕資產的誘人可行性，而下列作品也證明了這一點。

11：兄弟集團，《雷霆再起》（2006）★★

在維克多・理查茲之死毀了第一代作品將近二十年後，新的《雷霆俠》才於一九七八年上映；同樣地，當羅賓・艾斯奎以豐滿的臀部結束雷霆俠第二段生命將近二十年後，才終於又出現這部由丹尼斯・米德勒導演的《雷霆再起》。電影製作優良，隨著超級英雄電腦特效電影開始掀起熱潮，推出這部作品似乎是很合理的想法。然而本片唯一的企圖是緬懷薩爾・理查德時代——男主角克里斯多福・詹特幾乎是理查德的翻版——卻沒有說明為什麼二十一世紀的我們需要看到雷霆俠。不過，隨著《偉漫》旗下的怪胎軍團等角色預示著《偉漫》電影宇宙的開端，兄弟和《美國人》必定迫切想讓自家的知名角色再次登上大螢幕。這花費了他們大約七年的時間。

12：兄弟集團，《暴風英雄》（2013）★★

八〇年代後期以降，漫畫界一直深陷於自我為難的折磨之中，超級英雄的粉絲越來越少，讀者們的口味卻越來越重，為了滿足這群實際年齡早已遠超過心智年齡的粉絲，本來為兒童而畫的快樂角色就必須變得比以前更「黑暗」、冷酷，可以的話最好還有點精神病。在《暴風英雄》中，這種歪風（或者潮流）終於找上了雷霆俠。若說到這部片中眼花撩亂的特效，我必須承認，我寧可看薇拉・馬歇爾被地上拖行的巨大假老鼠尾巴嚇到的神情，也不願目睹本片描繪的歡樂屠城記；因為已經知道眼前的奇觀只要錢夠多就做得出來，令我無法再產生任何由衷的驚嘆或敬畏。當這個時代大部分的超級英雄電影都在展現越來越繁複的視覺特效，那麼電影技巧或藝術價值的優劣討論便成了電腦特效工作室間的競賽，而且最好不要對此提出任何質疑。

13：兄弟集團，《蜂之王對雷霆俠：聯盟曙光》（2016）★★

我在網路上看到一則評論：「差不多就在講昆蟲授粉與氣候現象之間由來已久的宿怨，說有多戲劇化就有多戲劇化。」我想不到還能補充什麼建設性的意見。

14：兄弟集團，《英雄聯盟》（2017）★

終於，我們來到了最後一站。和《偉漫》的票房爭鬥鏖戰至今，眾所期待《美國人》漫畫應能靠本片扭轉局勢，最後卻因為眾多原因而演變為一場災難。不過在這些煙硝背後卻藏著一件令人遺憾的事實：這兩家漫畫龍頭都已完全拋棄劇情的連續性，連假裝都懶。沒有人能確定自己此刻到底在扮演角色的哪個版本，因為故事每半年就要重啟一次，抹消者隨時可能出現，所有角色又要重新大洗牌。美國英雄聯盟現在分成了幾支不同小隊，由一大群成員不斷輪替，其實沒有能被拍成電影的固定團體，特別是根本沒有哪支小隊經得起本片的蹂躪。

這部電影的製作過程完美體現了漫畫書界不連貫的根本問題。先有一份故事通順、構思良好的劇本顯然已不是今日電影界的標準做法，現在當道的製作方式是先組成一群昂貴的卡司，讓製片和導演去拍一堆他們覺得很酷、很帥的鏡頭，等進入剪接階段意識到這些鏡頭根本沒辦法組合成完整的故事時，再把所有演員叫回來補拍，好讓手上已經擁有的拙劣片段能產生任何一丁點邏輯。

《英雄聯盟》不僅集上述所有問題之大成，中途突然更換導演讓整體情勢更加複雜，最後還要再加上被稱為「雷霆猴臉耶穌」或「雷猴俠」的荒謬事件。事情的經過是，從《暴風英雄》起便一直扮演雷霆俠的演員史蒂芬·畢雀爾在拍完《英雄聯盟》後，便立即投入下一個角色，在金銀島的新版改編作品中扮演被放逐的海盜班·岡恩。採用方法演技的他在準備角色時已開始留髒辮頭和長鬍子，所以當《英雄聯盟》劇組召他重拍雷霆俠的戲份時，金銀島電影的製片便堅持他不能刮鬍子或剪頭髮。本來這個問題還可能以想辦法挽救，偏偏一心節儉又搞不清楚事情輕重的兄弟集團居然把關鍵的修圖工作交給某個顯然不適任的人選，搞到最後，把史蒂芬·畢雀爾本人和雷霆俠的臉都修成了臭名昭彰的「猴子耶穌」。

這趟從漫畫角色化為真人的旅程，雷霆俠的下場悽慘，但至少弄到像是宗教人物。可以停了吧？

13
二〇一四年，五月

「謝謝，我喝百事就好，不過你想喝多少儘管喝。我三十年前進《美國人》前就戒酒了，一九八五年，我覺得那應該有點像我的錄取條件。大衛．莫斯寇維茨這人有點，怎麼說，反對喝酒嗎？所以我就不喝了。不過，你想喝多醉都可以，反正喝酒本來就是參加漫畫展的目的之一。如果你還想幫助哪個年輕小女生上大學的話，那算我一份。

「我們剛才說到哪？米爾頓．細指和拜倫．詹姆斯新的四〇年代計畫，然後我提到拜倫在畫青樓漫畫的《菊花機器人》，然後……噢，對！你問我迪克．達克立是誰。太誇張了，你居然沒聽過迪克．達克立。

「達克立是色情漫畫『青樓』的編輯。從很多方面來說，都是因為有我他才能有那份工作。不過好笑的是，你應該看過青樓的那些漫畫吧？都在畫超級女英雄幫人口交、被人插屁股什麼的，真正好笑的是，負責編漫畫的達克立是個超級虔誠的人。至少以前的他是。

「我第一次見到他是在一九九八還是九九年。我進《美國人》前就在買賣漫畫作品，到現在也偶爾還會做幾筆。總之呢，我在九〇年代後期收到一封筆跡優美的手寫信——那個筆跡真的有夠美——問我能不能找到路·夏皮羅早期《佩姬·帕克斯》中畫的原稿。對方在信上留下署名，仔細聽好了，他寫『願永遠為您服務，忠僕理查德·S·達克立』[62]。

「我看到這句就覺得對方應該是個怪老頭，但因為他聽起來好像很有錢的樣子，所以我就回信表示我盡量找。怎麼找呢——這件事你聽聽就好，別說出去。《美國人》會把所有原稿保存在金庫裡，年份可以回溯到五、六十年前。說起來，反正大部分的繪師都已經死了，而且我也弄得到，對吧？總之，我拿到了夏皮羅在《佩姬·帕克斯》第十四期裡畫的絕美原稿，告訴他我會親自送過去。

「對，我知道，他住在康乃狄克州，有點舟車勞頓，但是你懂，我太好奇了。我開車過去，地址是在荒郊野外的一間老房子，我按了電鈴，有個年輕人來應門——大約三十出頭？總之比我年輕。我說我要找理查德·達克立，覺得應該是年輕人的爸爸，但是他卻說『我就是理查德·達克立』。

「他請我進屋，我們聊了一會兒，於是我便得知事情的來龍去脈。他的父母是極度保守的宗教人士，看到六、七〇年代那些性愛和用藥文化就覺得當時是撒旦肆虐的年代。他們繼承了很多錢，於是便聘請許多家教——都是男的——讓達克立從小在以耶穌基督為中心的無敵泡泡裡成長。

「他從來沒去過學校，從來沒和其他小孩一起玩，甚至到了快二十歲才第一次看到年輕女人的照片。如果報紙上出現他不該看到的圖片和文章，爸媽就會把那部分剪掉，所以達克立從第一次讀報紙起，上頭便有許多方形的洞。

「讓我覺得最誇張的是，他說他這輩子見到的第一個美女是佩姬．帕克斯——對，我說的是千真萬確的事實。原來達克立的爸爸覺得《雷霆俠》傳達了某種宗教訊息，『雷霆俠』只是上帝最初的名字之類的，所以他們只准他看《雷霆俠》、《刺激》、《泰迪》、《佩姬》這類漫畫。

「在我拿的路．夏皮羅畫稿中，佩姬．帕克斯穿著五〇年代的連身泳裝參加星際選美大賽，你應該要看到我拿出畫時達克立是什麼表情，好像我手中拿的是重口味的人獸交漫畫。他買下了我帶去的所有原稿，然後問我能不能找到更多——對，我也不想知道他對那些稿子

---

62 在英文傳統中，迪克（Dick）就是理查德（Richard）的小名。此處結尾語採英式古典風格，尤其常見於公家單位致民眾的書信。

做了什麼事。不過，我也不知道為什麼，可能是因為我有點同情他吧，畢竟他被父母藏了這麼多年，完全沒接觸過外界社會。

「他家裡沒有電視，沒有收音機，也沒有電話。他就是個壯碩、害羞的基督教小夥子，行為舉止都還像個孩子，不曉得該怎麼和人說話，別說女性了，連跟男性該怎麼互動都不懂。他在那樣的環境裡一直活到一九九六年，然後爸媽發生車禍，砰一聲撞死，留他獨自一人。那時他差不多三十三歲。

「當然，父母留下了房子和大筆信託基金，也有人會去他家打掃之類的，但如果仔細去想，他的處境就像是被拋棄在完全陌生的外星星球上一樣，可以想見這樣的人會和雷霆俠產生多強烈的共鳴。

「在那兩年，我只要找到新的畫稿就會時不時上去看他。有一次我找到一張《佩姬．帕克斯》裸體封面，是路．夏皮羅想跟索歐．史蒂曼開玩笑畫的，達克立整個人都要瘋了。他說他開始擔心爸媽留下來的錢可能撐不了多久，覺得自己該找份工作。

「他就好像某個對世界和成年生活毫無所知的人，連幼稚園都沒上過。上了那麼久的家教課，他把正式的書面英文學得很好，同時也是個數學奇才。當然了，他還對雷霆俠的一切都瞭若指掌。但是除了這些之外，他就是個喜歡對著佩姬．帕克斯打手槍的巨大新生兒。如果要說他能做什麼，我唯一想到的就只有進入漫畫產業。

「所以你看，就是這樣我才覺得自己算是他的人生導師——欸欸，小心！差點潑出來。你等一下去酒吧找朋友的時候應該會很醉喔。你們約在哪間？真的嗎？柏亟司？不就是以前的帝國飯店？哈。沒事沒事，沒什麼，我只是想到有趣的事情而已。我剛才說到……噢對，介紹達克立進漫畫業。

「沒有父母監視一舉一動之後，我們常常討論他可以做哪些事。我叫他去弄一臺電視，可以看電影——拜託一下，他要是真的不想住在康州，其實搬走都行。他可以賣掉房子，在紐約租一間公寓，也許找份漫畫業界的工作。他聽得目瞪口呆，好像從來沒想過這些事。

「後來我花了幾個月幫他整理出需要哪些東西。我那時候滿喜歡這個人的你懂嗎？現在也還是。達克立是個很有趣的傢伙。他自己沒自覺，但他真的有夠好笑，我知道布蘭登或是行內其他人也都這麼想，迪克．達克立這人就像為漫畫而生似的。於是後來他就把房子賣了，搬到曼哈頓。

「他就像夢遊仙境的愛麗絲，或是《小鬼當家》那個小孩。他買了寬螢幕電視，我永遠忘不了他得知可以在電視上看色情片時的表情，好像我在唆使他違法或者唬爛他。真的要說的話，他對於電視本身的存在大概也是這種感覺。

「有一段時間我很難叫他出門。他太害羞了，而且到哪裡都覺得尷尬。他知道自己到哪都格格不入，所以完全不和人接觸，除了我之外不認識其他人，要他去漫畫公司投履歷也會覺得害怕、不自在。後來有天我在他家，我切了幾道白粉，他就問我在幹麼。

「對，沒有，酒或毒品都沒有，他完全沒經驗。不過學會祕魯最受歡迎的娛樂之後，他就像終於找到自己缺少的東西一樣，你懂我意思嗎？這讓他有了自信，可以做到以前從來沒做過的事，可以喝酒、有辦法和女性說話，甚至在《美國人》做了一陣子工作。

「不是，他其實做得還不錯。他對每件事都很有熱忱，隨時隨地都在講雷霆俠，犯的錯也沒比其他人多，而布蘭登、勞夫・羅斯還有其他人也都覺得有他在很有趣。後來達克立知道漫畫展的存在，整個人就玩瘋了。

「比方說，記得有一次在聖地牙哥，我們說服他一起去提華納玩，用龍舌蘭灌醉他，然後帶他去看人驢獸交秀。當時達克立臉上的表情，哈哈，真的無價。現在想起來，他第一次參加漫畫迷大會好像就是那年的聖地牙哥動漫展。

「什麼？這是你第一次參加動漫展？真的假的？也是第一次來芝加哥？噢年輕人，這樣我們得慶祝一下！再來一輪，我請你喝一杯。不會，可以的，我報公費。嘿！我們要點酒！他喝的這種再來一杯，然後再一杯百事，謝謝。你的第一場漫畫展耶，太棒了吧。沒事，我只是在笑而已，因為太替你高興了。

「嗯，回到達克立。就像剛才說的，他和父母離群索居那麼多年之後，終於嘗到現代生活的滋味，那傢伙就好像趕進度一樣玩瘋了，喝酒、吸一大堆古柯鹼——還有色情片！我從來沒看過有誰會看那麼多色情片。有趣的是——我本來以為他玩成這樣應該會被《美國人》開除，但是沒有，反而讓他找到其他工作機會。

「你應該知道吧，以前大家都叫他色情雷霆俠。他在某次大會上認識了一個人，後來發現那人是席維斯特．路易斯，就是現在麥克．狄馬提歐手下《青樓》雜誌的總舵手。路易斯本來就想做超級英雄類型的色情漫畫，就是後來的青樓漫畫，他和達克立聊了一會兒後，就把達克立找去當資深編輯。

「嗯，我知道，很誇張對吧？那傢伙在一年前還連色情片是什麼都不知道，這輩子只在螢幕上看過女生下面。相信我，沒開玩笑，當初達克立剛開始和女生約會的時候根本是天災人禍。不過他現在好很多了，我們幫他介紹了幾個人，都是分類廣告上找來的可愛乖女生，所以他後來就正常了。但是在以前齁……

「達克立約會發生的故事？呃，比方說最有趣的一次——其實有點諷刺。你相信嗎？他後來竟然把這次事件怪到我頭上。最有趣的一次是瓊安．傑克森，城市漫畫的海外版權負責人。你聽過她吧？總之呢，當時達克立要和她約會，他整個人嚇壞了，不曉得該怎麼辦，因為知道我比較有經驗，就跑來問我意見。

「他說：『沃斯里，你跟女生在一起過，她們都喜歡什麼？我要怎麼做？』於是我就說，女生想要那個的時候都會說反話，那就像是她們的暗號，被撩上火的時候就叫你『停下來』，說是要報警但其實是希望你霸王硬上弓——你應該聽得出來這是在開玩笑吧？我是在開玩笑。很明顯就是玩笑話，對不對？

「可是後來在大會上遇到時，我在所有人面前被瓊安・傑克森臭罵，說我是變態。她那時候真的有夠火大，我說『瓊安，我只是在和他開玩笑』。真的很好笑。顯然達克立把事情告訴她了，說『可是沃斯里・波拉克叫我這樣做』，於是我就變成了壞人。她到現在都還是不跟我說話，但不管怎樣，整件事還是很有趣。

「就這樣，達克立的約會生涯就此告終。像我剛才說的，我們告訴他世界上有種職業叫妓女——對，我也知道很誇張，可是他就是這樣——現在他就應付得很好了。再加上他在青樓那邊真的過得不錯。他在那之前的一、兩個月還在說荷包開始越來越扁，不過我猜後來就沒這問題，至少錢這方面不用擔心。

「啊，都幾點了，才快十一點而已呀。嗯，我知道，我只是不希望你去找朋友的時候遲到。沒關係，還有時間。老帝國飯店啊——你剛才說現在叫柏亟司是吧？——等一下從前門出去左轉，過幾個馬路就到了，最多十分鐘。

「好啦，很高興能跟你聊天。噢，我們明天應該就不會碰面了，我可能一大早就會離開，那時候你可能才剛回到房間，搞不好正在洗頭。怎樣？沒有，沒事。有人跟你說你髮型很好看嗎？整齊又乾淨，看起來照顧得不錯，就只是想說這個而已。沒關係，去吧，祝你和朋友玩得高興。

「好好享受芝加哥漫畫展，好嗎？從你的表情看來，我想下次也會在這邊遇到你，我有猜對嗎？也許我們還會在這裡碰到好幾次，誰知道呢？也許我哪天會介紹你和迪克·達克立認識。哈哈。對，好，你保重，小老弟。出去左轉，很明顯，不會走過頭的。再見！好，好，明年見。掰掰……

「哈哈哈，又來一個大便頭。」

14 一九六〇年，七月

這是某個憂鬱的早晨，還沒得到惡魔名號的山姆需要一頓豐盛早餐才有力氣走進萊辛頓大道上的辦公室。天空如瓷，平順無紋，他斜戴著帽子、夾克掛肩，整個人彷彿辛納屈，走在閃亮人行道上腳步輕巧得快要跳起舞來，配上一副時髦太陽眼鏡，這就是曼哈頓人該有的樣子，他如此想著。

站在六〇年代嶄新的階梯上，他很確定其他人也和自己一樣，腦子裡裝滿了各種怪物。他這陣子日思夜想的幾乎都是怪物，不過，至少高德或諾法克幫他畫的怪物很帥，所以他只需要想出古怪的名字就好。當然，他有時會改動繪師寫在草圖旁邊的建議對白，改那麼一、兩個字，但主要還是負責名字——比方說克羅格、瓦克索、轟轟鏘，之類的。偶爾他還得在名字裡加上形容詞，比方說「難以言喻的瓦克索」。不過話說回來，這就是編劇的工作。

山姆在心中默想那些名字，拖著步伐、腳尖點地，一路跳過路口，彷彿聽著只有他聽得見的爵士樂：巴拉檄、法吾、果拉滾、煩人達弟。進門時響起的鈴聲就像樂曲最終的銅鈸敲擊或者三角鐵。這是屬於咆哮爵士樂的一天。

店內的氣息盈滿他的口鼻，單是這樣的香味就是無法退還的用餐體驗。山姆側過身，笨拙挪進入口處旁的卡座，這是他最喜歡的用餐位置，他摘下帽子和太陽眼鏡，和夾克一起放在一旁的空座位，鼠尾草色的硬塑膠椅有著飽滿的弧線。他鬆開領帶，不是為了舒服而是為了好看，然後舉起一根手指叫來女服務生，一如往常點了燻牛肉、黑麥麵包、蛋黃不熟的太陽蛋和一壺咖啡。

山姆喜歡這間店裡使人安心的氣氛，彷彿世界仍在一九三〇年，沒有任何改變。木質裝潢染上飽滿的棕色，磁磚象牙白，再配上深綠油漆，位在忙碌廚房某處的咖啡機因為熱氣而發出綿長的嘆息。這種配色甚是經典，彷彿舊日的藥房，不知怎地總讓他想起已經過世的母親。他若無其事地朝其他顧客瞥了一眼，不過每天早晨的這個時候客群總沒有太大差別，很多和他同年齡或更年長的男性，其中一半以上都從事出版或相關行業，除了服務生之外沒有其他女性。某個年約十九、外表有些時髦的男孩坐在櫃檯附近，面無表情地抬頭看了山姆一眼，然後又繼續低頭看報。他可能是個劇作家、作家或記者，在大人的場合閒晃，希望能在無意間聽到某個編劇突然掛點，這樣他就能付房租。祝他好運了，山姆心想。祝所有載浮載沉、苦苦掙扎的王八蛋好運，誰教他們不夠聰明，沒辦法成為出版商人的親戚。

餐點送來時，他正在心裡辯論托剛和塔公哪個名字比較好。他向名叫「你好我是茱蒂」的服務生道謝，然後舉起餐具準備迎向戰場。就在這時，彷彿聖經故事一般，山姆・布萊茲突然聽到某處傳來一股話語。在這陡然發寒的瞬間，山姆覺得這陣嗓音可能來自上帝、自己的良心、外星人的心電感應，或者是大部分人質疑是否存在的其他東西。聲音的語調彷彿父親，充滿關切，但隱隱然有些毛骨悚然。

「小山姆，你好嗎？繼續吃你的早餐，別東張西望。」

後面的卡座有人。山姆頓時不餓了。他等了幾秒鐘，讓腦子終於開始運轉，把燻牛肉三明治一層層疊好，然後顫抖著聲音大膽反問。

「如果我說我很好呢？」

店內細瑣的對話彷彿平靜大鍋子中的泡泡，在背景裡此起彼落，遙遠的咖啡機再次出聲表達滾燙、潮溼的挫敗感。山姆身後的聲音此時輕輕笑了起來。

「別說這種蠢話。怎樣？要是真有人想對你怎樣的話，你覺得他們會選在擠滿人的熟食店下手嗎？要想知道某件事實際上會怎麼發生，就得用真實一點角度去思考，必須想像正常世界會怎麼運作。我只能說幸好你不是編劇。」

山姆的思緒狂奔，試圖回想剛才進門時後方卡座是否有人，又或者對方是不是在他入座之後才進來。但他一無所獲。盤子裡那幾顆原封未動的煎蛋注視著他，濃稠的雙眼正緩慢變得混濁，好像死了一樣。

「你是要討論組織的事嗎？」

見聲不見人的神祕人嘆了口氣，和遠方的咖啡機不謀而合。

「不是，山姆，我要說的與幫派無關。不過既然你提起了，法蘭克．賈汀諾最近在哥利亞做得怎樣？也許你該把他的薩爾叔叔也找來，當你那些怪物漫畫書的模特兒。」

他嚥下口水，注意到自己發汗的雙手正以出奇的力道緊抓著餐具，兩根刀叉左右矗立，一動也不動，彷彿他是週日搞笑漫畫裡等待晚餐的人。這場對話，每況越下。

「你知道賈汀諾的事？」

他放下刀子，發出輕聲撞擊，然後拿起杯子大口灌下才剛煮沸的黑色液體，彷彿自己喝的是檸檬汁。那個聲音現在顯得失望，像在對孩子說話。

「噢山姆，你也拜託一下。你知道克羅格嗎？那個會走路的人形蘑菇？我們都知道法蘭克．賈汀諾，也知道他的薩爾叔叔，還知道很多事情。我們當然知道他是誰。山姆，就像我剛才說的：我們不代表幫派，也不代表家族，而是代表公司。泰德要我向你問好。」

在夏季的熟食店裡，山姆腦中的牆面就這樣崩毀了，他跌入回憶之中，向後跌落十八年，回到冰寒刺骨的四〇年代。四二年時山姆剛入伍，但他從來不是喬・高德那樣的布魯克林硬漢，從來不是你想像中能在壕溝中躲子彈的那種人；相反地，山姆・布萊茲是個聰明人，有著敏銳的自保本能，這讓他輕而易舉成了訊號情報部門的一員。他坐在局裡，聽著每個人的通訊往返，並把發現告訴戰略情報局，這在當年是人盡皆知的事。「泰德」是山姆在戰略情報局的電話聯絡人——但這非常有可能只是個假名。戰爭結束以來，泰德偶爾主動聯絡問候，若是換作任何情況都會是非常感人的場面。但在此刻山姆內心所感受的各種情緒裡，溫暖並不在其中。

「喔，嗯，呃，那……你們好嗎？」

櫃檯邊，年輕的登尼・維沃斯偶爾從報中抬起頭來，偷聽到了這句問候，誤以為山姆是在問自己盤中的煎蛋。山姆正愣愣望著玻璃門外，完全沒注意到男孩的視線。陽光普照的街道上，平凡的傻瓜來來去去，山姆頓時希望自己就是他們。他舔了舔嘴脣，那些話聽在耳裡連自己都覺得傻。他靜靜坐著，等待鬼魂回答，彷彿在和通靈板對話。

「我們嗎？我覺得過去這十年裡大家都過得滿好的，謝謝關心。我們在世界各地擔任管理顧問，像是瓜地馬拉和伊朗，還有菲律賓，向他們提供更有效的領導策略，畢竟這就是我們一直在做的事，而且一切正當合法、光明正大。所謂的其他國家其實也還在我們的職權範圍之內，一般人單是想到我們可能會在美國做什麼事就覺得緊張兮兮，不過在我們看來，事情不管發生在這裡或海外都是一樣的，那只是解釋角度的問題，是怎麼說都能通的灰色地帶。」

店外，太陽將金燦燦的恩賜浪費在一隻對著消防栓尿尿的雜種狗身上。路口的綠燈亮起時，人們如同醬汁一般潑進街上，山姆可以聽見權勢、鮮血和海外戰爭在他肩後的座位上呼吸的節奏。他極其渴望繼續怪物們的命名儀式，但是這名不存在的男人停了下來，令山姆覺得自己有義務填補這段沉默，不能讓氣喘吁吁的咖啡機獨自承擔責任。

「我……我不懂你的意思。為什麼——」

男人插進話來，聲音彷彿被木桶陳年許久。

「我舉個例吧。比方說藝術好了，山姆，我們來談談藝術作品。我說的不是你出版的那種，一頁只付你手下那些廢物二十塊錢就有的東西，我說的是每件要價一、二十萬的真正藝術作品。有件事說出來你可能會很驚訝，山姆，但我們可不是什麼沒教養的俗人，我們會注意新的藝術發展，注意藝術界的潮流。你可以把我們視為藝術家的贊助者。當然，我們也不是看到什麼都喜歡，對我來說，藝術品要的就是展現觀察力。回到剛才說的，我們怎麼界定一幅畫作的國籍呢？是根據畫作完成的地點，還是畫中所畫的？是根據畫作售出的地方，還是其影響力所及的整個世界？這樣你懂我意思嗎？我們干涉藝術，這是個灰色地帶，而我們的行為也像藝術品本身一樣，有很多詮釋空間，是吧？」

山姆不知道這場對話會導向什麼結論，也不確定自己會不會喜歡。他黯然注視著不斷冷卻的早餐，判斷最安全的應對方式是非到必要、絕不開口回應。於是他嚥下另一口咖啡，然後說：「對。」

「沒錯。所以舉例來說，我們不喜歡的東西包括了蘇聯的藝術品，是某種建構主義的作品。你之後會看到這樣的東西：畫面由下而上以仰角注視三、四名俄羅斯大漢，他們穿著汗衫，渾身肌肉，全都看著同個方向，海鷗一般坐在圍籬上，表情之嚴厲，彷彿看見有人拿史達林的相片擦屁股。在這些下巴雄偉的混蛋裡，其中一個會舉著一把鐮刀，而背景的天空中有噴射機馳騁飛過。他們稱此『勞工的尊嚴』，但這種東西基本上就是共產主義的廣告，而藝術收藏家們卻為此瘋狂不已。我想，你應該想像得到我們會怎麼看待這種根本缺乏審美價值的作品。

「我們在想的是，為什麼世界上沒有屬於我們的藝術運動，沒有屬於美國生活的藝術運動？你懂我在說什麼嗎？宣傳廣告這玩意兒是資本主義發明的，但是為什麼資本主義沒有能夠拿來當成廣告的藝術品呢？好吧，『銀行裡的英雄』或者『福特生產線上背了一屁股債的員工』的確很難讓人有所共鳴，那我們的產品呢？我們的垃圾呢？豆子罐頭與盒裝洗衣粉，甚至是劣質的漫畫書，這些都是我們的商品，何不把它們變成現代藝術？所以我們在做的，就是找人產出我們喜歡的東西——比方說勞生柏[63]、歐登柏格[64]和另外幾個人——我們花了點小錢去推這些人一把，他們便突然轟動一時。山姆啊，普普藝術就是流行的藝術。好好記得你第一次聽到這個詞的當下吧。」

玻璃窗外，大塊雲朵暫時遮蔽了太陽，它們不疾不徐地在街上拖著更巨大的陰影，在每個人的眼中抹上一片灰，讓這一分鐘的生活沒有前一分鐘來得美好。山姆被困在一場不明就裡的對話裡，於是開始將這令人不安的現實轉化成故事，也許之後能用在《奇異之旅》裡。比方說，姑且叫這名神祕男子史提爾探員好了，故事中的他跑來通知山姆，恐怖怪獸史巴屯將要炸毀整個地球，而山姆是唯一能拯救美國的人，因為他是所有滑稽名字怪物的專家。

「說到這裡，山姆，我猜你應該在想，『說的有道理，但是跟我有什麼關係』，是

63　Robert Rauschenberg（1925-2008），美國前衛主義畫家。

64　Claes Oldenburg（1929-2022），瑞典藝術家，普普主義先驅。

嗎？」

山姆對此僅回了一句「沒錯」，因為他滿腦子都在想該如何靠著詭計和騙術化解史巴屯危機。於是暫且稱為史提爾探員的男人繼續說道：

「在和藝術世界上流階級打交道的過程中，我們覺得自己可能漏了些什麼。我的意思是，真正的藝術作品當然有其影響力，但也只影響一小群有錢人而已。如果目標是走在路上每天過得狗屁倒灶的一般人，這些高雅的藝術就沒有什麼用了，畫廊和沙龍也是。這時候我們需要的不是上流世界的作品，而是排水溝的產物。我們需要的是文化的渣滓，是就算過了一百萬年也沒人會覺得那是藝術的東西，而那就是你，山姆。」

一隻壯碩的蒼蠅停在山姆冷冰冰的燻牛肉片上，腫大的腹部呈現繽紛斑斕的美麗藍色。他當然可以伸手揮趕，但此時他處於一種奇怪的情緒中。他已經度過失去早餐的悲傷五階段，接受了自己吃不到早餐的事實。既然如此，他覺得把一天當中最重要的一餐讓給這隻藍尾蒼蠅至少不算完全浪費食物。沒有實體的聲音並未注意到山姆不尋常的無私奉獻，兀自繼續說道：

「當我們看到漫畫書時——所有的漫畫書，不只是你的——最吸引我們的是那些超級英雄。的確，現在的超級英雄沒有一、二十年前那麼多，但在我們眼裡，他們所擁有的潛力並未改變。你想想，超級英雄是這個國家特有的產物。天曉得為什麼，但事實就是如此。如果當成符號看待的話，這些都是美國專屬的符碼，他們就是我們的鐮刀肌肉男，只不過我們的肌肉男穿的衣服比較高級。我們在想，這些穿著長版內衣的無腦男也許可以成為很好的宣傳載體。」

蒼蠅用與生俱來的吸管吸取山姆的燻牛肉，彷彿在喝汽水。山姆心想，他開始對這段詭異的對話有了相對確定的把握，覺得自己有自信提出比較尖銳的問題：

「是沒錯，可是有一件事，除了美國之外，全世界都不畫這些奇裝異服的角色了。感覺自從戰爭結束之後，就沒人想看他們的故事。除此之外，你真的找錯人了。我們在哥利亞做的都是怪物漫畫、西部漫畫，還有一、兩部少女漫畫——《伴遊女郎艾莉》和類似的作品。但是自從我們放棄國家守護者之後就都不畫假面英雄了，而那已經是四、五年前的事。現在美國除了月亮女王、雷霆俠和蜂之王之外，其他的超級英雄都沒戲唱了。」

在對方回答前的沉默片刻，山姆聽見身後傳來報紙翻動的細碎聲音。他覺得身後的男子可能對這場不著邊際的對話感到無趣，於是偷偷讀起報紙上的《巡警弗洛伊》。但是轉念一想又覺得不對，男人比較有可能是把報紙高舉臉前當成屏障，不讓其他人察覺他在說話。這麼一來，偶爾翻頁會讓一切看起來很自然。山姆希望自己此刻也有報紙，就算是挖了兩個眼睛洞的牛皮紙袋都好。祕密情報或是間諜之類的事情確實很刺激，但是更重要的是，身處其中非常尷尬。

「我們不覺得，山姆，一切還沒結束。我不知道你有沒有注意過索歐·史蒂曼在《美國人》的新書《電光俠》帶來多少銷量，我看過，相信我，數字非常驚人，銷售額可能是你們那些三八牛仔和胡扯怪物的三、四倍。你說你們出版社已經很久不畫蒙面英雄，這點的確很有說服力，但說真的我他媽的根本不在乎，因為我們今天之所以坐在這裡彷彿文明人般對話的重點，就是你們『之後會』畫這些作品。不過，我不知道，我們覺得你們出版社需要響亮一點的名稱。拜託，山姆，哥利亞身高才多少？七、八英尺？哈林籃球隊的隊員都比他高。而且哥利亞不是被一個猶太人小孩用彈弓就解決了嗎？這不是我們想要呈現的形象。新名字應該要比哥利亞更巨大，應該要聽起來無懈可擊、堅不可摧。我們希望由你決定，山姆，畢竟你是文字大師。」

等一下。這是什麼意思？他剛才是說——？不行，不行，不行，不可能有這種事。更改他們的出版方向？改掉出版社名稱？山姆彷彿覺得自己的肚子挨了重拳，頓時吸不進空氣，彷彿有架鋼琴從店內的天花板朝他砸落卻沒人發現。而且照幽靈的語氣聽來——很顯然這不是建議，而是彬彬有禮的命令。他頓時覺得自己的人生受到徵召了，不曉得到底該嘔吐還是心臟病發還是應該炸出烈焰熊熊燃燒。一陣子後，話語終於浮現，彷彿尖聲懇求的胡言亂語。

「欸等一下，我是覺得我沒辦法……因為……呃……因為公司也不是我的，所有人是我岳父傑基．柏曼，他才是哥利亞的老闆，我沒辦法就這樣……拜託，不是我不想幫你，但你要體諒一下我的立場。你們能不能——我不知道——能不能去找《美國人》？說到超級英雄，他們比我們在行，而且他們已經有雷霆俠這類大家都熟悉的角色了，難道不能——」

「山姆。」

語氣平靜的兩個字堵住了山姆滔滔不絕噴灑的勇氣。藍腹蒼蠅現在一動也不動地停在燻牛肉三明治邊緣閃亮的醬汁上，面無表情地以複眼直視山姆，如同交通警察。牠搓了搓手，預備動作，當男人的聲音再度響起，山姆很難不認為是蒼蠅在說話。

「山姆，我們對《美國人》漫畫沒興趣。像他們那樣擁有大量資金的公司，不會對我們提供的誘惑動心。我們想找的是貧窮的三線小角色，就像你們，你們才是適合的對象。」蒼蠅說道。「除此之外，《美國人》旗下的那些超級英雄若不是出身富豪的花花公子，就是外星人，或者身懷魔法之類雜七雜八的東西，你覺得那能反映我們國家的價值嗎？為什麼超級英雄不是善良平凡的美國人？比方說核能學家、模控學者或者武器製造商。你懂我的意思嗎？」

蒼蠅短暫停下話語，拉了坨屎，然後繼續這場嚇人的訓斥。

「總之呢，我們剛好認識你，畢竟以前合作過。還記得嗎？十年前，我們問你能不能讓國家守護者變成抗共鬥士——在故事裡加入胖鼠夫斯基、卑鄙馬克思和間諜伊萬這些反派。當時的你非常樂意相助。你這樣想吧，現在的提議其實就像當年，只是規模比較大。這一步走對了，無論對你、對我們或對所有人來說都是重大轉機。」

這段關於轉機的言論令山姆覺得，蒼蠅也許還是個能做生意的人。他稍稍瞇起雙眼，好讓蒼蠅知道該嚴肅以待。

「所以，你的意思是，你們想讓這些超級英雄去對抗共產黨？」

蒼蠅點點頭。

「這麼做只有好處、沒有壞處，山姆。永遠不可能有什麼壞處的。這也是你們比《美國人》漫畫適合的原因。你什麼時候看過蜂之王或者雷霆俠去對付共產分子了？所以，當然囉，多放幾個赤色反派一定是好事，只不過啊，這一次我們的首要目標不是阿共仔。坦白告訴你吧，這一次我們更在乎原子彈。」

蒼蠅飛了起來，在最後半句話時嗡嗡離去，留下山姆必須和身後的真人討論原子彈，沒辦法繼續和會說話的魔法昆蟲交流。山姆發出一陣尖銳、嘈雜的質詢，就像一般人被要求執行與核武有點關聯的工作時所會發出的聲音。

「嗯，山姆，我很高興你提出這個問題。追根究柢，你知道美國為什麼能一直在世界維持領先地位嗎？你覺得美國的地位建立在什麼基礎之上呢？是飛彈。不只因為我們的洲際飛彈能承載大量的原子材料，也因為我們的飛彈比另一邊還要多。為了達成這件事，你需要非常充足的軍火原料——鈾元素、鈽元素，而為了滿足原料需求，就必須要有大量核電廠來製造足夠的數量。所以在接下來十年裡，你會在全國各地看到很多新建電廠、現有設備轉用委任，或者其他製造方式，這些都是好事。核能是好事。不過你可能時不時就會聽到新聞，一下爆炸，一下外洩，然後那些反戰派和自由派就會說『喔天啊！核能真的太糟糕了』，或者『我家離電廠只有十英里，現在我生了雙頭嬰兒』之類亂七八糟的屁話。總結到最後，山姆，這都是形象問題。」

山姆眼神空洞地望著店面玻璃櫥窗外。客人們在厚重彈簧門中頻繁進出，在店內來來去去，但是山姆．布萊茲皆視若無睹。在他興奮狂熱的想像裡，他正看著巨型白色核爆火球逐漸籠罩住擁擠的大街，將摩天大樓和警察和狗和消防栓全部汽化，吸入遮蔽盛夏天際的龐大煙柱之中。煙柱彷彿紅杉，粗度有一英里那麼寬。在強烈光線照射下，企業經理與阻街女郎的影子被投在圖書館的外牆上，彷彿物體的影像曝光在粗糙的乳化劑表面。車輛與漫畫書都爆燃起火，接著火焰本身也被更多火焰點燃，灼燒起來。山姆的心臟怦怦跳，他在心裡祈禱，希望接下來出現在眼前的會是史巴屯。現在，他唯一能擠出的最佳回應是顫抖著聲音發問：「什麼意思？」

「問題出在電影，山姆，還有電視節目和科幻故事。在這些故事裡，所有東西只要接觸一點輻射就會變成巨大的怪物，巨人、巨大蜥蜴、巨大螞蟻。你想想，巨大的螞蟻說起來也就是腳比較多的吉娃娃不是嗎？它們不是把東西變大，就是在說一些胡說八道的事，好像核戰之後每個人都是臉部歪斜融化的變種人。變種是好事，山姆，生物要突變才能進化，但是現在這些負面描述卻告訴大眾輻射很危險，會把人變成外表醜陋的巨大怪物。所以我們在想，假如故事裡的主角照射到輻射之後沒有得到白血病，而是變成超級英雄呢？我想這應該就是你們所謂的隱喻：核能可以讓美國成為超級強權，或許對平民百姓也能有一樣的作用——基本上，這就是我們希望你傳達的訊息。然後，不必擔心傑基．柏曼，等你告訴他這麼做能賺進多少錢，他就會改變心意了。山姆，你是個說服能力很強的人，這是我們喜歡你的原因之一。」

玻璃窗外，紐約消失在整片塵埃之中，一直遮蔽至地平線盡頭。沒有巨型螞蟻、沒有變種人，放眼望去不見一物。山姆覺得有些哀傷，不過轉念一想，即使他拒絕也會有其他人答應，於是太陽又再次露臉，人和汽車也都還在，而他覺得平順舒暢。當然，他心裡有些疑惑，不過是關於財物而非道德。

「嗯，不過，就算我真的憑空想出一大堆輻射造就的超級英雄角色，我們怎麼知道讀者買不買單？我們不比《美國人》，只占有一小部分的市場。此外還要考慮時間問題。畫新漫畫、更改公司名稱，這些事情需要一段時間才能完成。」

在山姆說話的期間，不被注意到的客人們來來去去，穿梭在深綠搭配象牙白的熟食店內以及甜筒餅乾顏色的街道之間，每當店門被推開，便會響起一陣尖細的鈴聲，叮鈴鈴。

「你得在明年之前完成，這點沒有商量餘地。至於角色的問題，其實和你一直以來在做的事情一樣：把我們的資料拿給公司裡其他真正懂得做事的人——喬．高德、羅伯．諾法克，再加上法蘭克．賈汀諾之外的任何一個人，而你只要坐享其成就好。然後拜託，山姆，你的腦袋小得可怕，就不用擔心書賣不賣得出去這種事了。會賣的。這些作品的銷量會大到令人矚目，將你塑造成現象級的人物，就像我們對勞生柏做的那樣。流行藝術之所以稱為流行藝術是不是沒有理由，受歡迎就是它們的本質。照我們估計，兩到三年後你就能超越《美國人》。這種事情讓我們煩惱就好。

「我必須說，我知道一直以來你都很配合我們。今天這場對話不是兩個人之間的隨意閒聊，我知道對你來說不是。仔細想想，我是誰？我來到這裡，打斷你吃早餐，你可能會覺得這樣的態度很……目中無人？瞧我，連自我介紹都沒有。我也叫泰德。對，就是這麼巧。我是你的新泰德。總而言之呢，為了公平起見，我們覺得你也必須有發言權才是，這樣你才知道我們真的很感謝你的付出。來吧，山姆，說說你對我和我的提議有什麼想法，不必隱瞞，我洗耳恭聽。」

哈，局勢輪轉。這樣才對，他們應該要將山姆視為平起平坐的人，而不是某個懼怕他們的小皮條客，好像只要彈彈手指他就會乖乖聽話。現在的山姆更像史巴屯故事裡的山姆了。他放下只剩裝飾作用的刀叉，在位子上坐直身體，重新繫緊領帶。他立刻有種更專業、更懂得掌握局面的感覺，彷彿那句話說的，男人只要能掌控領帶就能掌控命運。客人和剛才一樣在店裡頻繁進出——山姆看見那隻藍屁股蒼蠅飛了出去，穿過店門，直上五十樓。不過山姆對眼前的一切毫無注意，他正專心醞釀只有自己能召喚的雄辯口才，準備表達立場。他幾乎可以感覺到暫且稱為泰德探員的男子向前傾身，打算把山姆的意見和提議好好寫在人皮筆記本上。山姆充滿了新生的自信，清了清喉嚨，深吸了一口氣。

「首先，偷偷摸摸的和平追求者啊，能幹山姆就是為您執行詭計的最佳人選，不需要再找替代品了，先生！您已得到出版王國中流砥柱的千金承諾，我誓言將苦思如何編寫後原子時代典範，創造出數量多到沒必要的故事，請您務必以此向前青春期孩子宣傳邪惡的核武理念，這樣您也不必受到任何責難！布萊茲將竭誠為您服務，準備好沉浸在詼諧之王令人眼花撩亂的文采之中吧！從此刻起，我唯一的目標便是以故事和圖畫激起青少年們腦中不成熟的天真想像，讓他們在不知不覺中對惡名昭彰的洲際武器產生興趣！」

進展非常順利，山姆心想。他覺得這位（姑且可稱為祕密探員泰德．史提爾的）男子正聚精會神地聆聽自己說的每一句話，專注的程度彷彿受到催眠，進入某種荒謬的出神狀態。兩人間的氣氛變得肅靜，連根針掉在地上都聽得見，山姆因此受到鼓舞，繼續自己的演說。

「馬基維利信仰[65]的引導者啊，不必畏懼，勇敢地記下我的靈感吧！大師，我存在之目的正是為了每月獻出腦汁，鎔鑄成意義高深的傑作！現在，我精力充沛的潛意識正不由自主地噴發靈感，無數奇思異想如精蟲一般泉湧而出！上師啊，嘗嘗這些驚人——也可說壯觀——的超級角色吧！您一定會愛上變種人麥克的故事！還有X光人和夜光男孩葛羅伊！以及有著無數手指的大鍵琴天才兒童！天啊，故事源源不絕朝我湧來！六倍聰明的六頭女！殘破染色體十字軍！變種絕症特攻隊！同志！請您原諒，我的謬思勃發，實在無法自己！請直接

---

65 Machiavelli（1469-1527），義大利政治學家，提倡政治無道德。

從我的輻射戰隊中點出最引你注意的那幾位，這樣我們很快就能依依不捨地互道莎喲娜啦了。好了，您這折磨人的小啞巴，您喜歡哪一個呢？」

這顯然是個艱難的抉擇，他幾乎能聽見身後祕密探員腦中的思緒高速運轉的聲音。山姆知道自己在必要時還是能拿出驚人表現，於是他允許自己看著被破壞殆盡的早餐露出一臉滿意笑容，同時補充說道：「如何？給我個答案吧，年輕人，別再猶豫不決啦！」這時的登尼．維沃斯正走出熟食店，聽見一旁傳來的這句話。他搖了搖頭，感到一陣心驚膽戰，默默向上天祈求不是所有漫畫編劇的下場都悲慘到只能和死去的三明治做朋友。

店內客人都離去後，仍坐在原位的山姆死盯著已僵硬混濁的白內障太陽蛋，開始對祕密探員的優柔寡斷感到一絲沮喪。突然間，他腦中突然浮現一股令人不安的念頭。他以難以察覺的緩慢速度轉過頭去，一次只移動一點點，當他發現無人出聲制止，便直接轉過整個上半身去看身後的座位。「媽的。」他說。那個王八蛋八成早在蒼蠅飛走時就已離開。

他憤怒地抱怨，然後拿起太陽眼鏡、帥氣帽子以及用來披在肩上當裝飾的夾克，不耐煩地大步走進這一天的早晨街上。屋漏偏逢連夜雨，塗了果醬的那一面吐司偏偏總是先著地，就在他帶著飢餓與屈辱跋涉至對街時，正從街尾笨拙走來的不是別人，而是恐怖怪獸史巴屯。啊，終於！史巴屯大約九十英尺高，全身是骯髒的粉紅色，彷彿是用融化的生日蠟燭製成。他的體型驚人，所到之處皆留下卡車大小的三趾足跡，製造出許多地磚碎片和黑色碎石。當這位外星暴君開口說話時，他的對白周圍都帶著黑色粗框，以示那種非人類所能發出的喉音質地——

「名叫『強到離譜的布萊茲』的人類在哪裡？有人告訴史巴屯，說布萊茲是唯一能阻止史巴屯炸毀這顆渺小星球的地球人！」

山姆仔細思考了現下的選擇。他可以去別間店再買一份三明治，然後外帶到萊辛頓大道的辦公室裡吃。「不好意思，兄弟，」他經過碩大的醜陋怪物身旁，顧自沿著人行道前進。「沒聽過這個人。」

他可以聽見身後傳來一陣霹靂啪啦，失望的巨大外星生物在砸店洩憤。可惜了那間熟食店，不過山姆．布萊茲此刻有更重要的事情要想。

15

二〇一五年，九月

他知道自己再也受不了了。這在一個月前還是難以想像的決定，但是他現在知道了，再不離開這一行，就注定要被它摧毀。屆時的他會被化約成一記象徵，成為一篇簡單易懂的漫畫，就像它對任何人事物所做的那樣。他的精神會遭到抑制，整個人生會退縮回十二歲，無法再往前邁進，剩下唯一的路便是朝橫向發展。他的臉會成為心智更成熟之人的墊腳石，他的複雜性會被簡化成一個可笑的外號，彷彿整個人被濃縮成一句俏皮話，成為別人口中的「苦瓜臉阿丹」，直到死去的那一天。他會變成整天咯咯笑的矮子色情狂，他會成為布蘭登·恰夫，成為沃斯里·波拉克，或者像傑瑞·賓寇那樣染上災難性的海洋先生重症；無論哪種下場，他就是個愚蠢的怪老頭、是他人茶餘飯後的奇事異聞。他知道，他知道，自己再也受不了了。

這種感覺已存在好一陣子，甚至可能好幾年，但自從卡爾廚房的可怕事件後，他便覺得那種迫切感已經逼至眼前，清晰得無法忽視。那晚發生的每一件事都是純粹的愚蠢——他咬爛自己的嘴唇、恰夫默默暴斃，然後賓寇昏倒，細指又倒霉地因為貝爾氏麻痺的歪斜笑容而被服務生揍暈。不過說真的，最後一件事倒算是塞翁失馬：服務生喬喬得知細指的疾病後感到羞愧不已，於是送了花賠罪，後來兩人便約會至今。這是好事，但是發生在恐怖的漫畫界中，彷彿是對著卡崔娜颶風咳嗽。

在餐廳那晚，滿嘴是血的他慌張地想將沒了氣息的同事推到餐廳光滑發亮的地板上，而在幾天之後就又發生……直到現在，丹還是沒辦法讓自己回想起後來他、莫斯寇維茨和波拉克在布蘭登家所經歷的恐怖之夜。他們那天所見以及所做的事，滿坑滿谷的乳房、屁眼、陰道都熊熊燃燒。理論上來說，要是被人發現的話，丹還真有可能得為了那件事坐牢，和阿爾佛．凱克當鄰居。丹是連在圖書館借書都不會逾期的人，犯下縱火罪對他來說簡直是難以承擔的焦慮；但是即便如此，他在恰夫公寓中卻見識到了足以撼動、剝離靈魂的恐懼，相形之下，擔心坐牢是如此微不足道的小事。單是那間公寓的存在，以及公寓以這種方式所描繪出的布蘭登內心世界，便令他難以承受。那些寫著細小字跡的細緻標籤顯然是恰夫自認對於美好時刻的最佳紀念，以自慰貫穿令人震驚的千禧年代。丹突然得在成千上萬永不沉睡的身體孔竅圍繞下重新評估一個人的一生——這件事（而不是縱火本身）令丹．溫斯心中某種重要的東西壞掉了。

從那天之後他便不對勁了。這是唯一的理由、唯一的解釋，否則他想不到為什麼自己會在布蘭登葬禮上做出那些見鬼般的舉動，彷彿餐廳那日的詭異死亡事件再次重演，甚至比原先的事件更加駭人。最大的問題是，沒有人料到夸斯比・邦森會出現。也沒有人知道夸斯比・邦森真的存在。

葬禮的日期是在兩個星期前，八月的尾巴。自從參加情色營火大會之後，丹的神經便繃緊至鄰近崩潰邊緣。他現在才明白，當時的他根本不適合參加葬禮，但他最後還是逼自己去了，深信若是缺席將會暴露自己就是縱火犯。現在回想起來，這真是錯誤至極的誤判。

鑑於布蘭登的家人都未出席，大家便認為該讓他的同事位列前排：勞夫・羅斯、沃斯里・波拉克、傑瑞・賓寇、米爾頓・細指和大衛・莫斯寇維茨——後者詭異地比一週前矮了一截，想必是因為沒穿低跟鞋。他們將最邊緣的位子留給丹・溫斯，與走道之間尚隔一個座位。從眾人入坐等待儀式開始，現場便瀰漫著小提琴尖聲拉扯的緊繃感——至少丹這麼覺得。他、莫斯寇維茨以及波拉克都無法克制自己的視線，時不時瞥向彼此交換愧疚的眼神，而餐廳事件過後便將嘴脣縫至定位的丹則發現，自己開始緊張地咬著縫線。此時的丹顯然正處於極度脆弱的狀態，因此才會看見布蘭登・恰夫走入會場，在他旁邊的空位坐下。

雖然讀過、寫過許多恐怖故事，然而丹始終認為當故事中出現超自然現象——例如氣溫驟降、令四肢麻木的恐懼等等，角色的反應總是太過做作，也太過誇張。不過，當他內心的旁白風格從菲利普．羅斯[66]急轉直下切換成M．R．詹姆斯[67]時，他感覺現實似乎正在向戲劇妥協。他覺得自己的骨頭彷彿冒煙的乾冰，冷得好比進入絕對零度，連原子都會停止振動，而他、他屁股下的長椅以及整個紐約都要坍塌陷縮，呈現玻色愛因斯坦凝聚態的高密度半透明核子果凍。就這樣，丹在這個瞬間修正了自己先前的看法，對於坐在死人身邊應該會是什麼感覺有了新的觀點。

那個鬼魂絕對是布蘭登．恰夫，絕對是他。布蘭登．恰夫頂著二十出頭歲的樣貌，暗示著人進入死後世界便將永遠維持在生前的巔峰狀態。幽靈有著灰褐色鬈髮、簡約風格的鬍鬚，臉上戴著金屬細框眼鏡。和在場的哀悼者不同，亡靈布蘭登身穿靈體一般的藍色牛仔褲，加上若有似無的運動鞋。丹賭上精神崩潰的危險，朝身旁瞥過視線，便看到幽魂的脖子上掛著布蘭登的正字標記墜子——布蘭登以前戴著它參加了七〇年代初的每一場漫畫大會。

66 Philip Roth（1933-2018），美國小說家。
67 M. R. James（1862-1936），英國小說家。

這個景象彷彿毀滅性的冰柱，將丹從腹部貫穿至天靈蓋。這個亡魂甚至對著空中不遠處某個固定的定點露出詭異微笑，正如生死交關那天晚上的布蘭登。

丹被恐懼的情緒釘在了位子上，躁動的思緒發了瘋似地歸納幽靈恰夫之所以現身的各種可能理由。會不會是出於親切的善意？也許他想讓丹在經歷了整間公寓的色情刊物之後能夠得到某種了結，重新想起被漫畫和自慰毀掉之前的布蘭登也曾經充滿活力。還是，已經離世的總編是為了來做最後致意，好讓丹能終於放下那些標籤、盒子以及衛生紙花苞，放下所有事情？布蘭登顯然專程為了丹·溫斯而來，因為其他人似乎都看不見他（不過丹在幾天後想到，這有可能是因為自己擋住了前排其他人的視線，而且其他人也根本不曉得二十出頭的布蘭登·恰夫長什麼樣子）。

整整一分鐘過去，幽靈並未如霧蒸散消失，丹的理智逼近崩潰邊緣，已經又開始咬起縫線。如果這真是一場溫柔的告別、是來自彼岸的安慰，那麼恰夫早該消失在閃閃星光中，徒留一道令人惱火的笑容。這時丹突然想到，如果這些都不是死後亡靈現身的理由，那麼唯一剩下的可能性就是來自地獄的報應，就像《驚怖之塔》裡會畫的那樣。顯而易見的真相露出真面目，他彷彿被成千上萬塊冰磚擊中：這都是為了那場大火。

喔，天啊，當然是了。受布蘭登託付鑰匙的人是丹，誤闖精子墓園的人是丹，當初在餐廳裡慌張推擠布蘭登餘溫尚存的遺體的人也是丹。這是ＳＰ漫畫裡最經典的劇情設定，故事肯定結束在溫斯葬身恰夫家的火場之中，而死靈檔案管理員會在右下角的最後一格裡咯咯笑說：「嘿嘿嘿！看起來這些火辣辣的書不只點燃了布蘭登熱烈的慾望，也讓阿丹溫暖得汗流浹背囉！等不及幫你撒骨灰了，小賴打！嘿嘿嘿！」坐在已逝編劇兼編輯身旁的丹彷彿轉動中的烘衣機那般劇烈顫抖，接著，在意識到自己做了什麼之前，他便在口中嘗到令人毛骨悚然的銅味。

接下來發生的事似乎都不在丹的控制之下，彷彿他的某條神經突然想起上次遇到同樣情況時做了哪種反應——無法說話、噴血、被布蘭登・恰夫紋風不動的龐大身軀卡死在座位上——於是下達了同樣的命令。依著恐懼烙下的肌肉記憶，他滿嘴是血地發出口齒不清的尖叫，試圖推開一旁座位上的恰夫，好讓自己能逃出這裡。這次沒有餐廳經理在布蘭登另一側施加同樣的阻力，所以我們或許能說，丹的行動比上次在餐廳裡成功：受到驚嚇的年輕人說了聲「你幹麼」便跌到走道上，撞出巨大聲響。這時有個人（後來發現是勞夫・羅斯）衝上來，從身後抓住阿丹並大喊：「阿丹！那不是布蘭登！」但是此時現場已經一片譁然，以至於傑瑞・賓寇再度昏了過去，而米爾頓・細指起身大喊「我沒有笑！我的臉都是因為貝爾氏麻痺症才這樣！」之類有的沒的，同時又叫著警察到場怎樣怎樣還有鄭重警告怎樣怎樣。

事實上，當警察抵達，丹已經錯亂到開始自白他燒了布蘭登的公寓，所幸沒人聽得懂他到底含著血在亂噴什麼。當勞夫·羅斯自願開車送丹去醫院，警方看起來似乎和在場的所有人一樣都鬆了一口氣；夸斯比·邦森尤其如此，彷彿在前往地獄的途中逃過一劫。

從醫院再次縫合嘴脣回家後，勞夫在丹家中喝著咖啡，把邦森的故事交代了一遍。勞夫向丹道謝，因為這讓他有藉口離開布蘭登的葬禮，同時也對那位和布蘭登·恰夫如此相像的年輕人感到同情，畢竟對方遭到滿嘴血的男性歇斯底里攻擊。勞夫解釋，他之所以能想到那位年輕人是誰，是因為恰夫曾在幾年前某場漫畫大會結束後的夜裡酒後告白。

布蘭登·恰夫曾與琳達·邦森交往過，她是九〇年代一名頗有抱負的上色師。她後來告訴她的孩子，當初她之所以能在《美國人》擔任《萬能小兵團》的小上色師，全是拜他所賜——這裡的他指的是她的兒子。爾後當她正要開始發光發熱，卻又失去了那份工作。這個鬈髮的小男生名為夸斯比·邦森，雖然他與恰夫之間有著幾近荒謬的相似之處，但是恰夫從小看著擁有至高道德標準的超級英雄長大，想當然耳否認了這段父子關係。當然，驗血結果最終解決了這場羅生門，但到了那個時候，布蘭登起初便不想與夸斯比相認這點，早已在尚處發展階段的青少年心靈上留下了怨恨的印記。男孩本來就長得很像他急於撇清的老子，後來更想盡辦法刻意強調那種具有爭議的相似性。他曾看過恰夫的舊照片，於是便把穿著和髮型都改得和照片中的恰夫一樣；當他找到母親出於某種原因保留在抽屜裡二十多年、爾後根本忘記留著的墜子，更是欣喜若狂。根據留在葬禮上的其他人說，當夸斯比從丹莫名其妙的血腥攻擊中回過神來，起身朗讀了一整篇悼詞，開頭是：「我爸是個自私的混蛋，從來沒為我或我媽做過任何一件事。沒有啦，我開玩笑的。」而所有人都同意他和父親非常相像。

勞夫在丹家裡待了一、兩個小時，確定丹沒事。因為丹的嘴巴，兩人嚴格來說並沒有聊天，不過溫斯後來做出的職業生涯決定間接證明了，當時的交流內容確實是促成溫斯下定決心的轉折點。勞夫問他追根究柢問題在哪裡，而在他重複說著「佛負泛法」幾次之後，兩人終於達成共識，明白他說的是「就是漫畫」。於是勞夫便滔滔不絕地說起自己對這一行的缺陷有多遺憾：

「哼，可不是嘛！就好像每當有人說起業界裡的故事和趣聞時，你就知道每則故事都會以可怕的結局告終。聽到的永遠都是『巨人威爾森的創作者開車去撞牆了，但他本來其實想跟某人同歸於盡』，或者『山姆．布萊茲以前會坐在檔案櫃上，把繪師的薪水支票丟到地上，好讓他們彎腰去撿的時候得朝他鞠躬』，不然就是『然後他就自殺了』、『然後他為了趕稿睡在公司，結果心臟病發』、『然後他就把女朋友切成八塊』。這些故事不是悲劇就是恐怖故事，不然就是兩者兼具。

「我的意思是，我曾經做過其他行業，所以，對，我知道所有行業其實都是這個樣子。我知道這種屁事到哪裡都會發生，但是漫畫界的嚴重程度卻比其他行業高出五、六十倍，你知道為什麼嗎？因為荒謬性。這是我所得出的答案。因為這些畫給小孩子看的角色他媽的笨得要死，而背後負責編劇、作畫還有出版的人卻過著駭人聽聞的可怕生活，兩者之間如此脫節。那就好像我們一方面看到黏土人皮特把自己變形成熱氣球飛到火星上，同一時間又看到山姆·厄爾被帶到粉紅屋裡灌醉，醒來發現自己和其中一個小姑娘上了床，覺得這是背叛深愛妻子的該死行為，雖然這輩子只發生過一次但他還是決定開槍轟掉自己腦袋。這就是所謂的漫畫界，一切如此荒謬、怪誕，轉個頭便發覺風格驟變，同時間詭異和難以言喻的恐怖又隨侍在側。

「至少我以前覺得這就是全部的理由。但是，當我在《美國人》工作越久，就越覺得還有其他原因。我耳聞過《美國人》高層的行徑，也親眼見過某些事情……」

這時丹·溫斯說了一聲「費浮？」接著又連續重複了八、九次，最後勞夫才懂他其實在問：「例如？」

「例如說索歐·史蒂曼好了。大概一、兩年前，我在某本週日雜誌[68]上看到一篇文章在講黑海附近的考古學發現，那塊區域曾經是羅馬帝國的東界。他們在當地挖出一幅一世紀左右的古老鑲嵌畫，並認為這幅畫在描繪作家陸西恩[69]，亦即寫下第一篇月球旅行作品的作者。雜誌上刊出了鑲嵌畫的照片，而畫中的陸西恩身旁站了一個穿西裝、戴眼鏡的老頭，一隻手放在陸西恩的肩膀上，另一隻手比出了讚。我告訴你，阿丹，這他媽的太詭異了。或者我們說大衛·莫斯寇維茨好了。都沒有人注意到他越來越矮了嗎？我在七〇年代認識他，當時他至少還有一八二、一八五。你聽我說，你在《美國人》待得還不夠久，和海克托·貝斯鬧翻之後就去幫《偉漫》寫劇本了，所以你沒遇到最糟的情況。後來米米·卓客接受了所謂的突破性療法，又搞出更多奇事。」

丹在此時突然插話：「啊蹭喔呃？」他這樣掙扎了一、兩分鐘，勞夫·羅斯才有辦法繼續唱他的獨角戲。

「說真的，阿丹，你這樣根本沒辦法說話。我問你，你還在《美國人》的那段時間——在和貝斯吵架之前——你一定曾被米米叫進辦公室吧？至少去過一次？不用多做解釋，點頭

68 傳統報社會在週日出版的報紙中夾入一本額外的增刊，包括專題文章、專欄、小說、漫畫等各種內容，調性通常較為輕鬆，也不如正刊及時。

69 Lucian（約為 125-180），羅馬作家，譯名也做路吉阿諾斯（希臘文發音）或者琉善。

或搖頭就好。」

他閉上眼睛一會兒，然後點了點頭。是的，丹．溫斯曾被叫進米米．卓客的辦公室。

「嗯，那你一定記得她整間辦公室裝飾的重點，那個她會忍不住講了又講的東西，對吧？」

丹再次點頭，嚥下溫熱的口水，因為回憶而一陣雞皮疙瘩。

「法方凹放。」

勞夫嚴肅地點點頭，已逐漸習慣編劇前同事毫不清晰的口齒。

「對，就是牆上那張照片。尺寸驚人，還裱了框，好像是阿維當[70]還是誰拍的，照片中米米的參議員父親在和奧古斯托．皮諾切將軍打高爾夫球。所以你看過，很好，那你每次進去辦公室的時候，她是不是都會做那件事？」

這次丹迅速點頭，彷彿機器一般不斷重複，難以自制。對，米米做過「那件事」。那是一種強迫性的暴露行為，讓人感覺副總裁本人「好像」真的沒意識到自己在幹麼。她幾乎隨時都在做那個動作，膝蓋打開又併攏，打開又併攏，來來回回，彷彿擋風玻璃雨刷般催眠。或者，她會坐在旋轉椅上，並將一隻腳跨上其中一邊的扶手，左腳還是右腳不一定，看她心情。她會在任何場合做這些動作，面對編輯、面對編劇、面對繪師，無論對方的性別或年齡。她曾經在雷霆俠主題的講座中這麼做，滿屋子十三歲童子軍看得目瞪口呆；還有一次則是差點在大衛．萊特曼的直播節目上失態。那些動作已經無關乎性不性感，事實上還帶著執著、彷彿鐘錶失常般的感覺，其實非常嚇人。勞夫嘆了口氣。

「好，所以你也知道那件事。米米以前就會有些脫序行為——比如說把籃球隊帶進辦公室，在通風口下方做愛，好讓所有人都聽得到她的叫聲，或是波拉克常說的，他第一次來《美國人》時在電梯裡看到的那件事——誰知道她到底怎麼了呢？我以前覺得最有可能的解釋是，在漫畫界獲得一丁點權力就會讓人變成神經病，讓他們覺得自己想做什麼都可以，反正一切都像在做夢。但是當米米．卓客接受了所謂的突破性療法，好像這些行為都被正常化了，甚至可以說是健康的。

「事情是這樣——時間差不多在五年前，大約是二〇一〇年左右——我在《美國人》公司裡，米米．卓客突然從走廊牆壁上的網花裡冒出來，親了我臉頰、打了招呼，然後叫我去她辦公室，說有東西要給我看。當時我心裡馬上想說『拜託不要給我看她的子宮頸』，但是她的行為舉止似乎又和以前不太一樣，連她平常的低音咆哮都有種少女的興奮和輕快。於是

70　Richard Avedon（1923-2004），美國時尚與肖像攝影大師。

我們來她的辦公室，她坐在桌緣，朝我伸出一隻手，然後問我覺得怎樣。她手上戴著一只鑽石婚戒，差不多有她的頭那麼大，價格肯定超過我家的房價。我露出驚訝的表情，問她什麼時候結婚的，她就微笑了一下，指著桌上相框中一張小小的照片。我得靠過去才看得清楚照片裡的人。

「那是……那是一張婚禮照。米米站在照片的右側，穿著一件美到不行的白色婚紗，對著鏡頭微笑，我從來沒看過她那麼幸福的樣子，好像整個人因為喜悅都亮了起來。然後，我想你應該可以猜到左邊的新郎是誰了。」

勞夫的話斷在這裡，丹發現他的手在發抖。

「阿丹啊，這不是我編出來的喔。她桌子上那張結婚照裡的新郎，是另一張照片，就是掛在她辦公室牆上，她爸和皮諾切拍的那張。那張照片連同鍍金相框一起站在她旁邊，立起來和她差不多高，相框最頂端還用膠帶黏著一頂猶太人的圓頂小帽。我盯著那張結婚照看了差不多五分鐘，才有辦法意識到到底發生了什麼事。米米・卓客已經正式嫁給了她的親生父親——還是參議員喔——和惡名昭彰的智利獨裁者在打高爾夫球時拍的黑白照片。更糟的是，她之所以把我叫去看他們的結婚照，是希望我能說出什麼祝福的話。最後我勉強擠出『天啊，米米，恭喜妳。你們皮膚看起來都很好，很像……亮光紙』，接著她便愉悅地發出幾陣低沉聲音，說她知道啦。

「就在這時，我才注意到那幅和她結婚的巨大相片已經不在牆上，只剩下一個顏色稍深的四方形。我問她，她便說『拔和奧』——把拔和奧古斯托——現在在家裡，她答應要租DVD回去和他一起看。接著我才得知，結婚這件事是公司請的諮商師建議的，目的是要緩和她性衝動造成的問題。整個概念是讓她和她認為最重要的事物立下承諾。顯然，最能讓她幸福的那個事物就是拔和奧。當下我坐在那裡試圖吸收這些資訊，聽她以交代機密似的語氣說著這些事。她說她知道我在想什麼，事實上她所謂的知道比我真正在想的還複雜；她說這段婚姻關係純粹是柏拉圖式的，希望我不要誤會她跟拔和奧，他們之間沒有任何——我也不知道怎麼說——亂倫的可能。

「然後……阿丹，接下來才是最糟糕的部分，那真的是我見過最可怕的畫面。她坐在辦公桌上，又開始做平常那個動作。臉上滿足、做夢般的笑容沒有改變，但是膝蓋又開始打開。你應該知道，她平常開腿會開得非常突然，可能說話說到一半，她腿就像厚重的書頁那樣突然開了。但是這次不太一樣。這次的動作比較慢，而且……我也不知道，有種更戲劇化的感覺，好像在看代表我們這一代的某種戲劇化場面緩緩拉開序幕。她一公分、一公分地打開雙腳，而我……我沒辦法別過頭，因為覺得那樣會很失禮什麼的。然後她……她裡面完全沒穿，又兩腳全開，然後裡面……」

勞夫的雙眼黑得像炭，神情狂躁地瞪著公認的醜陋地毯，顯然他眼中所見的是更糟糕的東西。丹．溫斯興奮的想像力開始描繪起米米．卓客的裙子底下可能有什麼，不過最後想破了腦袋也想不出所以然。這時，勞夫抬起頭來，露出一臉李爾王突然發現自己要被查帳時的表情，看著話語難以理解、嘴脣如科學怪人的丹．溫斯。

「阿丹，裡頭什麼都沒有。沒有毛髮、沒有生殖器，就是……空的。可能有毛細孔吧，我不記得了。我不知道。那看起來就像塑膠玩具士兵，但是沒有球狀的可動關節。而且那裡一點疤痕也沒有，就好像她做了整形手術一樣。你要相信我，阿丹：所有東西都不見了，毫無蹤跡。米米意識到我懂了之後，便端莊地併攏膝蓋、撫平裙子，然後以非常嚴肅的表情看著我說：『我跟拔和奧，我不希望你覺得我們會亂來。』當時我基本上還在驚嚇狀態，所以便回答：『不會不會啦，米米，哈哈，一點都不會呀。』然後她就直接帶我走向門口，彷彿表演已經結束。但是她一邊走，一邊用心照不宣的語氣小聲對我說：『勞夫，我希望你記得，這間公司可以給你任何東西。我們想要的就是公司想要的，公司希望我們能得到內心渴望的事物。我保證，在《美國人》，有人會在上面看著我們。』然後我就逃跑了，跑進令人眼睛疲勞的走廊，試圖想起哪條路可以通向日光。」

勞夫看起來低沉沮喪、精神崩潰。他不發一語地坐著，對著已經涼透的咖啡直搖頭，彷彿在漫畫界眾多駭人的軼事之中，米米的表演節目是壓垮他的最後一根稻草。丹的心中滿是同情，他覺得這則關於米米・卓客的故事完美概括了他在布蘭登・恰夫死後對於漫畫的所有感觸（當然是以隱喻的方式）：這一行會將在其中工作的人去性別化、非人化，然後吸進另一個瘋狂的平行世界裡，那個世界沒有牆或邊界，只有永無止境的精神自由落體，且唯有在剛開始的時候可能會讓你覺得自己有了飛翔的能力。

丹・溫斯可能就是在這時決定，他一定得趁著自己的理智還有能力時盡快離開這個失常的產業。他和勞夫是曾共患難的兩兄弟，同病相憐的情誼在房內奔騰，彷彿肅穆的巨大洪流。他用一隻手拍了拍勞夫的肩膀以示安慰，並以從前未曾用過的方式開始傾訴自己的心聲。他的修辭彷彿燙金，在字句中耀眼燃燒，談及四色漫畫[71]打著純真的大旗，從充滿敗壞人士與欺騙者的化糞池中噴灑而出。他將字音拋光磨亮，一一詳述自己與海克托・貝斯之間

71　四色漫畫（four-colour comic books）是戴爾漫畫（*Dell Comics*）在一九三九到六二年之間出版的漫畫選集系列，名稱源於印刷時的CMYK四色。該系列的內容涵蓋西部、動畫、報紙連環漫畫等各種主題，包括迪克崔西及許多迪士尼漫畫，有學者認為該系列反映了美國五〇年代的流行文化。

史詩對抗般的驚人細節，將外界傳聞中兩人充滿各種情緒的爭吵過程幾乎唱成了一首歌。他猛烈咒罵現在的漫畫界成了兒童夢想的低能屠宰場，發誓他寧可立刻挖出自己眼睛，也不願在這座會吞噬生活、壓抑情緒的葡萄園裡繼續做牛做馬。他抱怨自己獲頒的山姆獎現在成了可怕病症的象徵，是一種未被承認的成年疾病。丹此時的語言之優美精緻，更甚於他一輩子工作的成果。他以此表達他所認知屬於人性的真理，連串的字句陳述及譴責如同火山噴發一般，幾乎能點燃這個夜晚。很不幸地，這二十分鐘的抒發聽在勞夫·羅斯耳裡全是「發福，喔扶，烏府，阿部扶」這樣的雜音。在溫斯說完後，勞夫給了他一個疲憊的笑容，並說：「聽到了，兄弟，你想說的我都聽到了。」嚴格來說也不算錯。

勞夫不久後便離開，於是丹點了中國菜外送，快速運轉的思緒令他沒有睡意，不斷想著自己是否真有勇氣堅持到底。他真的有那膽子離開自己從十二歲起就夢想擁有的工作、毫不留戀地放棄一輩子的努力、永遠不再回頭嗎？他不知道自己（或任何人）能否做到這件事，也不確定這種事是否真的可行。但是他必須這麼做，否則下場就會和沃斯里·波拉克、米米·卓客、布蘭登·恰夫一樣，甚至落至難以想像的糟糕境地。收到外送後，他從書架上抽出四本平裝本《復仇聯幫》想再讀一遍，或許能重新想起自己曾經有多愛這個行業。當初這套開創性的作品為丹贏得了兩座山姆獎。

他發現自己還是很喜歡這些故事，讀得愛不釋手，一直拖到將近三點才上床睡覺。現在的他仍對這部作品感到自豪，《復仇聯幫》在九〇年代早期發表時非常有開創性。在故事中，他讓初代復仇聯幫成員在分別數年之後再次見面，那時的他們單打獨鬥、歷經風霜，場面營造的氣氛配上相對寫實的臺詞——例如日神阿胡拉和野蠻獸之間的著名對話——是當年沒有人嘗試過的路線。他完全可以為自己的過往作品感到滿意，但是……

……但是這些作品嚴格來說不是他的。他並未創造出這些深受讀者喜愛、能做為銷售賣點的熱門角色。就丹所知，現代的讀者之所以有所共鳴，全都來自那些著名的偶像。創造出國家守護者、野蠻獸、坦克人、日神阿胡拉、迷你俠或迷你女俠這些角色的人，並不是他。想出把他們拉在一起畫成《復仇聯幫》故事的人也不是他。那都是山姆．布萊茲和喬．高德的功勞，或者說喬．高德一個人的功勞。這個來自貧民窟的強悍小夥子，受漫畫之神眷顧，擁有前所未見的豐富想像力，卻被山姆．布萊茲和《偉漫》奪走他所有的一切；如果再算上《偉漫》以他所創角色改編超級英雄電影獲得的數十億元票房，喬．高德可以說是人類歷史上最龐大竊盜案的受害者。所以，丹所自豪的就是這些東西嗎？成為其他人的共犯，一同奪取應該屬於真正天才的成果？這就是今日業界對於自己的行為、自己的作品所能給出的最大讚美嗎？他帶著這些念頭入睡，到了早上醒來時，意識到自己其實沒有選擇：他知道自己再也受不了了。

於是，他帶著自己所能鼓起的堅定決心前往《偉漫》辦公室，但完全沒想過確切計畫。他本來打算在交出辭呈的同時，對專橫傲慢的《偉漫》現任混蛋總編金恩．普曼發飆，把心中對業界的譴責一股腦地全說出來。不過他仔細想想後，覺得那樣實在太麻煩。普曼很可能根本不在公司，而是在外頭繼續想辦法搶錢，而且就算他真的在辦公室，大概也對丹．溫斯不屑一顧。無論丹是要辭職還是被車撞到，還是加入了男人男孩戀愛協會，普曼都不會在乎，只會在別人口中再次留下苦瓜臉阿丹的傳奇事蹟，並為他永無止境的不滿抱怨再添一筆。不能如此，丹應該做的是直接走進辦公室，收拾好自己的桌子、寫一封給公司的信，然後交出自己的辭呈、說明他心意已決。他對此感到期待，等不及要將心中的積怨全吐出來。

來到萊辛頓大道上的辦公室，他其實沒有得到預期中該有的宣洩。他搭電梯前往《偉漫》「豬圈」所在的五樓，在登尼．維沃斯以前的獨立辦公室外感傷地徘徊了一會兒。登尼在三年前被診斷出晚期攝護腺癌，但在那之前，他的辦公室曾是《偉漫》娛樂這間殘酷高壓工廠中一片平靜的理性綠洲。登尼曾是這行裡最好的編劇，可能也是漫畫界裡唯一的成年人。或許知道這一點給了他一些自信，他從來沒像其他同輩人那樣成為幼稚、憤恨的大便機器。丹幾乎是以崇拜的態度看待登尼和他太太黛安，而現在這兩人都不在了，當初登尼臨終前，丹幾乎每天都會去醫院探望。當丹提議要訪問登尼（且用丹的手機錄音），請他談談最後對漫畫界有什麼想法時，登尼甚至表現得很熱情。不過那篇訪談後來從未發表，其文字稿至今仍收在某處。他站在登尼的前辦公室前，憂傷地凝視那扇門，覺得自己應該把那篇文章挖出來。

丹擁有的偏僻小房間基本上小到不像辦公室。如果要前往，丹就必須像往常那樣強行穿越豬圈。這光想就令人沮喪。他停在豬圈的入口處整理心情，深吸一口氣，然後不帶任何希望地推開地獄之門。

他十歲第一次讀到《偉漫》的殘酷豬圈，是在《偉漫》所有月刊漫畫中都會刊載的「豬圈快訊」專欄裡。以前的丹都想像這個地方會是刺激有趣的成人遊樂場，每個大人來到這裡都能放下成熟的包袱，永遠當個對任何事物都充滿熱情的小學生。還沒進入青春期的丹會在腦中想像「強棒」喬．高德在此與同事們一邊抽菸，一邊交換有趣的故事，「瘋狗」羅伯．諾法克、「神經質」傑夫．史蒂文森、「頑皮鬼」法蘭克．賈汀諾，而惡魔山姆則趴在打字機上創造出所有角色。也許「小可愛」溫蒂．迪翠克會負責幫所有人端咖啡，沒有人逼她這麼做，而是她真的很喜歡端咖啡。丹小時候想像的豬圈是有超級英雄居住的伊甸園。

他現在站在共同工作空間的入口，整個空間大約等於四座普通大小的客廳。工作空間中央是彷彿廁所隔間般的五乘六格矩陣，每一格都是沒有上蓋的盒子，且幾乎都裝著一名神情憂愁的草圖師或線稿師，正在葬送他們本身的才華。這裡無窗，電燈光線也不足，你幾乎可以看到每一座創造力的飼養欄上方都籠罩著一片絕望與焦慮的迷霧，像是燃燒心靈而升起的汙濁香菸煙霧。有著大屠殺倖存者眼神的繪師彷彿籠飼母雞，所有敏銳的感官都為了活下去而遭到鈍化，他們匆匆畫下彼此連接的橢圓形，然後像是創造氣球動物一般將那些橢圓扭轉成角色的草稿。丹認得出來，那是甲蟲男孩、野蠻獸或神奇博士。手指在鍵盤上的敲擊聲此起彼落像是淅瀝雨鳴，標示著哪位編劇蹲在哪座地牢裡，某處有人在喃喃自語：「我**覺得**我想出情節了。我**覺得**我想出情節了。」不斷重複的扁平語氣讓丹覺得，他應該其實什麼都還沒想到。相較於真正的豬圈，這裡的味道沒有那麼難聞，但也同樣沒有那麼清爽和自然，不過無可否認的是，兩者都關押著不快樂的動物。丹認識其中一、兩名囚犯，他們與他對上視線，但又迅速撇開目光，不是因為討厭丹，而是因為害怕自己在應該努力工作的時候對敵人表現得太過親切；在開放式的環形監獄中，每次分心都會被輕易發現。

勤勞而高壓的中央圍場周邊圍繞著一條環狀走道，有六道門通往不同方向，門後都是編輯以及丹這樣的編劇兼編輯駐紮的獨立邊間。走道的地毯是令人沮喪的醃黃瓜綠，從上頭磨損的程度就能推斷哪些路線最受歡迎，哪些又最令人想要避開。比如說最無人涉足的地段就在金恩・普曼的辦公室門外，也就是丹現在正在靠近的地方。丹曾經說，當頂層掠食者（例如狼）與一群主要獵物接觸時（例如馴鹿），掠食者會建立起一種叫恐懼地圖的東西。在這張地圖上，獵物會因為被咬死的機率增加而遺棄曾經受歡迎的區域（例如放牧區），轉而前往營養較少但是更加安全的地區。這麼說吧，金恩・普曼辦公室外那塊深色地毯看起來一點也不像最近曾被馴鹿啃過的樣子。

丹經過那扇人人迴避的門，門是敞開的，他鬆了一口氣，因為普曼這天不在辦公室裡，不過整個空間還是瀰漫著他濃厚的存在感：曾是普通漫畫工作者辦公室的空間，現在疊加上了設備齊全的高科技健身房，這個健身房是普曼試圖追求超人體魄的計畫之一。他的辦公椅被換成了一架健身飛輪，車子兩旁還擺著舉重機器，而在其中一面牆邊，影印機被設計成兼具鞍馬功能。迷你跑步機彷彿座墊一般丟在一旁，等待辦公室的主人發現自己只是瞪著牆壁發呆時抓緊機會健身。聳立於這一切之上的是普曼的空中飛人安全帶，由一條鐵鍊自天花板垂下。他之所以裝了這個東西，就是為了親自示範以他為藍本的角色「最棒俠」的各種動作，好讓一大群受到驚嚇的繪師可以拿著素描本在下方擠滿沙包的房間內臨摹。

最棒俠這個角色之所以不受歡迎的原因眾多，其中之一是金恩・普曼非常人一般的體型。確切來說，是因為普曼的身形實在太寬了。不是胖，絕對不是，他就只是……非常寬闊。他看起來就像用原子筆畫在氣球上的人物，然後一吹氣就往四處延伸，或者像是他搞錯螢幕設定，顯示比例跟其他人完全不同。說實話，丹有時會看著他看到眼睛發疼，彷彿他是某種特別刁鑽的視覺錯覺。除了擁有不討喜的外表、個性和名聲之外，普曼這人還真的非常倒楣。只要仔細想想普曼任內遇到了多少悲慘的意外事件，就很難不覺得這個可憐的傢伙真的倒楣到了極點——員工過勞死，或者，先是幾千張的喬．高德原稿被盜，隨後又遇上《偉漫》被法庭要求將這些原稿還給高德。《漫畫沉思者》在二〇一三年重印了朱利耶斯．梅岑博格的精神分析療程，道上都傳聞普曼就是梅岑博格在訪談中提到的那名年輕編劇；這名年輕人在電話旁邊備有一件乾淨的褲子，因為只要梅岑博格打來，他就會嚇到挫屎。當初那樣的人最後卻吊在辦公室的天花板上，穿著特別寬的戲服假裝自己是最棒俠，丹覺得自己可以理解為什麼有人會有這樣的職業進程。

丹離開金恩．普曼辦公室前，繼續沿著醃小黃瓜色地毯上比較多人跡的路徑前進，向右轉過一個銳利的轉角，就看到自己的小房間。他抱著複雜的情緒打開房間的門，意識到這可能是最後一次了。丹走進房間。在過去五年裡，他不斷強迫自己認為這間迷你實驗動物箱其實非常「舒適」。說真的，他也不像普曼需要那麼大的空間，不需要在房間裡擺上那麼多槓鈴、垂掛繩或肋木架。

丹的房間裡只有一張桌子、一張椅子和一座獨立書架，架上雜亂堆著丹的參考資料；這些參考書都是所謂的「傳家寶版本」，重印了復仇聯幫各成員在早期正史中所有的個人冒險故事。書架最上方坐著丹的一對山姆獎座，左右各一，以保對稱。獎座本身九英寸高，刻的是《偉漫》開山祖師山姆．布萊茲的諷刺漫畫造型雕像，有著卡通化的角、帶倒鉤的尾巴，手裡還拿著乾草叉，不過臉上那道路西法式的壞笑毫無疑問出自於布萊茲本人。房間牆上貼滿了動感風格的海報與宣傳品，大部分都在宣傳丹自己的書；當他在二〇一〇年終於獲得個人辦公室時，覺得這樣的裝飾風格很休閒、很現代，不過現在看來就有些自鳴得意，而且太像青少年。丹嘆了口氣，把自己疲憊的身軀放到破舊的旋轉椅上。

他現在知道了，自己之所以覺得這個工作空間如此令人沮喪，一部分是因為法蘭克．賈汀諾的魂魄（或至少是他的氣場）仍然徘徊在這裡。法蘭克是個顯然缺乏天份的線稿師前輩，是這間勉強稱為辦公室的空間好幾任之前的主人，丹花了一段時間才搞懂為什麼一介線稿師——其是像頑皮鬼法蘭克．賈汀諾這種能力低下的人——能夠擁有自己的辦公室，而喬．高德和羅伯．諾法克這樣的人卻得像奴隸一般擠在血汗豬圈裡。丹加入《偉漫》時法蘭克已經離職多年，所以兩人從未見過面，不過他記得曾在一張模糊的相片中看過這位前輩。當時是六〇年代初，那張照片被刊在二十五分錢一本的翻印書《偉漫大事件》裡塞版面用的頁數上，他們在特別專欄裡放了好幾張「豬圈戰隊」的照片。那些照片中有矮矮胖胖的喬．高德，雙手驕傲地在胸前交叉，笑開的嘴裡咬著一小截雪茄；近視且即將退休的羅伯．諾法克則因為害怕相機而半撇開頭；除此之外也有法蘭克．賈汀諾。照片裡的法蘭克和喬．高德一樣露齒微笑，不過差別在於高德是對著鏡頭笑，頑皮鬼法蘭克則是在半世紀前的那個明媚午後，瞇著眼笑著打量其他人，因為其他人都被謊言蒙在鼓裡，不像他一樣知道事情的真相。

丹最終得知，法蘭克．賈汀諾這人的事蹟幾乎可以列入書架上犯罪紀實的區塊。在四、五〇年代時，小型漫畫出版社被在地黑手黨找上門似乎是稀鬆平常，黑幫會向出版社建議該怎麼做才能保全他們的辦公室而不會發生火災，哥利亞漫畫也不例外，不過山姆．布萊茲以某種方式說服黑手黨簽下魔鬼般的契約，讓哥利亞不必繳交保護費，改為聘僱黑幫頭目薩爾瓦多．賈汀諾的無業年輕姪子。表面上來說，小法蘭克是一名線稿師而非繪師（如果說只要曾用墨水筆重畫鉛筆草稿就算的話），負責為鉛筆草圖加上體積、份量和質地紋理。而公司內所有人一致認為，頑皮鬼法蘭克唯一的優秀之處在於能將喬．高德藝術品般的草稿畫到差強人意，必須要有特別的才華才能做到這一點。

法蘭克．賈汀諾之所以能完成這項空前絕後的壯舉，其中一個原因出於他對於口交的嚴格要求。或許是透過薩爾叔叔的安排，總之每個工作日下午五點都會有一位專攻口交的職業妓女來到頑皮鬼法蘭克的辦公室，非常準時，分秒不差。因此，如果到了四點半時法蘭克還沒畫完《神奇五超人》的原稿墨線（精美的草稿全來自喬・高德的傑作），他會直接拿起橡皮擦，抹掉背景中的幾座高樓大廈，或是從複雜的多人場景中擦去他認為多餘的人物，好讓自己能準時被吹個爽。曾經有幾個月，那套漫畫根本應該改名為《神奇三超人》。

法蘭克是黑手黨裡貨真價實的次要成員，丹一直都認為，讓這樣的人成為公司的一員一定在某種程度上激起了惡魔山姆不受控制的自負心。布萊茲很喜歡和法蘭克一起鬼混，或許是希望能沾染一點犯罪組織成員的魅力，據說頑皮鬼法蘭克曾帶布萊茲到他薩爾叔叔所開的紳士俱樂部裡喝酒，這則故事也不斷掛在山姆嘴邊。可惜的是，山姆・布萊茲連對普通社會都只有非常稀薄的一知半解，對於法蘭克的叔叔所代表的五大家族更是完全不懂。因此，當他面對整屋子的黑幫成員——法蘭克・賈汀諾很可能也算是其中一員——布萊茲竟然調皮地模仿起詹姆斯・賈格納[72]，罵他們都是「骯髒鼠輩」，然後假裝拿著衝鋒槍把所有人一一擊倒。五十名表情疑惑的兇殘男性頓時將手伸進胸前暗袋，而法蘭克立刻跳出來保護雇主的性

72 James Cagney（1899-1986），美國演員，以飾演黑幫角色出名。前文「骯髒鼠輩」一詞引申自賈格納一九三二年的電影《Taxi!》。

命：「拜託，不要這樣，那傢伙就是蠢而已，我馬上帶他離開。」

坐在法蘭克曾經的辦公室裡，丹覺得這位拙劣墨稿師許多討人厭的行為仍在此徘徊不去，這時他突然想到，法蘭克在二〇〇五年的死法就和他生前的生活一樣充滿疑點。法蘭克的死是一場無人知曉的意外，大家第一次聽到消息時便是他的葬禮公告，且葬禮上的棺木將封死，不開放瞻仰遺容。眾人摸著下巴、皺起眉頭，不得其解，尤其是有人說前一週還見到法蘭克活蹦亂跳，仍是一副頑皮鬼的模樣。最有可能的原因大概是法蘭克參加了證人保護計畫，不然就是成了魚群的鄰居，這也非常有可能。

就像勞夫．羅斯前一晚所說，漫畫界的每則故事都必定以自殺、肝衰竭、精神崩潰作結，否則就是結束在閉棺的葬禮上。丹桌上有封未拆的信，上頭印著二〇一五年薩特漫畫展的標誌，無疑是想要求丹確認是否參加九月底的狂熱聚會；鑑於目前的消沉狀態，丹完全提不起興致。這幾年來，薩特漫畫展已經不只是漫畫博覽會，而是更像奇裝異服的跨物種狂歡盛會[73]，現在丹幾乎可以確定，這場活動的唯一功能是產生全新的噁心故事與新鮮的墮落傳說。大會上一定會發生某些非常恐怖的事情，任何事都有可能，而在那幾天中發生的所有事件都將收錄至沃斯里．波拉克的病態作品集中，成為另一則滑稽奇談。丹坐在昔日黑幫成員的性愛洞穴，後來又被挪用成為自己辦公室的空間裡，疲倦地將信封推至一旁，繼續思考自己回到這裡的原因。他本來是想在拋下一切之前，找出自己在漫畫界留下的痕跡做為紀念品，不過這時的他只覺得噁心，並有些後悔來到這裡。

山姆獎獎座從書架的頂端朝他蔑視，一左一右，狡猾的模樣彷彿早就料到會有這個場面。丹覺得自己就像面臨道德抉擇的卡通角色，兩邊肩頭上各站著邪惡與良善，只不過在漫畫界的版本裡，良善並不存在。因此，當角色的耳中只聽見兩方邪惡的建議，所謂的抉擇就不在於個人的善舉或惡行，而是你想當個邪惡的存在或者大殺四方的駭人怪物。站在左邊的惡魔山姆雕像可能會說：「真理的追尋者你好！順從自己的渴望，做出你會一輩子後悔的可怕決定吧，這樣不是很爽嗎？」然後站在右邊的會反駁：「探索永恆的勇者啊快看我這裡，不要聽那個死玻璃的話！把整座孤兒院變成你的酒池肉林！做出所有人都會一輩子後悔的可怕決定吧！」

丹倒在座位上，苦思著所有一切——山姆．布萊茲、整個漫畫產業、喬．高德、米米．卓客、法蘭克．賈汀諾、布蘭登．恰夫的餐廳之死、恰夫公寓失火、恰夫的葬禮、金恩．普曼、登尼．維沃斯，所有事情——他突然發現，那個充滿沮喪、焦慮，在自己成人生涯中永

73 薩特的原文為Satyr，是希臘神話中的羊男，同時也是懶惰、貪婪、縱情酒色的象徵。

遠隨侍在側的聲音，這時已經完全安靜下來，消失得無影無蹤。他既沒冒冷汗，也沒有不由自主抖腿或是啃咬下脣的新縫線。他驚訝地意識到自己原來如此平心靜氣，正處於一種出乎意料、令人著迷的清醒狀態，而且非常清楚自己該怎麼做。

他並未帶走任何宣傳海報或傳家寶版本漫畫，貼滿業界評論的剪報活頁夾也都被留在原位。他沒去看那些未拆信件（尤其是薩特漫畫展的邀請函），也沒拿走書架最頂端的山姆獎；他沒有帶走任何東西，就只是站起身，最後巡視房間一圈，然後離開。他沿著原路撤回，經過綠軟糖色的地毯、隔間奴隸們紛紛迴避的視線、金恩・普曼的辦公室及其半掩的門扉。他看了最棒俠的懸吊裝置最後一眼，允許自己露出一抹似有若無的淺笑。不必傳家寶、漫畫大會、獎盃或任何漫畫評論，這間公司裡若有任何人真心想要抵抗地心引力，其實只要放下肩上名為偉大漫畫的重負，就會懂得飛翔是什麼感覺。

丹・溫斯溜過豬圈的門，經過登尼・維沃斯從前的工作總部時，對著小房間溫柔、敬重地點頭致意。他彷彿從沉悶流水生產線的漫長夢境中清醒過來，逐漸意識到一切都不是真的，他再也不需要去做那些事了，從來就沒有必要。丹沒料到會這麼簡單，兩座山姆雕像才在他的幻想中競爭到一半，他便決定「夠了，一切到此為止」。業界術語和辦公室政治複雜的禮儀規範現在都如蛇蛻，從他身上一塊塊剝落，露出底下新生的粉紅色個體。怎麼會呢？

他甚至還沒走出這棟樓的大門，人還站在逐漸下降的電梯裡，就已經忘掉變體封面的各種印刷設定。他心跳加速，因為突然間的失重狀態而頭暈目眩，對於該怎麼寫辭職信有了各種新的想法。他攔了計程車回家。

他進入一種新的狀態，腦中充滿令人興奮的計畫和嶄新觀念，且都與國家守護者或坦克人無關，這可是多年來第一次。這個決定將帶領他躍向未知的領域，他將所有做法演練了一遍，看起來全都非常可行。他在幾年前曾受幸運女神眷顧，當時電影宇宙系列的第一部作品《復仇聯幫：開局》剛上映，而丹接手漫畫書系列後的第二冊也在差不多時間上架；那本漫畫在陰鬱的回憶片段中提及團隊組成起源，銷量之高，不僅前所未見，事實證明也後無來者。有些人有家庭的負荷，有些人有毒品或嫖妓的惡習，不過丹兩者皆無。換句話說，這次成功令他擁有相當可觀的帳戶餘額。他完全能夠離開曼哈頓，到別的地方生活，例如搬到小時候長大的中西部。他有足夠的錢過上幾年舒服日子，為自己爭取到一些時間，去創作一直想寫的作品，偉大的美國非圖像小說。不必工作後，也不必將所有的創意在每個月出刊時清空，丹發現新的靈感時時湧現，自己進入許久未有的創作高峰，非得將它們化為什麼東西不可。某種與圖像無關，也許接近文學性的作品。

他大概知道自己該如何離開：從《偉漫》辭職只需要寫封信就夠了，甚至寄簡訊也可以，但是要告別整個漫畫產業，似乎得用更有創意的方式，某種涵蓋他所有想法和感受的巧妙結語。

他靈光一閃，想到可以用一頁連環漫畫的形式來做為這項聲明，既新穎又適切；前提是這篇漫畫的主旨必須切中要害，表達出目前仍在成形中論點的核心問題。他坐在餐桌前，沐浴在筆電螢幕藍白色冷光之中，想到了漫畫界最具象徵性、同時也是漫畫界的第一則故事。那是屬於戴夫．凱斯勒和賽門．舒曼的故事，描述他們如何一起坐在德拉瓦州星光熠熠的科幻夜裡，以筆墨創造出一種全新的強大存在。這個存在擁有的重力極其驚人，足以吸引萬物，改變兩人的命運，並扭曲行經他們周圍的文化。丹甚至知道該如何將雷霆俠自其創作者手中被竊取這件事連結至美國企業的誕生，整個概念涉及的領域隨著他深入思考而逐漸擴大。他的腦海莫名跳出某個畫面，畫格中的戴夫．凱斯勒仰臥在太平間的大理石板上，勤務人員從畫面外伸進手來拉起雷霆俠的金色披風蓋上凱斯勒的臉。這個畫面讓丹下定了決心，無論結果如何他都要完成這篇漫畫。

該如何大膽行動的可能性如花朵般綻放。他將以雷霆俠做為漫畫界的縮影，同時又以漫畫產業做為整個美國的縮影。這部告別之作可能由數個部分組成，如同拼貼畫或馬賽克作品，以容納所有必須提及的不同事件。他可以從許多角度完整探究雷霆俠這個概念，徹底捕捉關於這個角色及其文化影響的一切細節和討論。他會納入登尼．維沃斯的訪問，以及當他在電腦上輸入初步筆記時腦海中自動浮現的某些元素。他還沒想到標題，不過有自信它會在時機成熟時自動出現。一切都會非常順利。

他會把這份由多個部分組成的告別信投稿至某本有較嚴肅、較有分量的業內雜誌，然後就此消失、人間蒸發。反正他本來就很少與同行的人聯絡，就算完全停止來往，很可能也不會有人注意到。丹頓頓時覺得自己無所不能，一陣狂喜，不懂自己怎麼沒早點這麼做。在他踏出豬圈大門那刻起，所有壓力便都煙消雲散，天曉得自己以前到底中了什麼邪。他確信離開漫畫界這項決定將為自己的生活帶來許多重大改變，至少將大大延長他的預期壽命。

他感覺雙手激動、狂熱。他開啟新檔案，開始創作那篇關於凱斯勒和舒曼的連環漫畫。他一如以往地在文件最上方寫下「第一頁」、「第一格」，然後立刻開始工作，整個人沉浸其中，以於完全沒注意到公寓內發生的事。

被冷落在沙發上默默看著這一切的坦克人嘆了口氣，回音在銀色頭盔內側反彈迴盪。金屬眼眶中的人類雙眼失望地瞥向坐在一旁的野蠻獸，投以詢問的眼神。藍色巨獸反感地搖搖碩大的腦袋，表示自己覺得這傢伙已經沒救了，不想再待在這裡繼續等待，而坐在他旁邊沙發底端的國家守護者只能黯然點頭同意。丹．溫斯趴伏在筆電上，看都沒看他們一眼。他們一個接著一個，無奈地起身。守護者拿起斜靠在咖啡桌旁的風格化老鷹圖騰盾牌，和其他人一起經過毫不在意的作家身旁，朝門口走去。顯然在生氣的野蠻獸順腳踢翻了丹的廢紙簍，畢竟他們可是復仇聯幫。

他們默默離開，從此沒再來過他的公寓。

16 二〇二一年，一月

那東西有著一千顆頭，如同週日陽光一般傾瀉在大家都認得的著名大道上，彷彿某種五顏六色的繽紛氣體或者有機生物，斑紋點點，如膠沾黏。牠宛如綿延一英里長的舞龍，以旗幟為裝飾，翻騰、踩跺、波浪起伏、執行各種儀式，邁向牠所渴求的災難性結局。

在眾人震驚沉默的注視下，牠吹響口哨、咆哮、吟唱、大笑，高呼想要殺死的人的名字。在前方，白色建築物的大理石圓柱彷彿火箭噴嘴，將圓形的屋頂推入正午的藍色天空中，而牠有如不停蠕動、聚合的巨大憤慨之海，沖向建物正面，淹入其中，潑濺在條紋大理石門廊上。牠數量眾多的腦袋猛然撞向堂皇宏偉的建築物正面，炸裂成偏激的蝴蝶，而一面面畫了星條紋、萬字符、加茲登蛇[74]、各式字母和耶穌的旗幟便成了翻飛拍打的翅膀。

74 Gadsden snake 是起源自十八世紀的美國革命期間的旗幟，曾是美國海軍陸戰隊第一面旗幟，黃色旗面上畫著一隻響尾蛇，並寫著標語「別惹我」。

牠長出無數隻手，拿著告示標語、對講機、電擊槍、束帶手銬、胡椒噴霧和管式炸彈，身上穿的T恤則喊著勞動使人自由[75]。牠肩上扛著絞刑架的零件，前來慶祝凝聚性、歷史與真相的驟逝。牠的喉嚨如管風琴般倍增，發聲彼此複合混雜，大聲宣告一長串廉價的低俗幻想，聚合而成的心智正覺得自己在為這幅尚未完成的愛國畫作貢獻了豐富的一筆。這是一頭眾人的野獸，色澤飽滿的血液放聲高唱，心臟充盈著熱烈的不可能之事物，朝著難以面對的現實嚎叫。

疫情期間在家工作的日子讓沃斯里．波拉克一部分意識蒸發於空中，他對著電視螢幕眨了眨眼睛，不確定到底發生了什麼事。

收藏品陳列室在他周圍展開。在家工作之後，這裡也成了他的辦公室、餐廳，偶爾（當他沒有足夠動力離開沙發時）甚至是臥室。每個可見的平面都成了看臺，供他心愛的角色——呈現鑄鐵小塑像、可動人偶、Q版絨毛娃娃、立體派樂高人像、飽滿的充氣玩具等各種形式——向下俯視穿著蜂之王四角褲的他。沃斯里試圖一邊看電視一邊讀雜誌，兩邊同樣失敗。

米爾頓．細指寄了一本《文化》雜誌給他，顯然是六〇年代同名雜誌的新版[76]。米爾頓在四年前離開了漫畫界，一部分是因為同意丹．溫斯的觀點，一部分是因為他自己的《超人協會》一直沒被出版而心生憤恨，他現在轉向撰寫影評、個人意見等文章，發展得不錯。他娶了喬喬，而她現在是卡爾廚房的店長，兩人似乎過得幸福美滿。米爾頓之所以寄來雜誌是因為，這一期《文化》刊登了細指近來唯一一篇以漫畫為主題的文章，也是該雜誌有史以來第一篇漫畫相關評論。文章的名稱是〈彈力緊身衣下的裸體午餐〉，內容似乎和神經學有關，但是沃斯里不夠專心，看不懂文章在寫什麼。他之所以分心一部分是因為靜音電視上的瘋狂影像，不過主要還是因為他被找去和《美國人》漫畫的高層會談，時間就在五、六週後。

是要宣布升遷或者即將升遷的前奏嗎？他當上總編已經五年多，期間兩、三位副總裁來了又走，目前職位空著，令他不禁揣測。不過這場會談可能也與一件事有關：《美國人》在他擔任總編任內發生了有史以來最嚴峻的衰退。雖然這完全不是他的錯，但是沃斯里也想不

75　這句標語引用自德國著名成語「勞動帶來自由」，這句話在二戰期間被納粹廣泛使用，並鑲嵌在許多集中營大門上。美國男子 Robert Keith Packer 在參與此次暴動時，身上穿的T恤便印有奧斯威辛集中營字樣和圖案，而圖案下方寫著「勞動代表自由」。

76　《文化》（*Kulchur*）是於紐約發行的文化評論季刊，依照譯者所查，第一期應為一九六〇年的春季號。這本雜誌初次發行時約二十期，風格傾向披頭族，是當年重要的文化雜誌之一，二〇一六年復刊。刊名 Kulchur 出自於美國詩人 Ezra Pound 一九三八年的非虛構作品 *Guide to Kulchur*，是對於「文化」（culture）一詞的諧擬，用來指稱一種對於文化感到自命不凡的狀態。

出任何辦法來改善這項困境。也許他們找他上去是想讓他消失在這個世界上，就像傳聞中米米·卓客的下場一樣。由於心情在忐忑與期待之間擺盪，沃斯里因此筋疲力盡，再想下去明顯有害無益，於是他試著集中精神，再次去讀細指的文章。

「如果你像我一樣曾和毒癮者相處過就會注意到，雖然許多上癮者沒有老套的『毒蟲』形象，大體上還是符合很多刻板特徵——時常發癢的蒼白手臂、驚人的減肥效率、總是留不住錢。簡單來說，即使我們只看見一群形色各異的人，但是他們身上都存在著一定類似的症狀，讓我們有把握認為這群人急需擺脫對於靜脈藥物的依賴。本文意圖證明同樣的道理也適用於部分當代漫畫迷：超級英雄就像毒品，將使成癮者失去任何社交發展的可能，並讓成癮者與他們可能厭惡卻深陷同樣折磨的人一起服膺於某一次文化中。你可能也會發現，無論渴求的是海洛因或英雄[77]，抱怨、消費需求與受害者身分都是這兩種上癮族群中常見的獨特基調。」

這段話在沃斯里看來似乎有些扎眼，而且他也沒有任何親身經歷能去證明這種令人反感的比較方式確實合理。比如說他自己好了，他就從來沒遇過有誰曾為了買新一期的《驚人甲蟲男孩》而提議要幫他口交。他把雜誌放到一旁沙發上，扔進披薩空盒以及《美國人》漫畫本月贈書的行列。在漫畫業當前衰退的狀況下，全部的贈書也就十來種，差不多只有《美國人》去年同期書種數量的五分之一，而且這些角色全都出現在目前停滯不前的電影宇宙中，包括《月亮女王》、《雷霆俠》、《蜂之王》、《英雄聯盟》以及轟動一時的超級惡棍團體《邪惡美國特攻隊》等其他作品。他知道整個產業遲早會走出低谷，因為……以前哪次不是這樣？除此之外也是因為，他實在無法想像每個月沒有新漫畫可看的世界到底會是什麼樣子。說起來，他有這樣的信心多少是因為身為圈內人，若非如此，他應該也會覺得目前的景象只是產業華麗繽紛的垂死掙扎，而大滅絕迫在眉睫。

的確，先是疫情爆發，然後整個漫畫界的發行系統跟著崩潰，驚慌失措的出版商竟然焦急地考慮是否該到街上擺檸檬水攤[78]來銷售自家漫畫，彷彿他們的危機處理策略是由一群十二歲小孩定的。後來隨著骨牌效應逐漸發酵，漫畫產業自己養出依賴性的系列電影也開始一一停擺，連帶頭的《偉漫》都似乎失去了以往的輝煌。許多事情的發展都非人所能控制，但如果漫畫界誠實反省的話，會發現整個產業的輓歌早在好幾年就已經響起，遠在蝙蝠和穿山

---

77 海洛因（heroin）和英雄（hero）的原文非常相似。

78 在炎熱夏天擺攤位賣檸檬水是許多美國人共有的童年經歷，這種簡易的檸檬水攤位被視為賺取零用錢、公益義賣或是社會實踐的一種方式。

甲共謀為全世界帶來新冠肺炎這項大禮之前。

其中一項最大的問題是，這個業界從繪師、編劇、編輯到出版商，幾乎每個人都是因為身為漫畫迷而加入這一行，這些人可能對蜂之王的故事無所不知，卻不曉得如何緩解漫畫產業幾近末期的病症，毫無任何創新或者可行的解決辦法。除此之外，另一個難題在於讀者群。目前僅存的漫畫愛好者已經萎縮至剩下十萬人左右，且大都是中年人或更年長的族群，這群核心受眾不僅是移情別戀而已，更是真正地一一死去。偏偏現今的觀念認為漫畫不該是兒童的專屬讀物，更有甚者覺得漫畫根本不該為孩子服務，而這意味著產業正滿懷自信地不斷削去可能成長為讀者的新枝，也根本無從招募新的讀者來取代已經消失的那群。漫畫迷正不斷耗竭、枯亡，被時光沖淡，而那些永恆不朽、絲毫不受歲月影響的神祇只能站在沃斯里．波拉克的音響或咖啡桌上，焦慮地俯看信徒在一生奉獻之後變得衰老孤獨，擔心接下來是否就要輪到自己。

無所事事了幾個月，又同時徒勞地煩惱六週之後《美國人》高層會準備什麼好戲等待著自己，沃斯里在兩者折磨之下變得躁動不安。他再次拿起《文化》，但是只讀了兩行，目光便又被無聲電視螢幕上不可思議的狂歡場面吸走。

身著黑夾克的忠僕手拿透明盾牌，見到巨大九頭蛇的容貌後似乎就逐漸陷入恐懼之中；

這頭九頭蛇的膚色大多是他們難以觸碰的白皙[79]。這是一場彷彿搖滾音樂節或運動賽事的革命事件，是彷彿實境節目的未遂政變，一側為憲法，另一側為獨立，而在兩者之間巨大鴻溝裡的則是惡魔大軍[80]。現在，這個群體，這隻僧帽水母，這團巨大的千足生物已經包圍了半座潔白的石墓。牠由東西兩側收緊、施壓，催淚瓦斯四處綻放，卻沒有明顯效果，僅令牠閃閃發亮的偽足發出怒吼、祈禱或神經質的笑話。窗戶響起最後的樂音，牠在一名權力主義者的催化下，懷抱著對當權政府的祕密恐懼湧入了室內，淹沒不可侵犯的政府殿堂。牠在參議院的地板上擠出觸手，突然之間，所有重要人物都在專業殺手的護送下遠離泉湧而來的業餘人士，彷彿現時仍存在某種退化的黑帽白帽規則[81]，雖然牠戴的大多都是紅帽。面對可怕

79　「身著黑夾克的忠僕」指的是守衛國會大廈的警力。拜登曾在演講中公開表示，警方對待Black Lives Matter（BLM）示威民眾以及本次國會大廈暴動參與者的態度「非常不同」；意即，假設參與國會大廈暴動的民眾不是白人，可能早在抵達國會之前就已被驅散或者槍殺。

80　華盛頓國會大廈南北兩側各有一條大道，北為憲法大道，南為獨立大道，夾在兩者中間的東國會大街則正對著國會大廈東側大門，也是此次暴動參與者的前進路線。「大軍」引用聖經中名為「大軍」（Legion）的惡魔，又名「群」，有眾多的意思，此處指的是國會大廈的暴亂者。

81　在傳統西部片中，戴黑帽象徵反派，戴白帽象徵正直。後文的紅帽指的是象徵川普的紅色棒球帽。

的歡騰氣氛，警方明白自己不會獲得軍隊後援——出動軍隊會營造如此糟糕的形象——國會大廈內的藍線感到前所未有的細瘦與脆弱[82]。就在此時，一場災難性的盛大慶典已經正式登場。

沃斯里的視力沒那麼好，在這個距離下看不清楚螢幕上跑馬燈的字幕，但他覺得整起事件應該和川普有關。

他搖搖頭，鼻孔哼氣，不過態度有些含糊。對於川普或不川普這個問題，沃斯里的心情有些複雜，不過最主要的感覺是疲憊，以及因為自己曾覺得能拖就拖而造成的內疚感。當然了，他沒有真的投給這位頑固到可怕的準前總統，可是真要說起來，也沒在這兩次選舉時以選票反對他。說來尷尬，沃斯里曾在二〇一六年時大聲表態自己支持這位實境節目明星，向每個願意聆聽的人解釋川普最大的吸引力在於他「超越既有政治集團」。對此，一部分人告訴他，他應該把「超越既有」四個字改為「根本進不去」。沃斯里無法解釋自己當初為什麼會選擇那個立場，但是話說回來，漫畫界很多人都有同樣的想法。

原因也許在於那個人誇張的漫畫形象，至少沃斯里眼中看到如此。二〇一六年時，每件事物都隱約有種超級英雄的樣子，名為唐納·川普的這個人尤其如是，他的支持者直到現在都還會稱他為「唐納俠」，好像在叫電光俠或者蜂之王，彷彿那就是他的超級英雄代號[83]。

那一年票房最高的賣座電影有一半都是超級英雄主題，沃斯里猜是因為大家都想把這個世界變得更簡單一些，好讓自己能夠理解。那年的他們想要看到戲劇化的末日威脅和無以倫比的邪惡敵人，無論可信度有多稀薄都沒有關係；同時也想看到幾個不可思議的難忘角色來為自己獻上奇謀妙計，最好簡單易懂又令人難以置信，就像角色們誓死對抗的幻想危機一樣。沃斯里實在不明白，到底是什麼讓選民這麼容易受到影響。

他再次仔細地看向房間另一端電視上播放的混戰場面，完全無法理解為什麼會發生這樣的事件，相較之下，年末購物節時因為策劃不足而造成的搶購踩踏似乎合理得多。他穿的蜂之王四角褲上印有爆炸形狀的狀聲詞，他下意識將手伸進裡面抓撓，然後不情願地從沙發上的漫畫書堆和紙盒上重新拿起細指的文章，試圖從剛才停下的段落繼續閱讀。

---

82 「細藍線」（the thin blue line）是一種象徵警方的說法，起源於十九世紀的英國，認為藍線（也就是警方）是維持社會不致暴亂的防線。

83 此處支持者所稱的唐納俠（the Donald）以及舉例所言的電光俠（the Streak）和蜂之王（the King Bee），原文中都包含英文的定冠詞 the，有特定、專有的意思，像是只要說出來後，對方就會知道你是在說「這個唐納」而不是別的也叫唐納的人。由於中文沒有這種指稱方式，所以此處按照超級英雄的取名邏輯譯為唐納俠來表達作者意涵，不過實際上美國人並未直接以超級英雄的名稱來稱呼川普。

「你可能想問，就算勉強將書迷投注在漫畫書上的高度注意力視為某種癮頭，又該怎麼肯定癮頭的目標是超級英雄，而不是這項媒體或產業的其他面向？做為回答，我建議有此疑問的人仔細研究當代對於漫畫的討論內容，便能得到答案：我們完全沒在討論漫畫結構與敘事的可能性，這也代表著人們對於漫畫媒介的興趣索然甚或根本沒有。至於漫畫產業，我們多半在談論角色或故事線時才會提及創作者，而當我們提到出版公司時，都是為了抱怨他們對待讀者及旗下作品態度有多差勁。如此來看，雖然讀者崇拜的角色出自於繪師和編劇之手，但是粉絲的忠誠對象僅限於角色本身，而非其創作者。

「就連喬．高德這樣受人尊崇的大師，在創作被竊時也聽不到讀者為其發聲，但如果坦克人或國家守護者根本已經亂七八糟的連續性遭受一丁點的不尊重，讀者便認為自己務必成群結隊上街抗議。這樣的態度或許最適合以本文的毒癮譬喻來解釋，因為吸食古柯鹼成癮者同樣也不在乎揀摘古柯葉的農民的工作條件，他們只對能夠提供所依賴物質的人忠誠，唯有毒梟是其心之所向。」

沃斯里把《文化》放回沙發上，扔回散落的速食餐盒以及速食幻想故事之間。看到其他已從業界引退的人也開始像丹．溫斯那樣猛烈抨擊這個產業，令他非常難過。他同時也為此感到沮喪，在過去四、五年裡，崩壞與尖刻指責的氣氛開始籠罩整個漫畫界，再加上現在適逢政府即將卸任……現在想想，也包括他可能卸任總編職位。此刻，房間裡各據一方的組裝公仔及手繪模型似乎也和沃斯里一樣懷有相同的悲觀預感。

雖然知道自己只是將因果強加在隨機發生的事件上，他還是不禁覺得布蘭登．恰夫那天在卡爾廚房不合時宜地停止了呼吸，才引發後續一連串由錯綜複雜機緣與不幸事件組成的可怕連鎖反應。當初和溫斯、莫斯寇維茨一起燒毀布蘭登那座性慾陵墓時他就非常清楚，看著那些珍貴的首次登場集數以及起源故事與色情刊物一同化為陣陣濃煙，他便多少知道自己將從此萬劫不復。後來，一同縱火的丹．溫斯在布蘭登的葬禮上瘋出新高度，先是攻擊了布蘭登兒子，隨後便立刻從這一行中完全消失；溫斯沒有留下其他隻字片語，只有一陣對於漫畫產業語無倫次的咆哮，不過這陣亂吼或許便啟發了米爾頓．細指。至少，溫斯沒出席那年九月底薩特漫畫展幫布蘭登．恰夫舉辦的紀念追悼會，所以那場追悼會上發生的可怕事件沒算進他的失望清單上。不過沃斯里覺得，就算溫斯去了也不可能讓漫畫書的形象變得更糟。漫畫的病症到了二〇一五年已行至末期，衰退早就變得相當明顯。

其中一個大問題是，業界裡幾乎所有的編輯都和沃里斯一樣是漫畫迷，他們偶爾能夠欣賞某個做法是個好點子，但那永遠不會是他們自己的產物。因此當銷售量一落千丈時，所有人都慌了，胡亂抓著半吊子的想法不放，還以為那可能帶領自己獲得救贖，完全無法分辨計畫的好壞，甚至搞不清楚怎樣才算得上一個完整的計畫。有一段時間，《偉漫》似乎覺得換了配色就等於換了概念，於是搞出了黃色野蠻獸、坦白說很醜的蓮藕紫野蠻獸，以及遍及整個色譜的甲蟲男孩，從蕁麻綠一路漸層到木蘭白。此時的《美國人》則把自己逼上永無止境的重啟輪迴之中，每隔幾年就要大改整個漫畫宇宙的連續性，直到沒有人搞得清楚哪個故事裡的地球位於哪個平行宇宙，也完全說不出到底發生了什麼事。《美國人》漫畫最近幾年最受熱議的成就，是曾在二〇一八發行的某一本《蜂之王》中短暫露出這位蜜蜂大俠的「授粉器官」。沃斯里瞥向一旁櫥櫃中不同版本的蜂之王化身，它們姿勢各異，材質有合成樹脂也有塑膠，不過並沒有蛋蛋外漏的版本。沃斯里對此鬆了口氣，他很清楚，那個版本的人物模型就存在世界上的某處。

總之，川普來了，新冠來了，《超人協會》的替補線稿師因為舉辦鬥狗比賽而入獄後米爾頓乾脆退隱，沒有人接到丹·溫斯的告別電話，沃斯里為最後這一點感到些許受傷。好，他可以理解溫斯非得離開漫畫界的渴求，不過他們一起經歷了那麼多事，單是為了布蘭登·恰夫公寓裡的那幾個小時，寄一張明信片也不為過。事與願違，五年多了，溫斯沒有捎來半個字，沉默得比川普的任期還長。但是話又說回來，真的是這樣嗎？這場朝參議院蜂湧而去的武裝狂歡遊行到底要向我們證明事態嚴重到什麼地步？雖然盡力別開視線，沃斯里的雙眼還是被吸引過去，彷彿兩根溼漉漉的羅盤指針不可避免地轉向有著強大磁場的電視北極。

現在牠繞過堅硬的石材外殼與滑溜的玻璃黏膜，自己也進入了政治場域之中，在建築物內一邊各處轉移，一邊從核心拋扔出許多團塊。某些細胞晃蕩過歷史畫作與不滿的半身像的前方，彷彿正在自由參觀，步態與神情就像參加催眠表演的自願者。巨大的錯行已犯，不可能的場面已經上演。現在，令人失望的「現實」被打破了，裡頭是一片令人痴迷的宏大夢境，夢中犯錯不必面對後果，無有法律，也沒人會被抓進牢裡。穿著灰色工作服的粉紅色男人來回揮舞巨大聯盟國旗，在空中塗抹，眼底充滿熊熊決心和一絲不知所措的困惑。這隻生物如渦流穿過回音清脆的走廊，也穿過音響低沉的房間，這個國家的過去在其中沉睡。牠帶著嘲弄的複音和不可阻擋之勢，一邊剪斷擋在防彈門之間的警察，一邊與沒那麼礙事的其他警察自拍合影。牠要求對他人執行絞刑，自己也曾突發心肌梗塞[84]。牠所經之處，留下沾了糞便的腳印，扎卡里·泰勒的大理石胸膛上滿是血跡。肖像畫被剝皮，雕像則被腐蝕性物質

84　這場暴動的口號之一是絞死當時的副總統彭斯（Mike Pence），且在暴動過程中以及事後都有參與民眾死於心臟疾病。

弄瞎雙眼。一名可能為了諷刺而裝扮的巫醫[85]，頭戴長角，一臉不易輕信的表情，他逼退這世界閃閃發亮的地磚，睜著大眼睛，走進一場偏執狂的夢境裡。

沃斯里孤獨地坐在沙發上，覺得紐約如空蕩蕩的恐怖峽谷將他包圍。如果他帶著任何一絲編輯的眼光去看電視上發生的事，便會覺得現在早已超過該把編劇叫來促膝長談的時間點：現在的故事已經徹底崩潰，無法挽救，什麼都不會剩下。現實的美國社會成了一本劣質超級英雄漫畫，而現在是面臨腰斬前的最後一期，書中故事毫無任何意義可言。沃斯里想，當初早該看出來才是，無論是凱莉安．康威[86]打扮成雷霆少女去參加川普的慶功舞會，或者是當斯卡拉穆奇[87]在僅維持十天的任期中，站在雷霆俠收藏品、海報以及《刺激》第一期複製品前，擺出雷霆俠經典飛行姿勢拍照的時候。在沃斯里眼中，此刻電視所播放的是一屆漫畫政府的胡鬧終局，情節苦苦掙扎，正如他預期下一部復仇聯幫電影的內容一樣——如果他們真有辦法把電影拍出來的話。

為了喚醒頹靡不振的精神，他開始幻想即將到來的高層會談，以及自己可能晉升《美國人》新任副總裁的未來榮景。此刻電視上正在播報群眾要求絞死舊的副總統，不過沃斯里對物質世界的侵擾毫不在意，他心向他方，想像著自己執掌公司時會是怎麼樣的光景。這麼多年來，他每每想著若是能得到機會，自己一定能怎樣怎樣地把事情做得更好——現在，付諸實行的機會來了，他只要想起以前想過什麼就好了。他曾想過要讓電光俠的裝扮改回初登場時的版本，也曾想過要繪製蜂之王死亡的故事，延續幾期之後再公布其實只是假死。除此之外還有一些其他奇想，像是讓全部的角色都戴上帽子，或者因為雷霆俠的某個舉動而引起某起事件，應該會很有趣吧？沃斯里靈感如泉湧。

不過話說回來，也許上面的世界也有自己的問題。他想起最後一次見到大衛．莫斯寇維茨（見到本人而不是視訊會議畫面）的情景。當時應該是二〇一九年末，他打電話到樓上找莫斯寇維茨，辦公室的其他人告訴他莫斯寇維茨因為某種莫名原因正在大樓的地下室。沃斯里照對方所說坐電梯下樓，果然在地下室找到了出版社的大老闆。自從和丹．溫斯一起燒掉

---

85 原文中巫醫一詞用的字是「Medicine Man」，特指北美原住民傳統文化中的治療者，但因為中文沒有專門指稱的詞彙所以此處譯為意義較廣泛的「巫醫」。這位巫醫就是第十一章裡網友口中長得像傑米羅奎爾主唱的 Jake Angeli，他被海軍開除後便轉向學習薩滿文化，並在這場暴動中打扮成北美原住民巫醫的模樣，並且因為支持匿名者Q而被媒體賦予「Q薩滿」的稱號。不過，雖然他打扮成巫醫形象又被稱為薩滿，但他其實並非北美原住民，且「薩滿」一詞也非專指北美原住民傳統治療者。

86 Kellyanne Conway，川普競選總統時的共和黨選戰經理。

87 Anthony Scaramucci，美國商人，曾短暫擔任川普白宮公關主任，上任十天後即遭撤換。

洽夫的公寓之後，他們兩人便都因為覺得尷尬而避開彼此。因為許久未曾見到莫斯寇維茨，沃斯里驚訝地發現出版商人的身高看起來還不到五英尺，且更令他訝異的是，莫斯寇維茨正拿著不知道從哪裡找到的掃帚，著魔似地打掃地下室。莫斯寇維茨回答了沃斯里公務上的問題，卻沒解釋他為什麼在做工友的工作，只說想要「確保這裡一切乾淨整齊」。當時的莫斯寇維茨似乎完全沒注意到這種行為可能象徵自己的精神產生了某種扭曲，而這令沃斯里覺得，那天晚上進入布蘭登家中的每個人最終都無法全身而退。丹・溫斯從所有人的生活中消失，莫斯寇維茨迷失在榮格式的春季大掃除中，而他自己則穿著蜂之王四角褲坐在這裡看著整個世界崩潰卻完全無法理解，對任何事都無法理解。

不過，儘管漫畫界管理高層是如此困難的職位，但要是下個月會談獲得升遷機會，沃斯里也還是會接受。因為除此之外的另一條路便是繼續待在本來的職位上，年復一年，直到瘋掉，直到變成另一個傑瑞・賓寇。沃斯里之前曾與賓寇夫婦一起坐在電影院的觀眾群中看《英雄聯盟》，相較之下，那部低劣至極的電影為他帶來的折磨簡直微不足道。或許是為了安撫比較年長的漫畫迷，疲軟的劇情將重心擺在名為「腔腸支配者」的經典反派身上，這名長得像宇宙櫛水母的角色是英雄聯盟當年在《漫畫召集令》初登場時對抗的敵人。當電影進入最高潮，看到應召加入英雄聯盟的海洋先生使用他對海洋生物的控制能力，命令腔腸支配者用觸鬚吊死自己，賓寇便承受不住了。當時其他觀眾還因為「雷霆猴臉耶穌」而激動得歇斯底里，但是賓寇已經從椅子上站起來對著螢幕破口大罵：「他才不會這樣！海洋先生才不會這樣！你們是白痴嗎？他最好的朋友是水母欸！福福是海洋先生的一切！他的一切！」那場面尷尬到極點。全場觀眾都叫賓寇坐下，最後是他老婆伊蓮拿出電擊槍來將他制伏。

想到賓寇對於水行奇人那種一輩子的執著，把沃斯里隨意漂流的意識稍微推向了細指的文章想要引導的方向。他不確定自己是否真的懂那篇文章的意思，就算懂，也不會喜歡那種說法，但是無論如何他都該把文章看完，這樣當下次細指說他只會看圖片不看字時，他就能在公認漏洞百出的抗辯中引用〈彈力緊身衣下的裸體午餐〉做為反證。沃斯里小心翼翼地拿起《文化》，都還沒開始讀便不屑地哼了一聲；無論這兩個字寫成什麼樣[88]，他都抱持著懷疑。

「不過話雖如此，我又該如何證明奇裝異服的超級英雄確實能與古柯鹼或海洛因一類的成癮物質相提並論呢？我認為答案就在『奇裝異服』一詞。

「我最近讀到有人在研究色彩在某些手機遊戲（例如水晶傳奇）中扮演的重要角色，這

---

88 此處指的是 Kulchur 和 Culture 兩種拼法。

些遊戲如同時間黑洞，我們可能一不留神就會著魔似地抱著手機玩到凌晨。照研究看來，特定色調與特定顏色的組合似乎有著令人上癮的魔力，能夠觸發我們腦中的化學物質，讓我們覺得受到獎勵。如果不相信的話，你可以試試把手機螢幕調成灰階，看看自己對水晶傳奇的興趣能夠維持多久。

「我從另一本科學雜誌毫不相干的另一篇文章中讀到另一件令人震驚的事。神經學界近期研究發現，觀看標誌或徽章圖案能夠影響孩童的心智，就像剛出生的雛鳥會對牠們看到的第一個物體產生情感上的銘印（imprinting）。仔細想想，這兩種概念其實都沒那麼新奇。我記得小時候會玩一種古早的大顆彈珠，我會替自己喜歡的那幾顆取名字，甚至賦予它們性格，而這些名字、性格的依據，不過是不同顏色對於那個年紀的我所產生的神祕感。

「同樣地，我也記得光是看到某些產品名稱使用的獨特象徵性字體，便會油然而生一種安心近乎神聖的感覺。例如，可口可樂商標裡的弧線和撇捺同時體現著古典與精緻，印在歐洲名車的水箱罩旁也非常協調。這樣的標誌再加上充滿曲線的瓶子——瓶身和石器時代性崇拜人偶的線條幾乎完全一致——便是一場商業透過符號學手段對個人進行的銷售攻擊，這樣的入侵行動能從許多意想不到的層面上對我們的潛意識發揮強大說服力。說到這裡我們應該反思，那炙熱赤紅的標誌到底烙印在了什麼東西上？不就是我們的前腦嗎？

「最後，我想起自嬰孩時期便令我深深著迷的那個超級英雄角色，在嬰兒時期的我的意識中，那個角色的外型可以有效地被化約成一只胸前徽章和一種顏色的組合。早在得知『雷霆俠』這個名字前，我就已經知道那塊T字型的雲朵及閃電，且會把他叫做『金色紫色的人』。現在，假設商業包裝的目的就是吸引成人受眾並使其上癮，那麼當產品專門針對容易受影響的年幼孩子為目標、進行三、四十年的宣傳，其效力又會強大多少倍？難道這不會形塑並奴役一整個世代，讓他們變得像毒蟲一樣永遠貧乏、幼稚，以至於無法發展出自己的獨特性，無法成為真正的大人嗎？

「而這難道不能解釋為什麼受害於無害漫畫制約的人數越來越少了嗎？從大多數主流漫畫中顯然抑鬱的調性看來，讀者雖然仍有癮頭，但已不再享受攝取的過程。漫畫的死忠常客似乎已陷入快克的長期吸食者常見的困境之中：遲鈍感逐漸增強，每次吸食都希望能再次經歷初體驗時的純潔感受，而每次嘗試卻又都比前一次更令人失望——不過，當然了，停止是完全不必考慮的選項。而對漫畫迷來說更糟糕的地方在於，他們希望透過每個月期數重現的『初體驗』，其實是倉促消失、無可挽回的童年。」

文章還有一、兩頁，可是沃斯里覺得已經夠了。他抬頭看向各自沉默聚集在窗檯或書架上的英雄聯盟、復仇聯幫、怪胎軍團、萬能小兵團和神奇五超人，但是全都不認為有必要對細指的謾罵置評。他很清楚他們的感受。如果細指的草率假設正確，那麼所有漫畫迷的收藏品——包括沃斯里自己的——就像是在囤積皮下注射器、泛黑的湯匙和鞋帶，或者就像存放在布蘭登·恰夫那已經消失的公寓房間裡的紙箱。更糟的是，假設細指所言為真，就可能牽涉到法律責任。沃斯里一邊煩躁地反覆思考，根本沒聚焦的視線則又投向房間另一端關成靜音的平面電視。

做為抗體的武裝T細胞現在已開始發揮作用，重新收復光榮的破瓦殘礫，入侵病毒被逼退至一月初顯的薄暮之中，小規模的衝突在逢魔時刻不斷零星發生，直到黑夜降臨。除了二十多人被捕外，另有二十多人受傷，以及五人死亡，這都還沒算上數名當天在場的警察在接下來幾天內因絕望而自殺。這個凝聚體的碎片被留了下來，在死亡中重新取回自己的名字與個體性，不只是嘶聲吶喊的抗議牌和沾滿黏膠的大聲斷言海報，每條走廊上還都堆滿了雙方在各種至今依然未解的十九與二十世紀衝突中使用過的廣告標語和旗幟殘片——而這一切，都注定將成為未來博物館中代表動亂美國的景象。人們一手將麻煩的事實爆料成虛構故事，同時另一手將通俗的圖像故事打造成眾所周知的事實，所有為此付出的龐大心力都在華盛頓上空緩緩消散。疫情仍未退去的寒夜裡，選舉流程重新開始推進，致命的動亂逐漸平息，消弭為一場惡作劇、一場夢境，或者一篇《不可能的故事》，一切都將被重新編寫、重新詮釋、重新改造，不會對世界的連續性留下任何破壞的痕跡。

而沃斯里・波拉克完全沒注意到這些，他正盯著四角褲鬆緊帶在自己白色大肚子留下的櫻桃色輪胎痕。他還在想米爾頓・細指的論點。若照細指所說，每一個在漫畫展上遊樂的漫畫愛好者，無論年齡，都等同於掉光了牙齒、在髒亂毒窟裡胡言亂語的瘋子。他把未讀完的雜誌扔到咖啡桌，衝擊力道在桌上比較不穩固的收藏公仔之間激起一陣漣漪。

沃斯里告訴自己，細指和丹・溫斯一樣，就是個充滿憤恨的刻薄傢伙，自己跟不上如今漫畫界的步調，就要來破壞其他人的機會。哼，沃斯里才不買單——也沒理由買單。說什麼超級英雄會在不知不覺間阻礙愛好者的心智發展，根本就是狗屁不通。

一隻羅威拿犬造型的點頭娃娃在桌上無法克制地同意。

17 二〇一二年，十二月

〈最後的雜想：登尼・維沃斯專訪〉

溫　斯：嗨登尼，你好嗎？

維沃斯：哎呀，你懂的，有時不好，有時更糟。但是很高興看到你，阿丹，謝謝你來看我。這就是我們之前討論過的訪問嗎？

溫　斯：對，如果你還願意的話。如果累了一定要告訴我，我不想太過頭。

維沃斯：別擔心，阿丹，我現在需要擔心的絕對不會是這場訪談。我們開始吧？

溫　斯：好的，抱歉。我想先了解一下時代背景，能不能說一說你剛進入漫畫這行時的業界情況？

維沃斯：漫畫業界嗎？當時的確有漫畫，但沒有業界這種東西；就像是我們有泡泡糖，但是沒有所謂的泡泡糖界。現在的人可能很難想像當年的情況。我在一九四〇年出生，所以五〇年代末開始找編劇工作的時候還是個青少年。當時整個工作環境都很藍領——不只是漫畫書，也包括通俗小說和雜誌——這些刊物的讀者大多都是勞工，所以如果你是有點小聰明的勞工家庭孩子，這一行算是薪水好一點的行業。我會跑到那些漫畫編劇吃午餐的餐廳裡鬼混，後來就認識了夏曼．葛來德、海因茲．梅斯納、亞帝．里博維茲這些人。他們的確是在畫漫畫沒錯，不過當時我們抱持的態度只是想賺錢活下去，所以只要不是看起來太違法的事情我們都願意做。夏曼除了幫《美國人》創造那些扮裝英雄的故事之外，另外還用十幾個筆名在寫通俗小說，題材從科幻、西部、奇幻、歷史冒險、冷硬犯罪，一直到色情小說……

溫　斯：嗄？夏曼．葛來德？你認真的嗎？

維沃斯：（笑）阿丹啊，你是年輕一輩的了，我想你應該不懂色情小說對於生於五〇年代有抱負的年輕作家來說有多重要。那是錄影帶和網路還不存在的年代，至少有二、三十間出版社專門出版色情小說，我們還有莫瑞斯．傑若迪亞斯的奧林匹亞出版社[89]！在那段黃金

89 Olympia Press 是法國人 Maurice Girodias 於一九五三年創立的法國出版社。該社發行眾多情色小說以及前衛文學小說，很多是被認為傷風敗俗而無法在英美兩地出版的作品，且這些作品在 Olympia Press 也只會有英文版本。Olympia Press 著名的發行作品包括《蘿莉塔》、《紅髮男子》（*The Ginger Man*），以及前一章中細指文章標題所引用的《裸體午餐》。

歲月長大根本是福氣啊（笑）！說真的，當你只是個勉強餬口的作家，學凱魯亞克那套寫出了曠世傑作卻一直又賣不掉的時候，隨時都可以拿一個週末去寫一本《淫蕩少女俏護士》，藉此賺進五十塊錢。事實上我敢打賭，就算沒有人願意承認，但是《淫蕩少女俏護士》之類的色情小說一定拯救了很多人珍貴的文學大業（笑）。所以，那個年代的現實就是，找得到什麼工作就做什麼。當時我幫報紙連環漫畫寫過劇本，覺得自己可以管級處理漫畫書裡六或八頁的短篇故事。

溫　斯：我不知道你寫過報紙漫畫，寫過哪些呢？

維沃斯：呃，你知道的，我寫過十八個月的《特工Z》。

溫　斯：我以為那部的作者是那個誰……寫《巨人威爾森》那個，安德魯．當諾？

維沃斯：嗯，我本來也這麼以為。那部的草圖是比爾．天倫森，線稿是哈維．諾斯，他們也都以為作者是當諾。我們都覺得自己只是在幫他忙，覺得除了自己幫忙的部分以外，《特工Z》的其他工作都是當諾完成的，但是後來才發現那個王八蛋根本一根指頭都沒動！我這輩子真的沒見過比他更偷偷摸摸的混蛋了，連他差點掛掉的那場車禍其實都是他自殺未遂。後來大家才知道，那已經是他第二次試圖自殺，而且兩次都想帶人一起上路。說真的，不要講他好了，說到這個人我就停不下來，我之所以提到他只是為了解釋在那個年代你有可能接觸到各式各樣的工作。我在漫畫界最享受的一段時光是在羅伊·蕭底下畫《不宜》和《不安》的時候。並不是他這人有多厲害——坦白說薪水也是給得普普通通——不過他對我一直還不錯。他夠信任人，願意放手讓你照你的方式做事，這你懂我意思嗎？那段時間真的很有趣，我有機會和史林·惠特克、羅伯·諾法克等人合作，嘗試新東西，增進自己身為編劇的能力。當然，後來的日子賺得更多，但是漫畫產業也開始變得不一樣。這份工作變得越來越難讓人喜歡，直到我們落入現在這個境地，靠超級英雄電影賺的錢越來越多，但是超級英雄漫畫的讀者每個月都在減少。沒有人知道該怎麼辦，但也從來沒有人說：「嘿，我們把漫畫做得好一點，也許這個產業就不會成為一片廢墟！」

溫　斯：我懂你的意思。你覺得漫畫產業是在什麼時候走錯了路？

維沃斯：我覺得比較像是從一開始就沒有走對路過。我的意思是，漫畫剛出現的時候，大家會覺得那只是讓下層階級有所娛樂的垃圾，看過就能丟。這觀念的潛臺詞就是窮人都很笨、很幼稚，好像沒有圖片就看不懂——我現在說的是報紙漫畫，是在令亞伯特·考夫曼為了出版漫畫書而動起竊心之前的事。所以後來出現的漫畫書也瞄準了同一群讀者，同時大部分的漫畫書創作者也都是勞動階級出身。說到考夫曼的影響，當他和席尼·羅森佛從凱斯勒及舒曼手中偷走雷霆俠時，便為漫畫產業定下以走私做為商業模式的基調，而且這種模式至今都沒有太大變化：他們會去挖掘那些有才華的人——凱斯勒和舒曼、羅伯・諾法克、夏曼・葛來德、喬・高德、史林・惠特克，這份名單可以一直念下去——並在騙走這些人的創作之後拋棄他們。我剛才說的這些創作者全都是勞動階級出身，對考夫曼來說，要欺騙這樣的人就更簡單了，因為這些人從小到大就不是在那樣的環境中長大，從來不會在家裡聽到誰在討論律師、合約、費率之類的事。公司把創意騙到手之後就拋棄創作者，然後再去找其他人來寫這些故事、畫這些角色，像挖礦一樣把到手的資產價值一點一點榨乾，直到終結。這就是現在漫畫界運作的方式，不是嗎？

溫　斯：我不確定能不能說有在「運作」。從現在的情況看來，整個產業顯然快停滯了。

維沃斯：對，因為漫畫產業犯了所有產業都會犯的愚蠢錯誤，竟然以為他們正在剝削的資源永遠用之不竭。他們覺得自己可以把喬・高德的才能壓榨、搜刮殆盡，不必擔心任何後遺症，因為過一、兩年就會找到另一個擁有同樣才華的受害者等著被剝削。可是你和我都知道，就算等到太陽老去、失去光芒，世界上也不會出現另一個高德，但是管理階層的人不是創作者，他們永遠不會理解創作是怎麼回事。所以當我們等不到新的喬・高德時，就把高德的書交給其他繪師，他們有辦法產出高德風格的瘸腳次級品，但是永遠無法創出新意。同樣道理，也沒有人能夠取代夏曼．葛來德。出版社因為他想成立工會而開除他，然後找來布蘭登．恰夫這些急於討好賣乖的粉絲去取代葛來德、梅斯納等人的位子，但是這些後來的人不是繪師或編劇，只能算是繪師和編劇的粉絲，所以他們培養出的下一代就成了粉絲的粉絲，然後一代一代越漂越遠，直到我們落至現在這混亂迷失的境地。

溫　斯：你提到夏曼．葛來德想成立工會，這件事很有趣。我的朋友米爾頓．細指向《美國人》提案要寫關於美國超人協會的故事，那是一支四〇年代的古早超級英雄團隊，其中很多成員都是夏曼．葛來德創造的角色。米爾頓想描寫的是召集超級英雄組成協會的過程，與雷霆俠同樣有勞動階級背景的角色全都贊成，而月亮女王和蜂之王這樣的貴族跟億萬富翁則站在反對的一方。米爾頓打算把這個故事取名為《超人協會》。

維沃斯：嗯，我認識細指，笑聲會讓我想殺人，不過他這人不錯，從作品來看編劇能力也不錯。我覺得那個叫《超人協會》的構想很好，用了葛來德和梅斯納那群人創造的角色，幾乎像在影射創作者本身發生的事。這種設計很聰明，但是我告訴你，這本作品永遠不可能上市，等上多少年都不可能。他們給出的理由會充分到無法反駁，而且和故事內容提到組建工會完全無關，但你就是永遠也看不到那本書。至少不會印上《美國人》的名字。如果當初戴夫．凱斯勒和賽門．舒曼有工會做為後盾，那麼我們現在所知的漫畫產業都不會存在了。

溫　斯：嗯，我們現在也只能等著看了。所以你覺得這個產業短期內不會改變囉？

維沃斯：我覺得不會，我看不出哪個地方會出現改變的動力或能量。像我剛才說的，漫畫是一種為了下層階級創造的媒體——而且大部分也是由下層階級所創造。但是這些創作者都已經過世或退休，或者說心懷怨恨地離開這個領域，而我們現在看到的漫畫全都是由中產階級畫給中產階級看的中產階級角色故事。至於現在的漫畫跟以前相比誰優誰劣，我覺得只要去看現在賣得不錯的超級英雄電影，就會發現它們全都改編自喬·高德或夏曼·葛來德五、六十年前創造出來的東西。那舊材料用完之後怎麼辦？開始把七、八〇年代《最棒俠》那些垃圾拍成電影嗎（笑）？

溫　斯：聽起來你應該不是金恩·普曼的粉絲囉（笑）？

維沃斯：哎喲，阿丹，觀察力這麼好，你從哪裡看出來的？是因為普曼管理的《偉漫》拒絕給我醫療保險，所以我就跳槽到《美國人》嗎？還是因為只要聽到某人的名字我會下意識表現出某些「微妙」的線索，比方說不由自主做出要勒死人或拿刀砍人的動作（笑）？我以前有沒有跟你說過我和金恩·普曼發生的事？因為那件事，我覺得自己應該會是整個漫畫界最被討厭的人。沒說過嗎？事情發生在七〇年代，那時候我還是《偉漫》的總編，時間點差不多就在我被橫向調到對創作者更友善的「傳奇」書系之前。總之呢，有一天我在萊辛頓大道的辦公室裡和馬克・尚恩開劇本會議，討論到一半，金恩・普曼突然衝進來，很戲劇化地把門甩開，然後說他很生氣，好像我會看不出來一樣。你要知道，這時候的普曼還只是資淺的小編劇喔。他衝進來，開始大罵《怪胎軍團》或某本書裡的某個角色，說他覺得那個角色做了很不道德的事，是他絕對不會做出的行為。沒記錯的話那個角色好像消滅了一整個平行宇宙還什麼的，要我說，我自己也不會做出同樣的選擇，但這都不是重點。普曼要求我撤回那本書不要發行，否則他就立刻辭職，於是我告訴他我不會撤回漫畫，但接受他的辭呈。普曼整個人都傻了，好像他從來沒想過自己的戲劇化舉動會得到這種回應。他完全說不出話來，轉身搖搖晃晃地走出我辦公室，好像要上絞刑臺一樣。我和馬克繼續本來的討論，我大概五分鐘之後，不誇張，普曼真的是用爬的爬進我辦公室，求我讓他繼續在這裡工作。我說「爬」，不是說他四肢著地爬進來喔，而是整個人趴平，肚子貼到地板那種爬，而且還邊爬邊哭。最可怕的是，你應該知道普曼有點……有點寬吧？從正面看他就好像在看寬螢幕，但如果從側面就很扁，你懂我意思嗎？呵，沒親眼看到他一邊啜泣一邊臉朝下往你爬過來，你很難想像這個人的外型有多奇怪。阿丹我說真的，他長得跟地毯一樣，寬得詭異又凹凸不平，而且神經系統發展不健全，那個畫面真的讓人難以卒睹。最後，我要他回去繼續工作，我們就當整件事沒發生過。後來過了幾年，某次我和馬克・尚恩開會的時候，馬克對我說：

「登尼，要是當年你沒有撤銷普曼的辭呈，現在《偉漫》所有人就不用陷入萬劫不復的地獄了，你應該想過這件事吧？這就好像你本來有機會幹掉八歲的希勒勒但是卻放棄了，你這王八蛋啊。」（笑）我能說什麼呢？事實就是，我當時對那個傢伙有了惻隱之心，而且我實在是沒辦法忍受他在我的地板上繼續蠕動，他看起來根本像是有肌肉的軟體動物。

溫　斯：我大概是十二歲左右開始看漫畫，應該不難想像我當時很喜歡《偉漫》。不過我最愛的漫畫其實是父母不讓我看的那些，像是《不宜》或《不安》。

維沃斯：喔阿丹，這樣講我都害羞了，再講下去我就要把你推倒囉。

溫　斯：我說真的啦。那個年代如果跟別人提到漫畫，他們不會預設立場覺得你在說超級英雄，因為當時還有恐怖漫畫、戰爭漫畫、科幻漫畫等十幾種不同類型。你覺得為什麼超級英雄會稱霸現在的漫畫界？

維沃斯：這有點問倒我了。我一直很努力避開那些鬼東西。這個超級英雄現象到底是怎麼回事？我想想看。嗯，這其實是美國土生土長的在地現象，從來沒真的在其他國家落地生根過，感覺像是從我們的文化中自然出現的東西。我覺得這在某種程度上和憲法有關，我們的憲法保障了美國人有隱瞞自己的權利，就像是，如果你要去做某件可能惹來麻煩的事，那麼你最好戴上面罩或者變裝，或者兩者兼具。如果要去波士頓抗議茶業徵稅，我們就會扮成卡通裡的印地安人，如果要拿著火把去參加三K黨的夜間集會，那我們就會打扮成幽靈的樣子。所以這樣說來，如果我們自封為喜歡痛毆下層社會的正義使者，那打扮成狐狸、甲蟲、蜜蜂、猛犬或其他動物——我不知道還有什麼，鴨嘴獸？——好像就是理所當然的事。除此之外，還有我們對於暴力的態度。這是一個自開疆闢土以來人民就彼此不信任的國家，所以我們睡覺時會把槍放在枕頭底下，並覺得解決問題的理想方式是拿槍突襲對方。我們不喜歡參與自己沒有戰略優勢的衝突，因此想像超級英雄擁有金剛不壞之身或者伸縮大鋼牙就會給人一種安心的感覺。這些超級英雄是我們夢想成為的樣子，尊崇道德、幫助弱小，因為擁有特殊能力而對某件事特別在行——而那些全部都是我們還沒做到、不會去做或者無法達成的事。他們是我們在道德上的負空間，同時也是美國夢中體現白人優越主義最外顯的部分。等等，先別反駁，我現在思緒正順。至於說到超級英雄漫畫對當代主要由成年人組成的讀者群來說有什麼意義，我其實不太確定。我覺得對某些讀者來說，他們可能在十三歲左右開始接觸這類漫畫，於是便把漫畫中的世界視為自己在平行宇宙裡的正常青春期生活，而且在接下來十、三十、五十年持續躲在英雄聯盟的總部裡，直到所有社會責任都消失為止，以此逃避生活中的種種考驗和個人成長。這是他們維持情緒麻痺的方式，還能讓他們在越來越複雜且疏離的世界中繼續回到相對無憂無慮的童年。我覺得這就是為什麼超級英雄對讀者來說如此重要，不過除此之外還有其他原因。我認為雷霆俠這類角色對於美國的結構而言其實非常重要。

溫　斯：你的意思是？

維沃斯：回想一下二十世紀初期那十到二十年的美國是什麼樣子，那個國家基本上是一盤散沙，沒有任何能夠凝聚國家認同的東西。美國的人民全都來自不同國家、講著不同語言，擁有不同政治意見和宗教信仰，而且來自不同種族、階級。到頭來，唯一讓所有人都有共識的事情就是，大家都喜歡電臺播的同一首歌舞音樂，都喜歡讀《巡警弗洛伊》、喝可口可樂。大家都喜歡看迪奇狗的卡通，都喜歡雷霆俠。流行文化是讓美國成形的唯一黏著劑，我猜這就是為什麼它那麼需要把東西從創作者手中偷走，轉送給值得信賴且以資本主義最大利益為優先的大公司，畢竟，相較於一天到晚迸出各種瘋狂想法、有著各種瘋狂政治理念的編劇或繪師，大公司更有意願緊守這些值錢的資產。你不會想讓這些國家寶藏落到激進分子、黑人或女人的手上——除非是像米米·卓客這樣的公司變種生物，或者是像金恩·普曼那樣不知道到底是什麼東西的東西，完全視階級、種族、性別於無物，只在乎觸手跟獨眼龍的眼睛。總之呢，這是我個人的想法。

溫　斯：登尼，你說得很精采，超出我本來的預期非常多，不過我有點擔心讓你講話講太久，覺得好像應該作結了。我再問一個問題可以嗎？

維沃斯：當然。不用這麼客氣，我現在臉色很糟所以你可能看不出來，不過回答這些問題讓我覺得很有趣。想問什麼儘管問吧。

溫　斯：好，你剛剛提到你在業界兩大公司都待過，兩邊比較起來有什麼差別？你有比較喜歡哪一間嗎？

維沃斯：沒有，沒有，我覺得沒有。我覺得自己應該沒有偏好。兩間地獄的程度都差不多，只是各自糟糕的地方不一樣。《偉漫》就是肅殺的殘酷工廠、警察國家、恐懼統治——就是「坦克人的靴子永遠踩在人類臉上」的那種地方，沒什麼特別的（笑）。至於《美國人》，他們在我看來沒有那麼殘暴、獨裁，但是很令人毛骨悚然。如果說《偉漫》是維多利亞時代的勞動教養院，那《美國人》漫畫就是羅馬晚期的神祕崇拜。你應該看過他們放在接待櫃檯的安博魯斯．貝爾吧？那感覺好像他們是某種新柏拉圖主義的信徒，誠心相信這些角色都真實存在，而他們所有人都活在夏曼．葛來德筆下的阿列夫第一宇宙[90]之類的世界裡。他們知道，如果把這件事說出來所有人都會覺得他們瘋了，所以不能到處大聲嚷嚷，但是我

90　阿列夫（Aleph）是閃米特語系中多種語言的第一個字母。

覺得他們內心都有種渴求，想要覺得這些事都是真的。雖然傳統觀念中的上帝在現今的世界裡已幾乎完全崩潰，不過我認為人還是會對神聖的事物有種基本的想望，也許雷霆俠這樣的庸俗怪物就是我們僅存最接近宗教的存在了。嗯，我是這麼認為。所以啦，你的變態好奇心有被好好滿足了嗎？

溫　斯：你永遠都知道怎麼把我餵得很飽。登尼·維沃斯，謝謝你接受訪問。

維沃斯：哎喲阿丹，反正我現在也沒辦法打手槍了，所以，這是我的榮幸（笑）。

18
二〇一五年，九月

雖然這個世界有幸不會出現三歲小孩看得懂的色情內容，不過薩特漫畫展還是花了相當大的心力去想像那種色情作品可能是什麼樣子。**歡迎來到薩特漫畫展！**縱觀歷史上的狂歡淫宴，從沒有任何一場能如此公開地招集成員，排列組合各種令人驚訝的廣告詞，從東岸一路宣傳到西岸，不只能讓數千名參與者在此挑釁地打扮成腳踩高筒靴的掌權人士，以及穿著網襪的卡通動物，結束之後還能領取紀念禮物。**歡迎來到薩特漫畫展！**飯店裡，極不恰當的痴迷癖好占據了約三十層樓的空間，走廊地毯上布滿了由不同毛皮巧妙交織而成的艾薛爾鑲嵌圖騰。日神阿胡拉的放射光芒狀頭盔被丟在某個隱蔽角落，頭盔中有一只曾經見識過愛情的保險套。**歡迎來到薩特漫畫展！**這個地方無論距離耶穌的教誨和康乃狄克都非常遙遠。

迪克．達克立默默抵達寬敞的大廳，完全不比之後他即將引起的騷動那樣引人注目。此時他肚子裡只有著幾隻毛蟲，尚未孵化成蝴蝶[91]。幾名工作人員在前廳努力布置布蘭登·恰夫的紀念展，平靜的玻璃電梯無聲升入高聳如大教堂的天井之中，陸續抵達的來賓小聲地竊竊私語，彷彿在參加守靈或者輕唱搖籃曲。他報到之後便站在接待處，仰頭，深呼吸，試著將眼前的景象收入眼底，令肚子裡的毛蟲平靜下來。這個世界真的太大了，好一段時間以來，他甚至會懷疑自己是不是來到了錯的世界，彷彿身處錯誤的平行宇宙，困在不屬於他的地球上。

他找到了主要會場——這裡在不久後即將成為瘋子們的馬戲舞臺，即便此刻還沒有那種態勢，仍然因為各種活動而紛擾、嘈雜——他朝青樓漫畫的攤位望去。東尼和史蒂夫已經到了，正在看顧攤位，並為下午的簽書會疊起一落落的平裝本《極樂》。攤位上還有一位穿著長大衣、無精打采的金髮女孩，他猜應該是他們找來裝扮成「口愛少女」的模特兒；不過，當然了，要開口問她可不是件簡單的事。接著史蒂夫問他是不是把手機關了，因為會計部的亞曼達之前打來說她要找人卻聯絡不上。迪克·達克立緊張地笑了一下，說他會去檢查手機，他肚子裡的帝王斑蝶逐漸伸展，試探性地搧了搧溼黏的翅膀。

他吐出一連串殘缺的句子編造藉口，說自己要先去看一下飯店房間並安頓行李，之後再過來。他及時別過頭，沒讓他們瞥見翻騰糾結的表情，然後擠進人群中、從來時的路離開，朝大廳與透明電梯走去。在所有摩肩經過的人之中，達克立是唯一假扮成正常人的人。等待前往二十七樓的電梯時，一對惡魔從他身邊悠閒走過，一男一女都紅得彷彿消防車，還有角和尾巴。兩人看著他會心微笑，達克立頓時確定這兩人都不是角色扮演的玩家；他們知道他與會計部的亞曼達之間的所有事情，而且更糟的是，他們一點也不緊張。他們大可從容以對，反正他逃不掉了。玻璃盒子抵達，他猛然衝了進去，按下樓層按鈕，心臟撲通狂跳。門關了起來。惡魔二人組搖著尖刺的腦袋，咯咯笑著走了開去，完全沒看他任何一眼，帶刺的深紅尾巴在他們身後搖擺。

透明的電梯車廂上升，大廳在他腳下變形膨脹，彷如透過球型透鏡看到的景象。一百種扮裝戲服在底下旋轉，組成某種色彩斑斕的大理石紋路，異教神祇和帝國風暴兵一起親密地抽著電子菸，不同物種彼此交換著聯絡方式。這些令人厭惡的幻覺圍繞著緬懷《超人聯盟》已故編劇兼總編的中央祭壇，布蘭登・恰夫的巨大裱框照片（黑白色的他比較好看）在電梯透明地板下方逐漸遠去。達克立深深吐出一口氣。

鱗翅目生物在他體內成長茁壯為一群美麗動人的昆蟲，色彩鮮豔的風帆撞擊著他的肺

---

91 英文會以「肚子裡有蝴蝶」來形容緊張或興奮的感覺。

部，拍打著他的喉頭。以他對科學的認知，自己所在的玻璃方塊之所以能向上升起，進入充滿嘶嘶低語的天井裂口，應該就是因為牠們興奮地撲動翅膀。大廳裡成群的幻象現在都成了點畫中的細點。面對這場瘋狂驚亂的慶祝活動，達克立覺得好像所有人都知道末日已經降臨，他不是唯一。這是啟示錄的時代，至少對會計部的亞曼達來說是如此。暗中發生的一切都將成為電梯一般透明，不只是媽媽、爸爸和早就知道他所作所為的天使，世上所有眾人都將得知他做過什麼事。媽媽會難過落淚，而父親會非常、非常憤怒，憤怒到達克立反而因為無法上天堂與他們相會而鬆一口氣。如果他對樓下那對鮮紅二人組沒猜錯，他應該是去不成天堂了。

九月下旬的達拉斯熱得令人難受，彷彿下地獄前的開胃菜。自己的命運已注定墮落，焦慮與恐懼在心中彷彿背景輻射，凌駕其上的則是他對成為這一切元兇的強烈憤恨。某些冷漠無情的人會說這都要怪沃斯里．波拉克，他聽過有人這麼說，但事實並非如此。波拉克不只是達克立的朋友，幾乎像是他的哥哥，而一手促成迪克．達克立跌落天際的那個人——那名抓著他的陰莖將他拖離救贖之路的魅魔則是佩姬．帕克斯。她是有著焰火髮色、媚眼頻傳的耶洗別[92]，當年他不過還是個沒有防衛能力的男孩，便被自己的父親送入她淫蕩老練的魔掌之中。

以窗戶組成的電梯外殼悄悄發出鈴聲，宣告已抵達目的地樓層，正式進入訂製滿鋪地毯的海拔。幾乎就在他走出魚缸電梯的同一時間，電梯門便在壓縮嘆息中立刻關起，重新踏上歸途，返回下方大廳以及奇裝異服小丑們逡巡的濃湯之中。他將沒提行李的那只汗溼手掌靠上光滑的木質欄杆，倚過上身，低頭俯視下降中的空心方形玻璃體。位在三、四百英尺深處的大廳現在看來不過是一只生氣蓬勃的培養皿。經歷過剛才的道德震撼之後，他轉身離開乾枯無水的巨大許願井，依照標示箭頭，在迷宮中尋找屬於他的庇護所；雖然房間的外表可能千篇一律，但至少門板上開了貓眼，還裝了兩道鎖。

一進房間，他便坐在床上撈出手機，整個人沉重得彷彿羅丹的大理石雕像。六通未接來電，都是會計部的亞曼達打的。要是第一通就接起來的話，情況可能沒有想像中那麼糟，他想。

「喂？迪克，我是會計部的亞曼達。你之前答應要給的收據可以現在就給我嗎？我知道你人在漫畫展，但是這件事得立刻處理。迪克，總部的人很擔心，不能拖到星期一。聽到留言馬上打給我。」

92　舊約聖經中的女性人物，形象邪惡。

喔，天啊，天啊，完蛋了。這還只是第一通留言而已，但她聽起來已經非常火大。他決定不去聽其他留言。他站起身，然後再次坐下。他再次站起來，彷彿陷入迴圈的機器人般在床和廁所之間的長條型空間來回踱步，發出尖銳害怕的「嗯嗯嗯嗯嗯嗯嗯嗯」。從小，當他不希望某種情況發生，就會發出這種聲音。

生活彷彿一班黃蜂包圍著他，與他體內的蝴蝶群彼此競爭注意力。他從小在康乃狄克的避世環境中長大，生活中只有媽媽、爸爸和家庭老師，於是佩姬·帕克斯便是他這輩子除了母親之外第一個見到的女性，他們怎麼會不知道這會對他造成什麼影響？他們死了以後，嗯嗯嗯嗯嗯嗯嗯，他就只剩下傭人和雷霆俠了，但後來沃斯里救了他，他是他的好朋友，替他在漫畫界裡找到夢寐以求的工作，帶他認識能帶來自信的粉末，還賣給他偉大藝術品般的裸體佩姬畫稿，讓他能看到所有本來看不到的地方。這一切如此美妙，只是他從來不曉得原來自己需要這麼多自信，不曉得這些自信的代價竟如此高昂，也不知道自己會用得這麼快。嗯嗯嗯嗯嗯嗯嗯嗯。想當初一切都還美好的時候，他覺得自己已經看透世事：這不是爸媽所相信的由上帝創造的世界。達克立根據觀察得出結論，自己現在所處的世界——善德受人嘲笑，惡行無處不在——非常可能是道德顛倒的達列斯第四宇宙。在那個世界中，丑角和菲力克斯·火石才是英雄，負責保護世人不受殺手蜂與雷霆掠奪者的傷害。所以，善良不好，邪惡才是王道，每個朋友都覺得他和女人上床又喝得酩酊大醉非常有趣，所以他開始從自己工作的青樓漫畫偷錢，以此支付那些粉末狀的自信，而現在，嗯嗯嗯嗯嗯嗯嗯，現在會計部的亞曼達來要收據了，嗯嗯嗯嗯嗯嗯嗯，現在蝴蝶就要從他的鼻子流出來了，嗯嗯嗯嗯嗯嗯嗯，他到底該怎麼辦？

接著，就在混亂的踱步之間，達克立突然想通了，問題本身就是其解答。他從側背包裡拿出裝著粉末的罐子，帶進浴室明亮的嗡嗡電流之中，吸進的三行粉末彷彿ＤＴＴ般殺死了那些蝴蝶，他立刻便覺得眼前的阻礙肯定只是暫時性的，一點也沒有本來想的那麼糟，甚至可說是光明璀璨。

他一直都覺得會計部的亞曼達對他有點意思。只要達克立講了點色色的東西，她就會露出極其細微的笑容，代表喜歡聽他這種話。要是現在達克立跟她說，其實他好幾個星期前就把收據都郵寄出去，但就是發蠢忘記要寄掛號，那她非常有可能會搖搖頭並露出「真拿你沒辦法」的笑容，然後說她會想辦法安撫高層，平息這件事，也許兩人之後還會去約會。

有了計畫後整個人便放鬆下來。他帶著嶄新的心情離開浴室，走到窗戶前眺望達拉斯的市景，臉上掛著賊頭賊腦的笑容——彷彿俯瞰自己領地的超級反派。只不過，他完全不曉得眼前這片地方到底是哪裡，也不曉得窗戶面向哪個方位，於是便走向迷你酒吧倒了一杯蘇格蘭威士忌來緩和緊張感，然後回到床邊坐下。他覺得重新找回自信前的自己好像有點太神經，現在想起來覺得有些丟臉，特別是剛才對佩姬．帕克斯的態度實在有失公允。他所面對的這些問題——現在都已經化解——全都不是佩姬的錯。就算留著一頭紅髮，她也不是他在慌亂之中幻想會帶來末日的猩紅女子。佩姬是他的謬思，是他與雷霆俠共享的女友，這輩子能遇見她是他的福報。因為在父母離開之後，若是沒有她——沒有她和沃斯里——他就真的沒有任何能依靠的人了。

他搖晃杯裡的酒，液體傾斜形成的橢圓表面上有另一個波光粼粼的迪克．達克立正回望著他，令他油然升起某種模糊混濁的愉悅感。他想起多年前的老爹。現在的他懂了，父親的神學獨樹一格，除了雷霆俠之外的任何娛樂都是撒旦的網羅。他還記得老爹解釋箇中道理時的嗓音：「天父自古以來便以各種化身受人崇拜，耶和華、宙斯、朱比特，而這些名字都有雷神的意思，也都代表著雷霆俠。」之後老爹的論述詮釋就開始有些問題，最主要的問題是他誤認為雷霆小子是雷霆俠的兒子，而不是雷霆俠年輕時的自己。在老爹的「新版」新約中，還是青少年的雷霆小子就是耶穌，受父親雷霆俠之命從天堂（也就是雷霆國度）來到我們的世界，只不過老爹分不清楚雷霆國度跟雷霆山差在哪裡，而且很可能也把雷霆山和奧林帕斯混為一談。達克立現在能理解為什麼老爹會有這種誤會，畢竟世界上唯一比漫畫故事連續性還複雜的東西就是聖經故事的連續性，要把兩者結合在一起可說是一場野心十足的跨界交叉計畫。總的來說，父親的雷霆俠異端教派其實統整得還不錯，亞伯納和伊萊莎貝爾成了約瑟和馬利亞，菲力克斯・火石光看名字就是當撒旦的命，未來之友是使徒，佩姬・帕克斯是抹大拉的馬利亞，而雷霆狗贊多應該就是馬槽裡的那隻狗；雖然達克立覺得最後這個大概是老爹想不到所以硬掰出來的。

金色光束射入房內，在潔白枕頭上畫出條紋。一切又回歸正軌。他的思緒回到這次的大會上，這可是以想和哪個作品的角色上床都行而聞名的活動，他自己一個人躲在房間裡幹麼？他換上包包裡的乾淨T恤（衣服上畫著眨眼睛的口愛少女並寫著「要下去囉」），然後及時想起大會通行證，用掛繩吊在脖子上。臨走前再吸一行，他將門禁卡放至褲子後方口袋，踏出門外，進入薩特漫畫展的超真實繁複賦格之中。

大廳的夢境瘟疫現在已傳染開來，連高樓層都感染上駭人的扮裝病毒，所有走廊與小陽臺上都擠滿各種媒體裡逃出來的怪物，牠們可能來自半個世紀前的電視恐怖片，或者以特效為主角的戲院電影，又或者是明明六個月前才剛出版、現在卻已重啟到毫無連續性的漫畫作品。他看到一群只及腰高的馬崔科伊沙塵人，身穿長袍、帽兜，好像正以神祕的方式和另一隊來自中間世界的半身人戰士調情，但說真的他也不太確定。藏在那些灰色斗篷或者狗臉頭盔下的，若非發育不全的成人，便是還在念小學的孩子，兩種可能性都帶著令人不安的質素。等待透明電梯時，他看到一群彷彿油漆色卡般有著各種色彩的甲蟲男孩，大約五、六個，彼此抱在一起形成古早電視色彩檢驗圖的圖案，彷彿看到一個多重人格的人正竭盡全力整合為一。

這是他第一次向下進入這座氣派的深淵天井，所見景物先是整齊，接著輝煌宏偉。與稍早電梯上行時不同，當時的他不僅焦慮而且心事重重，現在則有時間注意到剛才沒看到的事物。例如，他先前沒看到掛在凸出小陽臺上方的龐大布條——看起來每三層樓就掛了一塊——壯碩的黑色字體正高聲喊著：**歡迎來到薩特漫畫展！**最後抵達飯店大廳時也一樣。達克立出神地看著這些大聲嚷嚷的字體向上捲動八次之後終於抵達一樓，他走進大廳的性感噩夢之中，感覺渾身精力充沛且深受整個世界歡迎。

放眼望去，一切事物似乎都更加放鬆、生動，擁擠而歡欣，但一部分可能只是因為他的心情變好了。布蘭登·恰夫紀念展看來已布置完成，肖像現在被簇擁在中央，白色的玫瑰炫耀似地往兩側鋪張蔓延，恰夫最著名作品的大型複製封面圖被放在類似樂譜架的架子上，散布在花叢中。達克立感到孩子般驚喜，因為他看見了一小群超人聯盟的角色扮演玩家聚集在一起，總共十人，想必是為稍後的致敬環節安排的參與者。除了月亮女王與紅狐俠看起來像情侶這點不太符合連續性，每套服裝的細節都非常精采。在達克立的眼中，這一切看起來都非常精采。

接著，讓他感覺更上一層樓的是他看到了沃斯里．波拉克，後者正一邊監督紀念展布置，一邊搭訕扮成鷹女的女子。沃斯里看到達克立後，便熟練地告別鳥類女英雄前來問候；達克立不只是他毫無社交能力的朋友，也是他的長期倫理學實驗對象。沃斯里拍了拍達克立已經溼透的後背，開玩笑地叫他「迪克大師」，並堅持他們兩個應該要立刻拋下一切前往大會酒吧好好聊一聊。迪克大師覺得這個提議不錯。

酒吧裡擠得彷彿波希或老布勒哲爾[93]的畫作，兩名編輯找了個相對安靜的角落，身旁圍滿在快速約會的外星人以及無窮無盡的周邊商品購物袋。許多穿著緊身衣的女性來來去去，沃斯里．波拉克一邊分心地用視線跟著她們的身影，一邊訴說自己有多擔心稍後的恰夫紀念活動。

「我真的很希望這件事能順利進行，公司現在很需要提振一下士氣。我跟你說，自從布

---

93 Pieter Bruegel（1525-1569），荷蘭畫家。布勒哲爾為最通用的譯名，不過其荷蘭文發音其實較接近「布魯侯」。

蘭登走了之後，災難真的是一場接一場來。先是他在晚餐時突然掛掉，丹·溫斯的血噴得到處都是，傑瑞·賓寇又昏倒，然後在布蘭登葬禮上同樣事情又重新上演。後來就沒人聽過溫斯去了哪裡——希望我別烏鴉嘴，不過看起來他應該不會來參加這次漫畫展，所以也許這次紀念會能夠平安收場，不至於又搞得滿地鮮血、尖叫連連，希望不要那樣。好希望我是你喔，在青樓工作的話就可以每天編輯適合打手槍的作品了，很爽齁？」

雖然還是不太懂為什麼編輯和打手槍是兩件事，不過達克立仍大笑點頭。他喜歡和沃斯里聊天，也喜歡這間擠滿各種淫蕩小怪獸的酒吧，燈具、吧檯桌面、酒瓶、生化人、大劍、眼鏡、比基尼戰服——一切都閃閃發光，而他便漂浮在這片星光燦爛的銀河之中。喝下一、兩瓶健怡可樂後，沃斯里開始變得更加樂觀，興奮地告訴達克立他們幫米爾頓·細指的《超人協會》找到了接替阿爾佛·凱克的線稿師。「他是很好的線稿師，畫風和很適合拜倫·詹姆斯。最棒的是，他的本性非常善良，絕對不可能殺掉自己的女朋友。我看履歷上說他閒暇時間喜歡，呃，當獸醫——總之是個喜歡動物的人。我對他有很大的期待，有他加入團隊一定會運作得很順利，就像恰夫這場紀念會一樣，我認真覺得這能結束公司這陣子以來的衰運。」

當達克立稍後有一小段空檔思考這些事情，他覺得自己其實沒必要和沃斯里·波拉克在酒吧裡聊這麼久，而是該去青樓的攤位幫《極樂》簽書才對，不過，反正呢，漫畫展就是這樣。最後，沃斯里說布蘭登的致敬儀式快開始，並說他該去找鷹女，為她扮演的角色提供（或許是精神上的）支持。兩人不知道模仿哪個族群的文化向彼此擊拳以示告別，說或許晚點在後人類的會後派對上再見。沃斯里匆促離開，往老鷹所在的方向飛去，留下迪克・達克立自己去摸索怎麼前往青樓的攤位。達克立穿越人群，本來如細緻薄霧的幻想故事角色們現在已濃得彷彿不斷顫抖的固體，色彩花得一蹋糊塗，形狀歪斜得離經叛道。他花了將近半個小時看遍犄角、魚鰭、刺客全身甲，以及某個全身都是時鐘零件的蒸氣龐克版本 Flavour Flav[94]，最後才終於見到青樓的攤位。

簽書活動似乎已經結束，從攤位後方減少的書堆數量估算，活動的熱度應該還算不錯。這時《極樂》的繪師克里斯・普拉斯基正幫兩位書迷畫完肛肛好機器人的素描，而照現場的情況來看，編劇泰瑞・諾斯和可能是口愛少女的金髮女子應該已經離開。雖然活動看起來沒有太大問題，但是當在打包沒賣出書籍的東尼和史蒂夫看到達克立時兩人的表情都有些不對勁令達克立感覺肚子又開始作怪而史蒂夫朝他走了過來這到底這到底是怎麼了他周圍的世界

94　美國著名饒舌歌手，特色是胸前永遠會帶著巨大的時鐘項鍊。

突然彷彿留聲機般突然開始加速倒轉，然後，聲音又回來了，史蒂夫看起來幾乎要落淚，說著「迪克，你得打給亞曼達」以及公司派了人之類的話，不對，這樣不對，公司派了人正要過來會場找他談這件事，不對，大約三十，不對不對不對，三萬元而且他們很快就會到了喔喔喔他要怎麼辦，不過他知道，已經沒有什麼好堅持了，沒有了，都沒有了。

他嚇壞了，血色從他臉上流逝彷彿沙漏中的沙。達克立一語不發轉頭就走，離開焦躁不安的下屬，卯足全力衝進超自然生物群中，想盡辦法往大廳的方向推進，確切來說就是動彈不得。四周都是卡通風格的頭與頭盔，他像是被遺棄在塑膠球池裡的孩子，呼吸凌亂，每次喘息都發出「嗯嗯嗯嗯嗯嗯嗯嗯」的聲音。他沒有計畫，也沒有方向，只知道如果能回到房間收拾東西，他就能在總部的人抵達之前離開這裡，改名換姓，改過流浪漢的人生，或某種人生，或任何人生。他被困在黏滯的人潮中，掙扎著經過牆邊幾處凹陷的空間，有來自外銀河系的納粹分子正戴著鍊甲手套對穿網襪的精靈上下其手，有兩隻早餐麥片吉祥物與一隻兔子的三人行現場，還有幾個孤獨的物體，他不知道他們想打扮成什麼，但總之他們都在哭。現在的他看著這些，覺得一切都那麼邪惡、那麼瘋狂。

來到大廳，情況變得更加糟糕。布蘭登·恰夫的紀念活動開始，令滿頭大汗且裝扮不合時宜的哀悼者塞滿了整個空間，達克立必須擠過所有人之間才能抵達電梯。恐慌的達克立一邊抱怨一邊跌跌撞撞地前進，被安靜的人群襯托得更加明顯。所有人正恭敬聆聽著超人聯盟朗讀恰夫的作品對白，出自廣受推崇的第一二一期〈腔腸支配者的呼喚〉。某個打扮成火箭遊俠的人說：「老朋友，看在大家都是外星人的分上我才願意這麼說：我的海王星感應能力告訴我：你陷入大麻煩了。」語畢，打扮成雷霆俠的瘦高男子則回答：「你這來自海王星的麻煩傢伙，你猜對了。腔腸支配者能夠支配我們的心智，可以把我們都變成怪物。」許多聽眾因為喜歡這句經典臺詞而發出歡呼，同時間則有更多人出聲大罵迪克．達克立，因為他破壞了這場靜謐的集會，一邊推擠還一邊發出詭異的尖叫聲。達克立對他們的咒罵無動於衷，只慶幸沃斯里．沃斯里沒在場，見到自己破壞這場儀式，畢竟他曾說過希望活動順利進行。要不是因為達克立在擔心其他事，就會發現在場的超人聯盟成員只有九名，唯獨不見鷹女身影；不過，現在的他滿腦子只想得到臨頭的大禍以及房裡的古柯鹼剩餘庫存。

後來他進入電梯，向上脫離一樓的盜汗動物區，驚恐的呼吸令車廂玻璃灰白一片，模糊了他眼中的會場。他用休閒外套的袖子擦出一片橢圓，覺得自己看見了兩名穿西裝、戴墨鏡的男子從正門入口走了進來，公司的人不可能這麼快，對吧？也許只是有人打扮成電影《木樁殺手》裡的吸血鬼ＣＩＡ探員。他希望這就是事實，但是電影裡應該有一名探員是黑人不是嗎？達克立覺得口水卡在喉頭，向上爬升的玻璃電梯令他覺得自己是在海牙接受審判的戰爭罪犯。向上爬升的問題就在這裡：和其他方向的移動相比，上行所費時間實在太長。

到了二十七樓，四處遊蕩的角色扮演者比先前少了一點，但是當達克立跑過走廊，在身後留下哽咽的嗚號，還是嚇到了出自三部不同恐怖類型作品的角色。他為什麼要和沃斯里·波拉克在酒吧裡喝這麼久呢？要是早點離開，他現在早就在前往遠方的路上了。如今為時已晚，公司派出的人可能已經走進這座飯店，只要下樓就可能會撞見他們。他記得自己曾經做過類似的夢，他緊閉起雙眼，希望現在也是夢境一場。不過當他再次睜眼，他並未醒來。

他最終抵達自己的房間，但是這裡感覺已不再屬於他。這裡並不安全，光線刺眼而且詭異，達克立突然意識到自己正邊哭邊把髒T恤和其他物品塞進旅行包。呼吸急促、氣喘吁吁，彷彿一節正在做愛的火車頭。這種事情發生在他身上並不公平，他就只是一個喜歡雷霆俠的人而已。畢竟有著這樣的家世背景，他知道自己並不普通。但是就漫畫而言，他認為自己仍屬於某種典型，並非壞人。他之前看到其他人的行為，認為他們都處於道德準則顛倒的達列斯第四宇宙，於是覺得事情還遵循某種常規，沒有那麼糟糕，現在卻發現根本不是那樣。他深陷前所未有的危機之中，覺得自己研究、崇拜了雷霆俠這麼多年，實在不該落入這種境地。達克立知道關於雷霆俠的一切，而這個角色卻用這種方式報答他。這時，他想起了古柯鹼。

他開始以歪理說服自己最合理的做法是一次用完，這樣當他被抓時，身上也搜不出任何東西。這次的藥效不太一樣。加量吸食後，他覺得自己彷彿超級英雄，但是那個超級英雄擔心受怕，所以連帶他也覺得非常害怕。他們可能已經進入這座飯店，他得趕快離開，這是唯一目標，越快越好。他抓起包包，完全沒注意到一邊鼻孔正大量出血。他奪門而出，衝入寧靜的走廊，彷彿從阻塞排水管中噴出面目模糊的血腥穢物。

此時，他的思考方式已經連哺乳類都算不上。他有個模糊的想法，要找到飯店勤務人員使用的樓梯，並從假設應該存在的後門離開。但是這想法不斷被打斷，因為他不斷想起雷霆俠，還有媽媽，還有遭受天譴。在過度緊繃的頭顱裡的大腦正泡在小火燉煮的腦脊髓液中，就要煮熟。他可以感覺到自己的語言和想法也剝落掉進沸騰冒泡的無解困境之中，被一一川燙。他很清楚，這就是自己的末日。他完蛋了。他又哭了起來，鼻子繼續流血，沿著狹窄的走廊跌跌撞撞，彷彿彈珠般在牆面與轉角之間反彈。突然之間，有人從鋪了地毯的寧靜通道上朝他走來。就這樣，他來到了另一個世界。

這時他便知道，天父雷霆俠既沒聽見也並未回應自己發出的絕望懇求，因為此時證據正沿著眼前的綠色寧靜走廊朝他走來，態度猶豫，可愛的臉上閃耀著擔憂的光輝，是佩姬。那個人是佩姬·帕克斯，或者說是某位打扮成她的善良美麗玩家，不過這一點也不重要，因為在象徵意義上，她就是佩姬．帕克斯的樣子，彷彿天使一般前來拯救。他感激涕零地搖晃著撲向她慰問的雙臂，將臉及其上的所有體液都埋入她披散肩上的熔銅色秀髮中。接著他把一隻手放進她雙腿中間，試圖親她。

女子的名字（就寫在他完全沒注意到的名牌上）叫派翠莎．羅斯，是飯店襄理，且有著一頭紅髮。她和許多年輕人一樣從來沒聽過佩姬．帕克斯這個名字。她摑了迪克．達克立一巴掌，罵他變態，接著便大聲呼叫警衛。

達克立發出呻吟，表示恐懼及無法理解，他衝過走廊，往目光所及位在遠處的小陽臺跑去。他可以聽見身後的佩姬講電話的聲音，聽起來又哭又怒，正在告訴某人樓層號碼以及目標是一名流鼻血的鬈髮壯漢，而那人身上的T恤印著十三歲小女孩準備要幫人口交的圖案。但是他明明沒有流鼻血，而且口愛少女明明不只十三歲，這世界太可怕了根本莫名其妙，他唯一能做的就是繼續跑、繼續跑。

他來到鉻鋼欄杆和木製扶手的小陽臺，這裡四散著賣弄招搖的正義英雄、哥布林和光線死硬的立體投影人物，而兩名穿著相同栗紅色外套的彪形大漢正從走道上朝他衝來，兩人表情都異常嚴肅，但他認不出他們出自於哪部作品。他轉身開始拍打反方向的地毯，此時已逝的布蘭登．恰夫寫過的對白從下方深處傳出，在大得驚人的天井中迴盪——「太陽在上！腔腸支配者把觸手伸進藍光俠腦中了！接下來什麼情況都可能發生！」

他的思考已經失去任何條理，語言能力只剩逃難時發出的嗚咽聲。他可以聽到身後不遠處的栗紅色男子大喊著「先生」，而所有光和色彩和倒影都從他身邊掠過，彷彿一團光子的嘔吐物。肺和心臟發狂似地撞擊達克立的胸骨，想要奪胸而出，以比較輕鬆的姿態自己逃跑。「向命運投降吧，超人聯盟。我會運用藍光俠的蔚藍項鍊把你們都變成我的奴隸，直到你們嚥下最後一口氣為止！」他抬起淚光模糊的雙眼看向前方，卻看到⋯⋯

稍早等電梯時看到的那對男女惡魔正站在幾碼外，懶洋洋斜倚在欄杆上。兩人都在喝插了小雨傘的雞尾酒。女惡魔看到達克立離開小陽臺往他們衝來，疑惑地抬起了單邊畫工精美的眉毛，而達克立身後兩道栗紅色的聲音還繼續「先生先生」地叫著。他已經無路可去，於是倏地往側身傾斜，彷彿打翻的水桶一般潑灑出去，接著便——

出於
對
天使
的
歡迎來到薩特漫畫展！
渴望
而
飛越
欄杆
歡迎來到薩特漫畫展！
跌入
旋轉
的
深淵
歡迎來到薩特漫畫展！
（沒有天使，只有鷹女，她的金色羽翼在
沃斯里・波拉克的房間床上展翅大張）
接著
猛力
砸
落
歡迎來到薩特漫畫展！
穿
過

層層

神話

歡迎來到薩特漫畫展！

穿

過

玻璃

電梯

歡迎來到薩特漫畫展！

（正確來說，他從上面跌進去，

然後變成某種曾經是他的東西從下面穿出來）

肉

與

玻璃碎片

灑落

歡迎來到薩特漫畫展！

在

從

大廳

升起

歡迎來到薩特漫畫展！

的

糟糕

對白

上

——他因為衝擊力道而炸裂。火箭遊俠吐在金鷹俠身上，而電光俠則卯足了力逃得遠遠，非常符合角色設定。T恤上的「要下去囉」字樣令這幕慘況更加諷刺。他彷彿從天而降的巨大木偶[95]，壓壞了雪白玫瑰，斑斑血跡噴上黑白裱框肖像照，有如獻出貢品。照片中的布蘭登·恰夫頂著羊男法翁似的頭髮和鬍子，正陰鬱地笑看這片屠宰場般的世外桃源。

這是沃斯里·波拉克所知，關於迪克·達克立最棒的故事。

19 二〇一六年，五月

如果這是電影，開場畫面就會是一道黑色高速公路如捲毯般朝平坦地平線的遠端鋪開，彷彿將要迎接重要訪客。幾團羊毛狀的雲朵由左至右匆匆越過中西部的藍色天際，一陣強風吹過，現身在麥克風所收到的斷續呼嘯，以及畫面前景角落急速揮舞的麥草桿特寫中。遠處有引擎發出憤怒的蟲鳴，不一會兒，車身便出現在精心構圖的畫面中央，彷彿一顆逐漸膨脹的銀灰圓珠。

遠離漫畫六個月後，丹·溫斯此刻正在摸索活著是怎樣的感覺。他坐在方向盤前，降下貼了隔熱紙的車窗，穿著無須圖案授權的大人風格衣服，行駛在風與陽光之中，一如從前的

95　原文指的是一八九〇年代位於巴黎的大木偶劇院（The Grand Guignol），專門演出肢解、挖眼等血腥恐怖類型的作品。

時光一樣快樂。他猜一部分是因為他回到了自己長大的州，不過主要還是因為終於擺脫工作所帶來的隱形重負。在此之前，他並不曉得這份工作對他有何影響，但是當他停下腳步，便立刻震驚那種彷彿重生的感覺。他覺得在過去幾十年裡，自己彷彿生活在有如煉獄的監獄星球，重力龐大，大氣中充滿氰化物和甲烷。而今發現自己能夠呼吸且輕盈行動，令人欣喜若狂。

他放慢車速，等一隻受驚的兔子讓出路來。野生動物不習慣有車流出現在此處，這是個好兆頭，他想。如果能找到前一週開車閒晃經過時看到的那棟待售屋，那就更好。那麼從今天開始，他就能日日享受這樣風光明媚的午後：隱居在這兒，創作那本已經開了頭關於童年的小說，唯一作伴的便是兔子與這片無窮無盡的天空。

令他震驚的不只是沒有漫畫的生活能過得多好，還包括身處其外看到的漫畫產業竟是那樣，多麼狹隘、殘酷、荒謬。那些扭曲的個性要不是受這一行吸引而來，便是被產業出於自私理由而折彎、塑造的粉絲，天真地以為自己的命運能夠有所不同。他無法理解為什麼自己明明可以，卻沒有早幾年退出這一行。一部分答案只是平凡的懶惰人性，另一部分則是因為，身處其中時，漫畫界的人與他們的怪異行為看起來是那麼接近正常。他們阻絕外界的聯繫，傾向和同領域的其他人在一起，因為那些人和他們同樣甚至更加古怪，遂令他們相信自己處於正常、滿意的現實之中。但是這種行為通常會令他們更為怪異。

丹很慶幸自己及時逃了出來，不過他也承認連逃脫本身也有其限制。畢竟，離開漫畫界是一回事，不再想著漫畫則是另一回事。這份職業在他心中留下了一座堆滿冷門知識的垃圾掩埋場，隨時散落腐敗的碎片，雖然極不情願，但他經常發現自己的思緒會去注意到某些碎片。例如，當電視新聞提到國家守護者，他會一下子以為他們說的是漫畫角色，而不是實際上的國民警衛隊組織[96]；如果有人提到黃金，他也會反射性覺得他們在討論喬・高德[97]。他早該料到自己會有這種反應——無論在什麼領域待上三十幾年，都會在一個人心裡留下許多牽掛，特別是像漫畫這種為了使人迷戀而生的產業。可是丹希望自己可以不再這麼做，至少別在別人面前。因為那有些丟臉。例如當他去銀行通知自己可能要變更住址，接待的行員名牌上寫著「A・貝爾」，丹開玩笑地問有沒有很多人問他是不是雷霆俠[98]，但是對方只是一臉茫然地回答「什麼意思？」

96 漫畫角色國家守護者的英文原文與美國民兵組織國民警衛隊（National Guard）一樣，但是前者是單一的漫畫角色，後者則是美國重要的後備兵力。

97 高德名字的原文 Gold 就是黃金的意思。

98 A是雷霆俠本名安博魯斯（Ambrose）的字母縮寫。

他注意到天空此刻的色調正好是被自己稱為「野蠻獸藍」的顏色，接著便嘆了口氣，知道自己距離完全復原還有一段路要走。他想起以前從米爾頓·細指那裡聽到的一件事。年輕時的米爾頓要比丹更抗拒主流文化。米爾頓曾說，吸毒者在戒掉毒癮後——無論時間多久——通常都會自願成為戒毒輔導員，為此博得社會的讚賞不過是種掩護的假象，真正的目的是要繼續維持與毒品世界的聯繫，因為他們心裡想的、嘴上講的全是那個世界的事，無法自抑。丹知道，要是他哪天發現自己在幫助五十歲的中年人抵抗參加《復仇聯幫》馬拉松放映會，那他的麻煩就大了。

照地平線上令人偏頭痛的微弱閃光來看，今天應該會是炎熱的一天。他只希望那塊待售中的牌子不是自己幻想出來，也沒有記錯路或做出其他蠢事。他夢想擠身文學作者的行列，像沙林傑或品瓊那樣住在渺無人煙的荒郊，避開任何採訪。在過去幾個月，這種想法已經從白日夢凝結成了心理上的需求。自從在布蘭登·恰夫葬禮上搞出那場可怕奇觀，他便嚴格保持靜默，沒有和業界裡的任何人聯絡。他把自己的告別檔案[99]連同那份雷霆俠劇本、維沃斯的訪問和其他東西全都發表在《收藏家賦格》，雖然並未引起太多回響或共鳴，不過對丹最重要的是自己寫了這些東西。他的嘴唇好多了，能夠再次正常說話。離開漫畫界之後，他便不想再把自己的嘴唇吞下肚。他切斷所有後路，處理好所有要務，從紐約的公寓暫時搬到南本德的租屋處，直到找到自己的永久住所為止。現在的丹打定主意要開始新的生活，沒有任何動搖空間。不是改變就是死，他只有這兩種選擇。

他都忘了自己有多喜歡印第安納州，特別是在伸手就能摸到密西根湖的北部。他現在就能看到湖，在右手遠處那片樹林的後方閃閃發光，在移動的視差下顯得靜止。丹在南本德長大，直到他在一九六九年愚蠢地參加了蜂會1，讓媽媽萌生想和丹的布蘭達阿姨一樣搬到紐約的念頭。帶著懷舊金色濾鏡的他本來以為自己會在南本德找房子，好重溫童年時光或者滿足類似的無腦衝動，不過，回到南本德只是證明了為什麼他不會住在這裡。現在的南本德和過去已經非常不同，丹・溫斯自己也是，如果再加上各自變化的速度，便會讓疏遠而陌生的碰撞變得更加激烈。南本德並未變得衰敗破舊，至少沒有其他地方那麼糟糕，但這裡已經不是他長大的地方，他也不再是在這裡長大的人。對他來說，每個角落都是一段日益失望的重建過程，永遠都往錯誤的方向發展。他最好在附近找新的地方，這樣就不必疊加套印所有珍

99 告別檔案（KGB defector）是蘇聯前KGB探員 Vladimir Vetrov 因為對蘇聯體制失望，轉而向法國國土情報監測局（Direction de la surveillance du territoire）提供的一系列情報內容，這些內容促使西方國家開始大量驅逐蘇聯的技術間諜。

貴的回憶。

不過前提是所謂的「新地方」真的存在且等待出售，不只是某座因為迅速飛逝而遭到誤解的廢棄加油站。他越來越接近後者的可能。要是那個地方真的存在，他應該早該看到了才是。該死，再開下去就要進入芝加哥了。這時丹還來不及阻止自己，一陣子沒有發作的漫畫大腦便又開始提醒他芝加哥就是橫幅漫畫社的大本營，並開始列出那間公司令人起疑的成功。他感到一陣火大——火大自己沒辦法停止尋找每件事物與漫畫的關聯，火大自己竟然開這麼遠來尋找一間好像曾經看過的夢想之屋，火大所有關於「新生活」的鬼話。正當他灰心喪志地打算迴轉開回南本德，突然之間，那個地方便出現在他面前。

確切來說，那是兩棟並肩緊鄰的房子，一棟白一棟粉紅，在晴朗日子裡看起來就像草莓與香草的雙球冰淇淋。但這一定就是那個地方。他現在終於看到，待售的是香草那棟，粉紅色那棟的前院裡則站了個老人正在澆花，手裡水管設成了細緻水花，灑得到處都是迷你彩虹。丹之前沒有意識到這兩棟房子所在的位置有多美，至少從剛才來的方向看不到。房子基本上就蓋在湖畔。他駛近那兩棟美好如畫的小屋，放慢車速停下，老人關掉水龍頭，抹去了所有彩虹，轉過頭來面無表情地看著丹，雙眼和五月的天空是同樣顏色。

老園丁看起來大約五十六、七歲，精瘦結實，肌肉彷彿牛肉乾，一頭白髮，皮膚有如飽富歲月痕跡的皮質書包。男人的外表沒有什麼特別之處，除了腳上那雙對比鮮明的條紋襪子，一隻霓虹綠一隻螢光橘。丹關上引擎，老人仍凍在原地，眨也不眨地直盯著他。他有諾曼・洛克威爾[100]筆下人物那種老派風格的面容，典型的美國人，令你不自覺以為自己曾在電視上看過他。他靜止不動的身形中隱約有種緊張感，外加幾乎難以察覺的憂慮，丹這時才意識到自己可能是這幾個月、甚至幾年來第一位造訪此地的外人。老人眼中的丹可能是國稅局專員、討債公司人士，或是某個以ＤＮＡ尋找親生父母的組織派來的工作人員。丹急切地想安撫自己未來的可能鄰居，便將車鑰匙留在鎖孔上，踏出車外，舉起手表示抱歉。

「抱歉嚇到你了，我只是剛好開車經過，注意到你把這裡照顧得很好，很漂亮。我以前在印第安納長大，在南本德，現在退休了就想要回來這裡定居。我叫丹・溫斯。」

丹伸出手。老人盯著丹的手看了一會兒，彷彿那是某種外星文物，接著便也伸出手握了握丹，手勁意外扎實。他抬起藍色眼眸，對丹露出寬宏笑容，那笑點亮裂縫般的五官，像是掛在鐵鏽色荒漠上空的象牙色太陽。

「我叫查理・墨瑞利。剛才你突然開過來，我還在想你到底是誰咧。你前陣子是不是也

100 Norman Rockwell（1894-1978），美國重要畫家，作品大多描繪美國社會景象。

有經過這裡？大概上星期還是十天之前？」

老人的布魯克林口音不容錯認，而他的問題剛好凸顯了樹林這一端的車流有多麼稀疏，以至於丹開車經過成為大事，讓他銘記至今。丹現在想起來了——剛才來的路上，整整四十五分鐘他都沒有追過任何一輛車。在這種荒郊野外想你做什麼都行。

「對，沒錯，你看到的應該是我。我應該就是在那天發現這裡，後來一直在想確切位置到底在哪裡。那個，你的紐約口音滿明顯的。」

墨瑞利和善地點了點頭，輕笑起來。

「故事說來話長。我一九二九年生於羅德島州的普羅維登斯，父母叫喬和艾琳，家裡開烘焙坊，所以高中因成績不好退學後便回家工作。我老爸在一九五一年把店搬到紐約，我也跟去了，所以才有紐約口音。後來，我在一九六三年娶了一位美女，瓊安・桑默斯，我告訴你，那真的是我這輩子最錯誤的決定。我曾經在康乃狄克州開過一間披薩店，但是那臭女人決定在一九七〇的時候拋棄我。我只能說，謝天謝地我們沒有小孩。後來我搬到克里夫蘭，在一間吸塵器經銷商擔任經理直到二〇〇五年退休搬來這裡。我很喜歡園藝，還是辛納屈的死忠歌迷。」

丹微笑點頭，但其實心裡莫名其妙。當然了，這整段故事平淡無奇而且過於詳細，不過這畢竟是他的人生，丹並不覺得有什麼好笑之處。蜜蜂四處遊蕩，在玫瑰叢中嗅來嗅去，發出遙遠飛機引擎般的聲音。這位友善的老人或許平時就是這種親暱態度。丹試圖重新開啟對話。

「很棒的故事。嗯，你說二〇〇五年搬過來，所以在這裡住十年了？那你應該認識隔壁的屋主囉？」

查理・墨瑞利瞥了一眼隔壁那棟有著凌亂花園的白色屋子。

「我不認識隔壁的人。那間房子從我搬來就空到現在。」他轉過頭來，瞇著雙眼打量著丹，臉上的皺紋看起來彷彿木紋。「你剛才說想要回到小時候長大的地方定居，我猜應該是看到那邊院子裡的待售牌才會停下來，是嗎？」

丹緊張地吞了口口水。他沒想過墨瑞利不想要鄰居的可能性，只希望自己沒造成任何嫌隙，不會影響他住在這裡的可能。

「呃，對，我的確想過。你先前自己住在這裡不必受人打擾，我很理解你喜歡那種感覺。如果我說想買下來，會讓你不高興嗎？」

查理手上的水管已經關起，他低頭看著草坪，伸出另一隻手摸了摸後頸。此時的他更讓丹有種曾在某處看過的感覺，或許是某齣老電視劇裡被激怒的資深醫師。老人疲憊地吐了口氣，態度介於輕蔑的鼻息與嘆氣之間，然後抬頭皺眉，以矛盾的神情看著丹。

「老實跟你說吧，如果我是在上個星期你開車經過這裡之前聽到這個問題，我可能會叫你走開。你看起來人還不錯，但是我已經很習慣這裡只有我自己。但是那天你開車經過這裡之後我就一直在思考，我也不年輕了，住在這鳥不生蛋的地方，要是哪天突然出了什麼事該怎麼辦？而且醫生也說，要是有人能聊聊天，就算只是偶一為之也有助於神經和心理健康。畢竟一直獨居在這裡也是有可能發瘋，看著自己的行為越來越奇怪，我有時候也滿擔心的。別的不說，你就看我這些襪子吧！哪個正常的成年人會穿成這樣？所以，去吧，去打電話給牌子上的人，你搬來的話對我也有好處。」

現在，兩個男人都看著彼此露出笑容，丹·溫斯放下心中大石。他知道自己還是得經歷購屋過程中那些複雜的折磨，不過此時此刻，他覺得自己做到了：他成功逃離了漫畫產業，哪怕是穿越了大半個美國才躲過追捕。查理和丹像多年老友般聊了起來，彼此都很期待未來成為鄰居相伴的日子。墨瑞利表示非常高興丹出現在他家門前。

「當然，如果你是個巨乳美眉的話就更好，不過嘛，總要留給天堂一點期待，你說是不是？」老人笑著說道。雖然丹對這樣低俗的黃色笑話有些不自在，不過更引他注意的是查理的笑容及老人面對陽光瞇著眼的神情。在這樣的陽光下，他看起來就像……丹因為突然想到什麼而張大了嘴巴，接著便因為自己幼稚的思考邏輯爆笑出聲，覺得自己竟蠢得如此荒謬。

墨瑞利還是看著他笑，不過現在多了一點不解的困惑。

「什麼事情這麼好笑？」

丹花了一會兒才壓下自己自嘲的笑意，然後擦擦眼睛，向老人解釋並道歉。

「是在笑我自己，我很好笑。說真的，如果你知道我個性多糟糕，就不會想讓我住到你家隔壁了。我剛才想到的是，我還是會常常想到上一份工作，就是六個月前退休的那份工作。我好像不管看到什麼事情都會想到它，會一直想到以前生活中的小細節，完全沒辦法控制。」

墨瑞利理解似地點點頭。「嗯，我對我以前的工作也會這樣，我是指在克里夫蘭當經銷商經理。我猜，某些工作就是會這樣，糾纏著你不放。」

丹再次咯咯笑了起來。

「哈哈，真的。我剛才看著你就突然笑起來，是因為我發現你長得好像我在那份愚蠢工作裡認識的某個人，某個叫法蘭克·賈汀諾的傢伙。我真的應該去做一下催眠治療，好把這些沒用的資訊都忘掉。」

墨瑞利依然在笑。也許他在紐約幫他爸的烘焙坊工作時也曾經見過幾個這樣的精神病患。

「這樣啊。所以你的意思是，這個人跟我一樣帥囉？」

丹大笑起來，馬上向新朋友保證他絕對是比較帥的那一個，帥很多。丹很喜歡老人說話直來直往、充滿活力的個性，覺得兩人能夠像這樣開玩笑是個好兆頭。查理臉上掛著若有所思的平靜笑容，彷彿也有同樣的感受。他心不在焉地看著丹的車，然後瞥向剛才車子沿著湖畔行駛而來的那條馬路。老人點點頭，彷彿在贊同自己邀請丹成為隔壁鄰居是個很好的決定。突然間，他似乎意識到自己手中還握著水管，便把水管扔在草坪上。水管觸地後懶散地盤繞成圈，彷彿正在晒太陽的毒蛇。墨瑞利轉向丹，朝他心照不宣地眨了眨眼。

「這樣吧，我們都是文明人，不應該在太陽底下像動物一樣搞得滿頭大汗。我們進去喝杯啤酒，彼此認識一下，你覺得怎樣？」

他們的確這麼做了。如果這是電影，那麼結尾鏡頭就會從陽光普照的花園望向屋子褪粉紅色的外觀。黃玫瑰在比較低的前景中鼓勵似地點著頭，一隻雄蜂在此探查，幹練得彷彿工程師。在比較近的背景中，我們看見丹和查理正搭著彼此肩膀，有說有笑地走入屋子大門，門在兩人身後關上。背景音樂裡間歇的蜂鳴鳥叫彷彿詠嘆調，鏡頭在關起的大門上停留約十五秒，接著聽見像是有人咳嗽的聲音。

再持續五秒，然後切至黑幕。

20 二〇二一年，二月

因寒冷和新冠病毒而封城，無論人口或動力都大幅減少的紐約，成了西席．地密爾[101]風格的盛大廢棄片場，是資本家抽走資金乳酪之後剩下的空曠大夢。整整五十層的寂靜高樓。如果空缺是一種鬼，這裡的每個地方都不得安寧。這是一部渴求明顯災難的後災難電影，名稱該叫《無所事事》。預期之中該有報紙如飛蛾一般跌落水溝，用破舊的標題解釋災禍的來龍去脈。但現在就連這些報紙都不見蹤影。這是所有大限之物的盡頭。這是全人類的更年期，或者世界末日。

對沃斯里．波拉克來說，受邀前往《美國人》漫畫與高層會談是件大事，而就和所有重要的大事一樣，如何維持火熱的氣氛是個深奧的問題。沃斯里戴了口罩——口罩給了他野

101 Cecil B. DeMille（1881-1959），美國導演。

鑾獸的鼻子、嘴巴和下巴，頂著這張臉去見《美國人》的人似乎不夠忠誠，但這是店裡僅剩的款式——這麼一來才不會在走過之處留下陣陣白煙，就像空曠大街上幾個沒戴口罩的人一樣。沃斯里與其中一名沒戴口罩的男人錯身而過，對方似乎同時覺得驚恐又冒犯。男人戴著紅色棒球帽，上頭寫著「讓美國重返現實」。一切事物都蒸氣騰騰、顫慄發抖，感覺起來彷彿交流進入熵的無序狀態。

或者只是沃斯里自己的問題；也許是因為他前一晚幾乎沒睡，所以現在才頂著失眠後的破碎眼光在看這座近乎空蕩的城市。昨晚，憂慮與期待同時在他腦中進行TED演講，逼走了睡意，他只好起身爬上串流平臺，以《幽谷鎮》第一季填補蒼白的時光，以至於最後心煩得根本睡不著覺。他簡直不敢相信《幽谷鎮》竟然是黑暗寫實風格的布林吉故事，劇名取自近視主角所住的小鎮。為了不冒犯視覺障礙者[102]，布林吉已被改名為布萊德利·布朗，且視力缺陷這個設定也被重新定位為陰陽眼，讓他能夠看見洛夫克拉夫特風格的詭異陰間世界，而他的好兄弟酒瓶哥則在老爹汽水店的密室裡偷偷經營冰毒製造所。在影集的第一集裡，布林吉的高中老師哀絲比女士被人發現身亡，全裸的屍體被裹進層層錫箔紙，藏在布林吉破舊老爺車的後車箱裡，從這之後劇情便越發艱難。要是昨晚沃斯里選擇繼續躺在床上，被失眠引來的一連串閃現惡夢折磨，那麼現在的他便只會剩下一股沒來由的不安以及其他的渣滓。

不過，說真的，看完六集《幽谷鎮》後他其實與那種狀態相去不遠。那是種非常不對勁的感覺，彷彿一切大錯特錯，彷彿看見小時候最愛的那隻泰迪熊嘴裡咬著刀朝你爬來。於是，在這個本來就令人不安的早晨，沃斯里發現自己竟然被理該無害的布林吉搞得更加焦慮。

當他終於抵達七七七號，大廳裡除了他和接待櫃檯後的印度男子以外空無一人，男子冰藍口罩上方的雙眼帶著憂慮，目光緊跟著沃斯里一路穿過響亮的空蕩空間直至電梯前。整個世界彷彿一齣努力渡過編劇罷工空窗的肥皂劇，所有動機、對白和故事線都戛然停滯，巴比·尤鷹[103]永遠凍結在踏出淋浴間的那一刻。

彷彿為了要凸顯現在有如瑪麗賽勒斯特號[104]般的幽靈船狀態，所有電梯都敞開門板，提供搭乘。前往二十八樓的旅程孤獨而從容，沃斯里甚至有時間擔心等一下可能會看到怎樣的

102　布林吉的原文為Blinky，原意指眨眼。

103　Bobby Ewing是美國八〇年代著名肥皂劇《朱門恩怨》（*Dallas*）的主角之一。該角色在第八季結尾因演員退出而被賜死，不過為了拯救收視，又在第九季最後一集的最後一個鏡頭突然復活回歸，角色回歸的那場戲便是著名的「洗澡戲」：巴比的妻子從夢中醒來看見他在洗澡，而巴比回頭一望，隨即切至片尾。

104　Marie Celeste是十九世紀中後的美國貿易船，一九七二年某次航行中被發現在海上漂盪，船身完好無缺，但是船上空無一人，所有人員下落不明。瑪麗號是後來相關幽靈船、鬼船故事的原型。

場面。過去幾個月裡，《美國人》漫畫根本是一場災難，許多資深員工都被解雇，連出版品都只剩幾本陷入永久暫停的漫畫。也許他被上層叫到這裡就是為了要談這件事：他們想告訴他，漫畫已死。

抵達二十八樓，電梯門聳了聳肩，無所謂地打開，並不在乎沃斯里是否要走出廂體。當人類失去活下去的意志，這些物品也失去身為無生命體的意志。他走出電梯，踏進那條令人反胃的網花走廊。即使在這裡習慣了數十年，這條走廊還是有辦法讓人只看一眼便噁心到癱瘓。他不確定是因為走廊上用的那些省電燈泡，還是自己視力又變得更差，總之《美國人》漫畫的迷宮走道覆上了一層陰影，彷彿燈光本身就灰濛一片，無人看顧。

接待處沒有人，不過話說回來，這裡本來就沒有接待人員。比較反常的是桌上竟然有個棕色紙袋，裡頭伸出半根吃剩的潛艇堡，根據幾近松綠色的黴菌爆發的程度判斷，應該已經放了超過一個星期。沃斯里身後傳來一陣輕微的抓撓聲，他轉身去看，驚恐地發現一群害蟲——他希望只是老鼠——從正面咬穿了安博魯斯・貝爾，看起來正棲息在他的腹腔裡。雖然這位隱藏了身分的超級英雄仍一副不在乎地靠著已經乾涸的飲水機，但是本來和善的笑容現在變形成痛苦的鬼臉，看起來潦倒而不健康。

寂靜的氣氛與腐敗氣息使人緊張，沃斯里繼續往痛苦走廊的深處走去。在走廊的某些地方，燈具結結巴巴地朗讀著昆蟲之詩。為了能讓所有人都受到感染，同時避免自己被誤認為《偉漫》的忠心聖戰士，沃斯里將野蠻獸口罩拉至下巴，經過十三歲男孩幻想中人物的屍首旁。他有些不甘心，但仍默默接受此次被叫來《美國人》漫畫的大本營應該不是為了尋常原因，接著便在轉彎之後撞見死了三十年的海克托．貝斯。

正確來說，沃斯里遇到的似乎是已故《邋遢大軍》編年史家的新聞影片[105]。眼前的貝斯黑白分明，彷彿出自二〇年代的舊損膠卷，重播著他過往站在辦公室門前的影像，在離大廳一段距離的位置，不斷朝門把伸出一隻銀光閃閃的手然後又退縮回去。沃斯里小心翼翼地走近，電流鬼魂朝他瞥了一眼，似乎知道他的存在，只是無法溝通。貝斯的嘴唇在痛苦的臉上蠕動，不過他似乎被困在有聲電影出現以前的時代，因此無論說了什麼都無法傳出，唯有透過懇求的眼神才能表達其不可能的困境。他的眉毛彷彿兩座頻頻閃動聖愛摩火[106]的空中花園，而他從火光下方凝視著，感覺像是貝斯已決定誓死奪回辦公室，卻進入不能、求死不

105　新聞影片（newsreel）是早期一種新聞傳播形式，會在電影院播放事先錄製好的紀錄片或相關短片，流行於二十世紀初至中後期。

106　St Elmo's fire 是一種自然物理現象，通常發生在雷雨中的船桅頂端，會產生類似火焰的藍白色光焰。

成。他已準備好返回工作崗位，並將永遠處在這個階段。

沃斯里必須在這條錯覺走廊上繼續前進，才能抵達大衛・莫斯寇維茨的辦公室。他從默片幽靈的旁邊繞過，並在與貝斯對上眼時雙手一攤，擺出無可奈何的同情表情，表達自己也愛莫能助。他指了指手錶，然後用拇指比向身後的走廊，表示雖然他很想瞭解深不可測的死者境遇，但是有約待赴。灰色淚水滑落貝斯脆弱的賽璐璐臉頰，不過此時沃斯里已經頭也不回走入醜不拉嘰的廊道深處。

他見到上世紀便去世的男人的亡靈。沃斯里一方面覺得自己應該放聲尖叫，或者把這件事告訴哪個誰，尤其是驅魔師，但是另一方面又覺得，高層的邀約對自己的職業生涯實在太重要，他絕不能被靈異現象分散注意力。他跑了起來，決定等之後有時間再慢慢消化貝斯這件事，現在顯然時機不對。不過，當他通過下個轉角，一名九歲小男孩突然出現在他眼前，驅散了他腦中所有關於海克托・貝斯的思緒。男孩站在視覺衝擊強烈的走道上不耐煩地來回踱步，皺眉查看手機上的時間。

他是跟著家長一起來的嗎？還是因為贏了什麼比賽才來到這裡？小男孩大約四呎六吋，照衣著看來大概是某間昂貴私人學校裡最有型的九歲小孩。男孩穿了超小件的正版美式足球隊夾克，至於鞋子，雖然沃斯里不太清楚還沒進入青春期的孩子流行什麼，不過他覺得男孩的運動鞋絕對走在風潮的尖端。沃斯里希望當年自己的父母也有辦法在孩子身上花這樣的錢。不過當他走近之後，便發現這個孩子似乎未對這樣的舒適生活感到感恩或滿足。男孩的臉上寫滿壓力，而遠看金黃的髮色近看才發現是一片鼠灰。這時小孩轉過身看見沃斯里，問道：「你到底是跑去哪裡？」男孩還留著小鬍子。噢，天啊，是大衛．莫斯寇維茨。

沃斯里一時間不曉得該說什麼，於是結結巴巴地為遲到而道歉，縮了水的出版商人聽了之後舉起一隻小手掌，閉上眼睛，嘆了口氣。

「海克托又出現了嗎？」

沃斯里唯一能做的只有點頭。長得像莫斯寇維茨的小孩惱怒地搖了搖那張老臉。

「沒有人知道他為什麼會出現。我們找專家問過了，他們覺得可能是因為太陽黑子。我已經叫法務部的人去想辦法，看能不能申請到超自然界禁令之類的東西，但目前看起來沒什麼希望。不管了，現在沒空站在這裡閒聊，樓上的人還等著見你。跟我來吧。」

雖然莫斯寇維茨身形的轉變是長期的結果，沃斯里還是覺得這並未減少親眼見到最後階段所感到的困惑。莫斯寇維茨的聲音和五官都屬於七十出頭歲的老人，因此與其說他返老還童，其實更像是縮水，他退化成了孩童時的樣子，卻沒有放棄成人的知識、權力或地位。沃斯里跟隨在前方奔跑的迷你主管穿越《美國人》的海市蜃樓迷宮，來到一扇門前。沃斯里認為這是米米·卓客的前辦公室。

「這裡以前不是米米的辦公室嗎？」

小孩身軀上方的老人頭抬起臉，訓斥似地看著沃斯里，然後伸出笨拙的嬰兒爪子轉動成年人尺寸的門把。

「現在也還是她的。」

前副總裁卓客已經離開五年，不過辦公室裡看起來就像她只是去上廁所上得比較久而已。形狀奇異的辦公桌上有杯花草茶，杯身精巧，正在蜂之王杯墊上冒白煙。沃斯里覺得一頭霧水。

「呃，我們不去搭電梯嗎？我以為我要去樓上？」

袖珍版出版商人露出得意的笑容，彷彿這其實是他的十歲生日派對，而他正要向朋友炫耀新玩具。

「不用。我們要去的樓上不太一樣，所以要搭不一樣的電梯。電梯在米米桌後那幅裱框大照片的後面。」

沃斯里此時還在努力理解昨晚按下《幽谷鎮》第一季播放鍵後至今發生的種種事件，他抬起頭來看向占據辦公室後方牆面的巨大華麗裱框相片。沃斯里以前當然見過這張——樸素的黑白影像包裹在上了金漆的藤蔓雕飾框中，這張米米．卓客的父親和皮諾切將軍走向第十一洞果嶺的照片曾是漫畫界許多嘈雜八卦的來源——不過這次似乎有地方不太一樣。相片的改變如此明顯，以至於沃斯里一時間說不出有哪裡不同。

然後他就發現了。現在的照片裡有三個人，破壞了瑞查．阿維當大師級的構圖。在清冷珍珠白天空下的整齊草地上，卓客參議員與他冷酷的智利法西斯分子球友迎風悠閒地站立，兩人之間則是全裸的米米．卓客，面帶微笑，一派輕鬆地挽著兩人的手。除了沒穿衣服之外，嬌小金髮女子的身上也沒有任何體毛、生殖器或乳頭。若不是她的白色身軀因為站在寒冷高爾夫球場中而明顯爬滿雞皮疙瘩，她幾乎就像是一尊塑膠娃娃或者修了圖的插頁女郎。她看起來比沃斯里記憶中更快樂、更滿足，而兩位老男人似乎也很高興有她作伴。奧古斯托．皮諾切斜眼瞄向米米刪減過的乳房，在參差不齊的小鬍子底下淺淺一笑。他們三人嬉鬧地共存於已逝昔日午後白蠟光線之中的那個剎那間，留下沃斯里完全摸不著頭緒，不懂眼前的照片到底怎麼回事。

「可是，這張照片……這不是電腦修圖。他們怎麼把米米的照片弄進去的……？」

已經化為小學生的出版商人從椒鹽色眉毛下瞪著沃斯里，警告意味濃厚。「那不是米米的照片。你不用管，那對我們現在要做的事情來說不重要。」

莫斯寇維茨走向那張一點也不實用的可愛辦公桌，雙臂抿成一道嚴肅的線，將一隻小手放在沒有花草茶的另一個蜂之王杯墊上，然後急轉四分之一圈，裱了框的巨型照片以及懸掛相框的那部分牆壁頓時平順地朝左滑開，露出一扇青銅門扉。再轉四分之一圈後，青銅門也打開了，露出後方的電梯車廂，亮白燈光，空間足以容納兩名乘客。莫斯寇維茨直直地看著沃斯里，早衰症般的小學生臉龐上情緒難認。

「進去。裡頭有兩排按鈕，每排十一個，切記只要按下標示字母阿列夫的按鈕就好。左邊最上面第一個。不要按其他按鈕，否則你會去到不想去的地方，彼得·瑪斯卓希歐就是這樣失蹤的。據我們的推測，他現在人在查地宇宙，以偷牛為生。」

沃斯里照做了，進入狹小空間的燈光之中。他因為一心想著不要按錯按鈕，所以沒認真把彼得·瑪斯卓希歐和偷牛的那段話聽進去。門邊如莫斯寇維茨所說列了兩排按鈕，總共二十二個，每個按鈕都是黑的，上頭分別以金色字體寫著一個希伯來文字母。寫著阿列夫的那個按鈕——他覺得自己認得這個字——也如莫斯寇維茨所說位在左上角。

在敞開的電梯門外，沃斯里可以看見米米·卓客的辦公室，以及莫斯寇維茨小男孩看著他的眼神。在沃斯里看來，他的眼神似乎頗為焦慮。

「波拉克，我要告訴你，公司誠心祝你一切順利。記得，如果頭是人類的話，那你就去錯樓層了。另外，我之前告訴他們海克托．貝斯的情況已經處理好，所以要是他們問到他，你就什麼都別說。謝了，兄弟。」

沃斯里其實完全聽不懂自己獲得的一連串指示，但仍自信地點點頭，按下寫著阿列夫的按鈕。青銅門板滑動關起，右下角的希伯來文字母按鈕瞬間亮起，彷彿裡頭有盞金色的燈。沃斯里不認得那個字母，但覺得那應該代表自己此刻所在的樓層，也就是二十八樓。電梯開始移動。

門邊的黑色方塊逐一顯示著希伯來文字母表，由後至前，而金色的光芒自右側那排按鈕下方緩緩上爬。車廂的移動方式令沃斯里感到疑惑：他分不出自己正高速上升，還是因為電梯纜線斷裂而急速墜落。時不時，他可以透過壓力沉重的內耳感覺電梯在往橫向移動。金色光芒繼續帶著節奏上爬，每次上升，他都覺得反胃得彷彿剛翻了一次筋斗。更令他不安的是，每次抵達新樓層似乎都會伴隨著劇烈而明顯的氣氛變化，詭異而明確的情緒來得又急又快，他還來不及說出那是什麼感覺，便又立刻消失。金色光芒行經左側那排最上面幾個按鈕時，他感到一陣強烈想要為非作歹的衝動、孩子氣般突如其來的傻笑，以及對四〇年代無法克制的懷舊。最終，當字母表倒數至阿列夫，移動的感覺停了下來。這層樓給人一種聖誕節早晨的興奮感，同時又漸漸變成某種別的東西——沃斯里覺得可能是恐怖。電梯發出一聲孤獨的鈴響，表示沃斯里抵達了目的地，幾秒鐘後，青銅電梯門有如服務生般謹慎退開。

令沃斯里失望的是，門外什麼都沒有，只是一大片瀰漫的顏色——一團團炸裂的柔和粉紅、噴灑的檸檬色、朦朧的淺藍與綠——它們看起來像被嬰兒甩上房間牆面的粉末顏料，不同之處在於，這裡的顏色會移動，緩慢地重組成新的模樣。沃斯里‧波拉克覺得眼前這片景象應該出自於某種自己沒見過的高科技燈光技巧，他深吸一口氣，越過門外，走入不斷變換的糖果色光線，以及其後顯露出來色彩斑斕彷彿精神錯亂的廣大牧場。

這是中西部某個完美無瑕的夏日午後，遠處裸露的電報線隨著每一陣新生的微風而以歌聲讚美一九五〇年代。天色壯麗湛藍，他站在結實泥土地上，呼吸困難，急促吸著稀薄、芳香的空氣。他試圖尖叫，但是氣息薄弱、沉悶凝滯，除了耳膜劈啪之外發不出任何聲音。正午豔陽流瀉，光線似乎從四面八方投射而來，清晰透明且完美，同時又錯得離譜。這裡是陌生世界的天堂，而他在其中驚恐地喘著大氣。

他努力理解這片不可能存在的地景，目光所及——從自己顫抖的雙手到遠處原野後方和緩的土丘——所有事物的周圍都有一條細緻黑線框起形狀，彷彿因為過曝而產生燒焦般的邊緣。這是一種新的真實，除去雜亂的細節，擺脫令人分心的紋理，是接近原型的妥協簡化。

他身在昔日小鎮近郊的灌木旱漠之中，這裡有巨岩、野草，背景左側有座毫無特色的穀物筒倉。每樣事物都簡化成了符碼，簡單得刺人。

他大聲地喘著氣，發現這個地方連色彩都經過調整，變得更明亮也更有限，寧靜的中性色裡點綴著雪酪似的原色。同樣地，色調明亮也變得更人工而準確，不過近看就會發現全是以機械式的顆粒小點構成，例如他袖子的垂皺處就布滿細小圓點，袖子本身則被簡化為幾筆帶過。無光源的明亮光線自四面八方投來，驅散了陰影，因此每個物體看起來都沒有份量，卻自成一格且有種令人滿足的熟悉感。至少在視覺上來說，這個世界還沒有沃斯里的世界那麼衝突。

除去拂過野草間的微風、遼闊原野的環境音和自己負擔沉重的呼吸聲之外，這個地方在聽覺上也只有最低限度的聲響，沒有車流、火車或其他交通工具的聲音。這裡大約是典型的美國中部鄉村地帶，越過土地上長條形的筆直犁痕，飽滿矮丘在靠近地平線的遠端與漸層至幾近蒼白的青色穹廬接壤。海洋理所當然遠在數千英里之外，但他仍能捕捉到一絲海豹、墨角藻以及豐沛海洋生命的馨香，與眼前的塵土飛揚如此格格不入。他的皮膚上掀起一片雞皮疙瘩，有股想離開這裡的衝動。

窒息的感覺依舊，他轉動高度簡化的頭，發現在這片迷人、詭異的地景中還有其他人影。在右側中景的位置，一名成年人與數名男孩以及身穿別緻裙裝的女孩群聚在某個東西旁邊。沃斯里遲疑了一會兒才發現那是一座四十呎高的金屬沙漏，正迎著看不見的太陽閃閃發光。沙漏聳立於細節草率的黃色荒漠之中，外表是仿造的銀白，蜂腰曲線上有細細顫動的蔚藍一點一滴地流過，被髮絲般黑線框起的輪廓俐落。一如這片迷人的鄉村景色，沙漏本身也透露著一種撩撥誘人的懷舊，陌生但又有種說不出的熟悉，獨特但又似曾相似。

漏斗底部本該是陰影的地方聚集著身穿糖衣杏仁[107]顏色服飾的孩子們，目測年齡十二歲左右，正在和那位大人討論事情。男性成人體格健壯，面朝外，從沃斯里的方向只看得見一件金色長袍和聳起的肩膀線條，他正嚴肅地與裝扮整齊的年幼朋友討論他們那早已不復存在，每每想到便令人糾結的烏托邦。男人披掛的長袍有著黑白電視典型的銳利色調，也是在這一刻，沃斯里才惶恐地驚覺這個人就是雷霆俠——但是當男人轉身，卻露出一顆老虎的頭。

六十年前在某本幾乎要被遺忘的《刺激漫畫集》封面上，雷霆俠確實曾有過這樣的臉，那是因為暴露在菲力克斯．火石的隨機射線中造成的怪異結果，在同一期故事中便已恢復，但是顯然在此成了毛骨悚然的事實。而那些年輕的孩子顯然就是打扮各異的未來之友；要是沃斯里沒有記錯，他們的時光機外型就長得像沙漏。在場的成員包括身著整齊灰色裝束的塵埃少女、頭戴謎樣時鐘面罩的時鐘小子，還有無可名狀女孩。他們看向旁觀的總編，冷漠的表情在天真可愛的臉上顯得格格不入。此時長著獸頭的成年男子舉起一隻蜂蜜色的巨爪以示歡迎，接著便邁開腳步，走入裸露在兩人之間的半色調土地。

在這個不可思議的世界裡，時間彷彿是由各個斷裂的片刻所組成。面目醜陋（或者也可說面容華麗）的雷霆俠踏著令人迷惘的腳步朝沃斯里走來，每走幾步便突然消失，然後重新出現在距離稍近一點的地方，以眼花撩亂的跳視步伐穿越時空：瞬時背景右側，瞬時又在中景中央，他每走一步，深紫色的緊身衣便會重新描繪皺褶痕跡，直到他如寶石一般鑲嵌進左側的前景之中，近得沃斯里能感覺得到他炙熱的呼吸。

雷霆俠沒有開口說話，而是向外冒出包含純粹意義的球體，而這些球體會在訪客沃斯里正在崩潰的意識中炸裂成溼淋淋的字句。就像雷霆俠穿越斷裂時間時的步伐一樣，這些字句資訊也被包裹成數個簡短的獨立段落，其中某些念頭被凸顯得更加有力，在心電感應中有著更強烈的質地。

---

107 糖衣杏仁（sugared-almond）是義大利喜慶糖（Italian confetti）的一種，顧名思義就是包裹著糖衣的杏仁，也稱為 Jordan Almonds。糖衣杏仁的顏色繽紛，通常色調會接近粉色系。

「沃斯里！終於見面了。抱歉我的頭變成這樣，雖然我後來很快就處決了火石，但是火石隨機射線的效果已經確定無法逆轉，非常倒楣。我想這兩件事還是都先別告訴你的讀者比較好。」

雷霆俠的心電感應咆哮低沉粗暴而善良，但是身在對話接收端的人類可以感覺到，光是被這個恐怖的生物靠近便已令自身的認知開始瓦解。眼前這位可怕的諾斯替神性工匠無所覺於自己造成的毀滅性後果，繼續說道：

「你現在應該很想知道自己到底身在何處。沃斯里，這裡是阿列夫宇宙，是真實的世界。你所在的地球位於對照組的陶烏宇宙[108]，在那個宇宙裡，所有人都必須遵循或然律和物理定律。我知道你在那裡過得很辛苦，所以我才想幫你。」

雷霆俠晃了晃大得可愛的腦袋，肯定地對著沃斯里點頭。沃斯里壓下想要流淚和拉屎的衝動，將畏縮的視線偏移到站在沙漏旁的孩子身上，他們的眼神裡仍帶著冷淡的鄙視。雷霆俠注意到沃斯里的目光，驟然一笑，露出三吋長的門牙。

「啊，對了！未來之友！沃斯里，他們收到你的信了，就是你五歲那年寫了卻沒有寄出的那封信。他們希望你加入，沃斯里。」

這是他夢寐以求的一切，他徹底崩毀了。雷霆俠伸出一隻巨大虎掌溫柔地放在沃斯里肩上，沉重如桃花心木，而那雙金色眼眸裡正藏著任何人類都不該知曉的奇妙與恐怖。

108 陶烏（Tau）是閃米特語系中多種語言的第二十二個字母，也是最後一個字母。

國家圖書館出版品預行編目 (CIP) 資料

靈光：美漫大師艾倫．摩爾第一本小說集／艾倫．摩爾（Alan Moore）著；黃彥霖、林柏宏譯. -- 初版. -- 臺北市：小異出版：大塊文化出版股份有限公司發行, 2023.08
面； 公分. --（SM；37）
譯自：Illuminations
ISBN 978-626-97363-2-4（全套：平裝）

873.57 112009658

Trans+

Trans+

Trans+